你微笑时很美 3

青浼／著

西苑出版社
XIYUAN PUBLISHING HOUSE

图书在版编目（CIP）数据

你微笑时很美. 3 / 青浼著. -- 北京 : 西苑出版社,
2021.6
ISBN 978-7-5151-0800-1

Ⅰ. ①你… Ⅱ. ①青… Ⅲ. ①长篇小说—中国—当代
Ⅳ. ①I247.5

中国版本图书馆CIP数据核字(2021)第079691号

你微笑时很美3

NI WEIXIAO SHI HENMEI 3

责任编辑	汪昊宇　刘　崴
装帧设计	沈　鸿　富　贵　张　强
责任印制	荆永华
出版发行	西苑出版社
地　　址	北京市朝阳区和平街11区37号楼　邮政编码：100013
电　　话	010-88636419
印　　刷	北京盛通印刷股份有限公司
开　　本	787mm×1092mm　1/32
字　　数	216千字
印　　张	10.5
版　　次	2021年6月第1版
印　　次	2021年6月第1次印刷
书　　号	ISBN 978-7-5151-0800-1
定　　价	45.00 元

主要人物介绍

童　谣	ZGDX 战队现任中单
陆思诚	ZGDX 战队现任 AD 兼队长
老　猫	ZGDX 战队现任上单
老　K	ZGDX 战队现任打野
小　胖	ZGDX 战队现任辅助
陆　岳	ZGDX 战队替补中单，陆思诚弟弟
明	ZGDX 战队前任中单，现任数据分析师
小　瑞	ZGDX 战队经理
许泰伦	DQWL 战队现任打野
凉　生	YQCB 战队现任辅助兼队长
教　皇	YQCB 战队现任 AD，陆思诚好友

主要人物介绍

艾　佳	YQCB 战队现任中单，陈今阳男朋友
陈今阳	艾佳女朋友，童谣闺密
李恒硕	HW 战队现任打野
简　阳	CK 战队现任打野，童谣前男友
好运来	CK 战队现任上单
小　花	CK 战队现任中单
蝴　蝶	CK 战队现任 AD
老　王	CK 战队现任辅助
贪　狼	ZGDX 战队二队现任 AD
阿　月	ZGDX 战队二队现任打野
破　军	ZGDX 战队二队现任辅助
速　星	RMB 战队现任 AD

技术名词解释

Buff	增益状态
GANK	指敌人的偷袭、包抄、围杀等行动
Carry	指带领队伍获胜
RANK	排位赛
TP	即传送，召唤师技能，可以传送到地图上任何一个有视野的地方
双 C 位	指中单和 ADC 两个核心输出 Carry 点
solo	两名玩家单独游戏，线上单挑
灼烧	五秒持续性的燃烧伤害，并且附带减疗

目录

第一章

而事实上，在战队领导以及队友眼中要去花鸟市场买鱼顺便解决终身大事的两个人，在车内的对话却是这样的——

童谣：“诚哥，听说昨晚我上楼睡觉以后，你在某宝搜起了食人鱼活体鱼苗……”

陆思诚：“是。”

童谣沉默了下：“搜到了吗？”

“不知道为什么，跳出来的搜索结果全是捕蝇草，”陆思诚答道，“想想这种东西放在鱼缸旁边好像也有效果，于是就买了。”

童谣打开手机搜了下捕蝇草，看着植物那自带狰狞龇牙的图片沉默了下：“什么效果？”

“谁再手贱去撩鱼就咬谁。”

童谣恢复面无表情，平视前方。接下来一路无话，陆思诚专心开车，童谣则满脑子都是“他想吓唬的是猫还是我”。直到车到了地方，打开车门跳下去，童谣发现面前那是人山人海。卖猫的、卖狗的，还有卖花鸟鱼虫的，各种声音响成一片。

陆思诚停车下来，看了一眼面前黑压压一片的人群，又看了眼身边穿着厚底鞋还是矮得丢进人群里就找不到的人，停顿了一下，淡淡道:“想给你装个自动报警器，摁下某个键，你在那儿就‘呜呜’叫起来，这样就不怕把你弄丢了。”

童谣一脸尴尬:“我有手机，摁什么报警器？我走丢了请打我手机。”

“不打，”陆思诚瞥了她一眼，“跟在我身后。”

陆思诚身材高大，穿得也不怎么低调，往人群里一站，鹤立鸡群，拥挤的人群因为他的出现而稍稍变得顺畅了一些。

童谣跟在他身后，前面有什么人就完全看不见了，男人像是一座山似的横在她前面，她抬起头只能看见他宽阔的背以及耳边的耳环……银色的光圈挺好看的，童谣以前都没注意过陆思诚有戴这种东西，这会儿盯着那耳环有些挪不开眼睛。

“诚哥。”

“什么？”

“我都不知道你还有耳洞，你戴耳环好看啊，平时怎么不戴？”

“在基地戴给谁看？”

“那来花鸟市场戴给谁看？”童谣一脸茫然，“鱼？”

“你不也穿裙子了？穿给谁看？猫？”

“你还穿新鞋啊。”

“你鞋是旧的？”

一阵尴尬。

童谣正琢磨着他们两个人什么时候才能真诚且无套路地夸奖对方一波，这时，原本走在陆思诚前面的人停了下来，男人也就顺势跟着停了下来，而缩在他身后只顾着仰头看他耳环的童谣猝不及防一脑袋撞上去，并顺手抓住了陆思诚的手腕稳住身体！

挡在两个人前面的人群散开了一些，眼前又有了一条道路，陆思诚却站着没动，低下头看着身边握着自己手腕的那只小爪，停顿了一下，说："矮子。"

童谣："嗯？"

陆思诚："你今天小动作挺多，疯狂占我便宜是怎么回事？"

童谣："屁啊！"

童谣一把甩开男人的手，为表清白，往后退了三步——陆思诚轻笑一声，说着"不会穿有跟的鞋学什么大人"，随后转身往鱼类市场那边走。童谣站在原地瞪着他的背影，瞪了一会儿，这才小跑着赶上他的步伐。

鱼类市场这边人倒是不多。

陆思诚养的是最便宜的那种金鱼。两个人随便找了个卖鱼的摊子问了价格，童谣便抱着膝盖拿着小捞网在摊位前蹲下来，一双眼跟着鱼盆里的鱼转来转去，同时头也不回地问："诚哥，要几条啊？"

"随便。"

"颜色呢？"

"黑的。"

“金色和红色多好看，尾巴像小伞似的。”

“哦，是啊？我要黑的。”

“红色好看啊，看着还喜庆，你看这只游来游去的，多活泼，一看就是长命百岁——”

“之前那条要不是被肥猫吃了也能长命百岁——都说要黑的了，网放下，我买鱼还是你买鱼？”

陆思诚挨着童谣蹲下，一把抢过她手中的小捞网，童谣“嘶”了声要去抢回来，然而陆思诚却灵活地躲开了。两个人蹲在小金鱼摊前推推挤挤，你一言我一语地争论这一块五毛钱一条的金鱼到底是要红色的好还是黑色的好，两个人都争得非常认真——

“我的鱼缸我做主。”

“那么不喜欢红色，有本事以后红Buff也别要了，给我给我。”

“你敢动我红Buff试试？”

“你那么有能耐，你让游戏设计师给你在野区发明个黑Buff，就说你喜欢，不接受反驳，你的野区你做主，就这么霸道。”

“就你话多。”

以上废话大约唠叨了十分钟，其中有长达八分钟是ZGDX战队双C各自对其应该拥有的野区Buff的归属放狠话时间——这两个打扮得干干净净的年轻人一本正经地互相说着疯话，把摊主看得一愣一愣的。

最后，摊主实在看不下去了，生怕这两个人能在自己摊位前为了一块五毛钱一条的小生命争执一天，终于忍不住打断他们：

“大哥，您看您要不还是听这小姑娘的算了，跟女朋友争这干啥啊？她们脾气上来了，吃亏的还不是咱大老爷们儿？等下个月你想牵她手还被拍开跟你翻‘上个月你不同意我养喜欢颜色的鱼’这种旧账的时候，你就知道后悔了。”

陆思诚动作一顿，童谣抓住机会，眼疾手快地将捞网一把抢回来，捞起自己看上许久的那条鱼往旁边的清水盆子里一放，然后一边迅速把捞网塞回给摊主，一边笑眯眯道：“您幽默了，我和他才不是……”

“这条鱼一块钱卖不卖啊？”陆思诚问。

童谣转过头，莫名其妙地看着突然开口讲价的陆思诚，心想，大哥，你开玛莎拉蒂来跟人家摊主讲价五毛钱？有没有人性了？

最可怕的是这摊主还答应了。

摊主乐呵呵地给陆思诚把那条红色的金鱼装起来，递给他时还说：“我女朋友和你家的一样，任性，我五大三粗的还是管都管不住。”

在摊主的碎碎念中，陆思诚什么话也没说，接过装金鱼的透明袋子，举高了透过阳光认真打量，那认真又深情的目光显得格外傻气。

童谣翻了翻眼睛：“摊主，我和这位朋友不是你想象中的——”

“啪”的一下，后脑勺被人轻轻拍了一下，童谣的话第二次戛然而止，她抬起头看着上一秒还在认真打量金鱼的人，此时他正面无表情地用那双冷漠的深褐色瞳眸看着自己：“看什么看？给钱啊！”

童谣一脸无奈地从口袋里掏出一枚硬币放进摊主手里。

陆思诚瞥了一眼，淡淡道：“走了。”说完便要转身离开，童谣站起来转身要跟上，结果这时候一个推着货物车的人从他们中间横穿而过，童谣不得不停住脚步，等那货物车过去，眼前已经被人群遮挡，童谣踮起脚正想看看陆思诚跑哪儿去了，这时候，一只大手突然从侧面拉了她一把：“这边，看哪儿？”

童谣踉跄着向着男人使力的方向靠近。

“这么热的天，你穿什么长袖衬衫？”

当距离男人够近的时候，她听见近在咫尺的男人淡淡道。她愣了愣抬起头，却发现他脸上没什么表情，他转身往前走，一只手拎着在透明塑料袋中游来游去的红色金鱼，另一只手却始终扣在身后人纤细的手腕上再也没有放开。

直到他们重新回到花鸟市场入口，人稍微变少，他这才不着痕迹地放开她。漫无目的地看了看四周，一下子想不起自己的车停在哪边，他微微蹙眉道：“这地方来一次少活三年，你要想我早点死，就让你的猫再吃我的鱼。”

童谣正想说些什么，目光一扫，突然被路边卖猫的猫贩子面前的几只小猫吸引了过去——其中一只小猫被放在简陋的纸盒子里，阳光之下却睡得呼呼的，和她家大饼当年那副傻吃傻乐观的模样贼像。

童谣像是脚底下生了磁铁似的往小猫那边靠拢。

陆思诚正头疼地找着车，扭头一看，发现上一秒还站在自己身边的人已经不见了，他瞬间挑起眉，目光一转，在路边找到了穿着小短裙、衬衫的他家中单，以及她面前的那一窝毛茸茸的小东西，顿时头更疼了。

陆思诚走过去，正想警告那个眼巴巴问猫贩子这猫多少钱的家伙让她别乱来，这时候，两个人身后突然响起软软的女声："哎呀，好可爱的小猫！"

紧接着，一只手就探过来，强行拨开童谣的手，将那只小猫抱了起来。童谣有一种被人虎口夺食的不爽感，皱起眉正想说"我先来的"，却在抬起头的一瞬间，看见了站在这个漂亮女生身后的高大男人，他打扮得也挺好的，只是戴着口罩，露出高挺的鼻梁和浓眉大眼，看着超级眼熟。

童谣"咦"了一声，想了半天，一下子没把这半张脸和自己认识的谁对上号。就在这时，她听见在她身后，陆思诚用不算太热情的声音跟这男人打了个招呼，说的是韩语。

听发音，好像是叫他什么哥来着，泰伦哥？

童谣愣住了，这才反应过来这是隔壁DQWL战队的救世主打野先生，动了动嘴正想礼貌性地问好，而这时候，那个抢她猫的妹子已经抱着猫贴了上去，挽住许泰伦的手臂："哥，送我这个吧，我想要这只小猫，你不在的时候它可以陪我！"

恩爱，且黏人的样子。

她看都没看童谣，就看了眼陆思诚，然后重新把目光放回到了许泰伦身上。

而此时，许泰伦没吭声，看看陆思诚，又低头看了眼童谣，那双深色的瞳眸之中目光流转，随后归于平静——连礼仪性的寒暄都没有。陆思诚打完招呼，抓着童谣扭头就走。

临走前，童谣听见那妹子小声问许泰伦：“那个人是不是Chessman啊？”

她甚至没来得及听见回答——这妹子还知道Chessman？圈内人？那为啥好像一点也不认识她，也不怎么熟悉陆思诚的模样？

童谣一头雾水。

“等下等下，急啥？我的猫，我先来的！”

陆思诚找到车，打开车门：“有那只肥猫就够了，你还想养？基地的烦人精已经有两只了，谢绝第三只。”

“哪来的两只？”童谣被摁着脑袋塞进车里，坐稳了还不死心地伸脑袋问。

“你，和猫。”

“那猫真可爱，像大饼的弟弟——强行被别的女人秀恩爱示威之后还抢了猫，我今晚吃不下饭了！”童谣转身看着坐进驾驶座的男人。

“秀什么恩爱？”

“那个DQWL战队打野和他女朋友啊。”

“他女朋友是韩国职业联赛的女主持人，昨天两个人还在网上秀恩爱。”陆思诚说着发动了车，“抢你猫那女的是谁我都不认识，估计是他们战队的粉丝吧，只看他们战队的比赛或者比赛都不看，只追选手个人，把整个圈子的女粉丝名声都拖累了的那种——对了，你不是最讨厌这种了吗？”

啥玩意儿？出轨啊？骗子哇！

女的是怎么回事撇开不说，那个许泰伦啊，说好的暖男型选手呢？！

“对，许泰伦一直是这种人，现在请你抬头看看后视镜自己的表情——看见了吗？自己脸上大写的尴尬看见了吧？现在还想让我跟他学中央空调系统指定中文吗？想吗？”

童谣憋红了脸，看陆思诚一副不得到答案不准备踩下油门好好开车的模样，终于败下阵来，垂下脑袋摇摇头。

陆思诚满意了。

“嗯，先是李恒硕，然后是许泰伦，你看人就没一次准的，以后老实闭嘴。”

“你那天怎么不告诉我？”

“我说了你会信？又该说我口说无凭、血口喷人或是嫉妒了。”

呃。

有个太了解自己的队长，有时候也是挺累的——分分钟被抓住人性弱点就是一顿深刻的素质教育，一点都不给反抗的余地。

第二章

从花鸟市场拎着鱼出来，大概是中午十二点。

受到“暖男型打野变身出轨怪”的打击，童谣坐在车上就感觉自己被吓饿了，但是鉴于某种少女的包袱又不好意思开口说，只好扭着头假装看着车窗外的风景，忍着忍着就有点忍不住自己胃部的翻腾。

眼瞧着快要到基地，童谣满脑子惦记的都是基地冰箱里还有没有剩下的牛肉、蔬菜可以煮泡面，一块五毛钱一包的三鲜面，加个蛋打碎，再加片芝士……童谣越想越饿，惦记着那一口泡面惦记得哈喇子都快要流下来了。

这时候，令人绝望的事情发生了。

眼瞧着快要到基地，陆思诚一个转弯，突然拐上了另外一条完全不是回基地的路——

“去哪儿？”眼睁睁看着泡面插着翅膀飞走，童谣急了，“诚哥，我们基地在另一头××路啊，你怎么走这边来了？开错路？”

“没有。”

“什么没有？”

“没开错，”陆思诚说，“你坐好，椅子上有刺啊，你屁股动来动去？”

童谣猛地靠回椅子上：“陆思诚，你到底往哪儿开？”

还直呼大名了。

陆思诚握着方向盘，勾了勾嘴角，没阻止她。听她咬牙切齿、字正腔圆地叫他名字还蛮有趣的。

不正经心起，男人想了想，懒洋洋道：“随便哪个村子里，把你卖了换酒。”

“我现在快饿死了，就惦记着回基地吃上那么一口热腾腾的泡面，真的没心思跟你开玩笑，所以在我把你捶进土里并不分比赛内外疯狂支配你红Buff一个月之前，你好好说话。”

陆思诚用看疯子的眼神看了眼坐在自己副驾驶座的人，见她一脸认真仿佛随时都会扑上来咬他一口。男人沉默了一下，换上了正经的语气，回答道：“去吃饭，我也饿了，早上拿可乐的时候看到基地冰箱里什么都没有，你急着回基地啃干脆面拌猫罐头啊？好不容易洗了头化了妆，你就去一趟花鸟市场，值得吗？”

“去花鸟市场不值，被饿死在路上就值了？”

被饥饿疯狂支配的少女前所未有的勇敢，脸上写着“怼天怼地怼空气”，陆思诚放弃了与她争论，问：“想吃什么？”

“面。”

“女孩子不是应该喜欢吃日料之类的……”

“女孩子？那是什么？我要吃面。热腾腾的有汤、有肉、有鸡蛋的面。如果世界上有一种性别是爱吃面的，我就是那种性别。”

于是，陆思诚把车停在了ZGDX战队基地附近的某个综合型购物中心广场，将闷在塑料袋里的金鱼挂在车内后视镜上并戳了个氧气孔，陆思诚拍拍方向盘：“下车，吃饭。”

童谣盯着在塑料袋里游来游去的金鱼：“新闻说了不许把宠物单独放在车内，金鱼算不算宠物来着？”

陆思诚：“那我要带另外一只饿得直冲我嗷嗷叫的宠物去吃饭怎么办？”陆思诚指了指塑料袋，“它不会说话所以它吃亏，满意了吗？教你个人生道理，那就是占了便宜偷着乐，少说话——现在给我下车，不然你就在车里陪它好了。”

童谣鼓了鼓腮帮子，碎碎念地抱怨着什么，解开安全带打开车门跳下车。与此同时，陆思诚也下车“啪”的一下关上车门，带着从副驾驶那边绕出来仿佛饿死鬼投胎的人离开停车场。

五分钟后，两个人站在某家拉面店的门口。

因为是工作日，店铺里人不多。两个人找了个角落坐下，童谣翻看菜单，利索地点了份自己想吃的面，然后眼巴巴地盯着陆思诚，盯了十秒。

陆思诚终于忍无可忍地“啪”的一下合上菜单，黑着脸道：“要一份一样的，先这样。关键是要快，有人要被饿死了。”

童谣冲着他做了个丑陋的鬼脸，旁边抱着点菜本的服务员一个劲儿地偷乐，记下了两个人点的面，走的时候还很体贴地给陆思诚留下了一个菜单——扔给坐在对面的人一个“满意了吗”的眼神，陆思诚重新打开菜单，又不急不缓地陆续加了几个小菜。

又过了一会儿，面还没来，小菜倒是先上来了。

陆思诚掰开筷子："先吃点别的垫肚子，别虎了吧唧地瞪着我，谁不给你饭吃啊？"

童谣没吭声，但是也收回目光，不再对陆思诚虎视眈眈——吃了个鸡翅以后，肚子里饥饿的感觉消失，同时对食物的渴求也就稍微减少了一些。童谣从碗的边缘掀起眼皮看了眼坐在对面的人，连带着看这人也没那么可恨了。

面端上来后，两个人安静吃面。

自从被扣工资，除非有人请客，否则童谣好久没舍得吃这种大块肉了，这会儿埋头吃得很认真，直到坐在她对面的人突然放下筷子，刷着手机，显得有些心不在焉地问："吃完饭去干吗？"

童谣反应慢一拍，几乎没反应过来这是陆思诚在跟自己说话："回基地……"

"打排位"三个字还没说出口，陆思诚继续道："今天没训练赛，不想打游戏，去看电影好了……《独立日2：卷土重来》刚上，我都还没看，等了很久了，被小胖抢先又要被剧透，这次我要抢在他前面，你陪我去。"

啥玩意儿？

这从头到尾的陈述句……啥玩意儿？

安静地将面吸进嘴里，童谣想了想："看电影？咱俩？"

"嗯，"陆思诚头也不抬地在手机上摁了两摁，"正好这栋商场顶层是新开的影院……叫什么来着？哦，万太影城，买好票了。"

童谣:“就咱俩看电影是怎么回事?”

陆思诚:“什么怎么回事?电影不是两个人看还几个人看啊?你都是自己看电影的?”

童谣摇摇头,想说是和我闺密,但是转头一想今阳那家伙从来不看外国大片,当年在环球影城一起看《变形金刚》,还得给她耐心解释彩色的是好人,黑色、金属色的都是坏人,好的和坏的打架,要把坏的从地球上赶走……

童谣又点点头:“一个人看电影挺好的,不用惦记着和旁边人互动。”

陆思诚愣了下,随即笑了:“我不吵你。”

童谣看着男人微微翘起的嘴角,点点头“哦”了声,说“那行”。

说完之后见陆思诚暂时放下手机,她也继续低头专心吃面——又吃了几口之后,她这才反应过来好像哪里不太对,她的重点才不是“有没有人在旁边吵”!

童谣一搁筷子:“队长,你又套路我。”

陆思诚“嗯”了一声,抓起之前放在一旁的手机,头也不抬地一边摁,一边问:“我怎么你了?”

童谣:“你哄我陪你看电影。”

陆思诚玩手机的动作一顿:“陪我看个电影还要用哄的?”

陆思诚:“你问题很大,我很伤心。”

童谣:“对不起。”

童谣:“陆思诚,我再也不想跟你讲话了。”

第三章

“怎么？”陆思诚单手撑着下巴似笑非笑道，“跟我看个电影很紧张啊？”

是很紧张。

孤男寡女，纯洁的队友关系，看什么电影？叫人浮想联翩。

“要是被人撞见——”

“你已经打了三分之一的联赛常规赛了，还没有习惯自己已经是一个公众人物，必须经常暴露在公众的视野里这件事吗？”陆思诚淡淡道，“第一次会让你躲在我身后，那是因为你刚刚入队，但是第二次就没那么好的事了……”

“凭什么？”

“你要学会适应这个，这是最基本的，先适应自己是个公众人物，然后学会不被他人的舆论左右——”

“你的教育方针难道不是‘少搞事，好好做人’吗？”童谣举起叉子，“之前是这么教育我的。”

“然而就算你做到了，他们也还是会讨论你，”陆思诚看了眼童谣，压下她的叉子，“比如在直播间，众人纷纷讨论你又胖了。”

童谣猛地捂住脸，一脸惊恐：“真的吗？”

“你看，这就是被舆论左右，真的假的自己不知道？等你学会理直气壮地说‘我没胖，是你瞎’时，就算毕业了。”

“哦，可是你说那么多，和我们看电影有什么关系？”

“训练你啊，不收费。”陆思诚一本正经道，“吃饱了没？我买了时间最近的那场，不想错过开场。”

童谣心想平常要练习补刀、对线、训练赛、开发版本英雄套路已经够累了，好不容易出趟门还要接受什么心理训练——然后一言不合就被扣工资——打个职业怎么这么累啊？

“打职业很累。”

“欲戴皇冠，必承其重。”

“别低头，皇冠会掉，别流泪，坏人会笑？”

“什么东西？”

“随口一接。”

“少看那些没营养的鸡汤，有时间多看几场经典赛事——今年春季赛，我在对战哪个战队的第几场比赛的第几分几秒完成了五杀逆天翻盘？”

“CK战队！”

“是DQWL战队。你就瞎猜吧，这周要打的队伍也敢不好好看春季赛录像，你太膨胀了。”

童谣就这么被教育了一路。

从面店走出来上扶梯到影城，陆思诚去取票，童谣看了看时间以及稀稀拉拉在大厅等候同一场电影开场的那些人，心中还是有点慌，于是找了个借口要上厕所直接开溜，准备踩着电影开场，人都进去得差不多了再入场。

走到厕所门口的时候，却意外遇见了熟人。

许泰伦和他那个不知道到底是什么身份的女伴也站在厕所门前的休息区，两个人不知道在小声说什么，笑嘻嘻的，许泰伦手里拿着电影票，估计和童谣他们是同一场电影。

冤家路窄啊？

童谣挑了挑眉，想到之前陆思诚说的关于这姑娘的身份猜测，又皱起眉，脚下放缓，一时间她还没想好要不要和许泰伦打招呼——毕竟这周第一场跨组赛就是和DQWL战队，这会儿装不认识好像也有点尴尬。

她正犹豫着，许泰伦却抬头正巧看到了她，男人已经摘下口罩，叫住了童谣。童谣回过头去，看见那个姑娘正慌慌张张地低头戴口罩，手里拎着个之前没有的帆布袋，里面有什么东西在动。

童谣走向许泰伦，准备跟他礼貌性地打个招呼就走，结果来到这人面前还没来得及说话，就听见站在男人旁边的小姑娘忽然说了句："咪咪别动。"

然后是奶猫轻轻的叫声。

童谣立刻转过头看着她，惊讶道："你们把猫带进来了？"

那个姑娘抬起头，小心地瞥了童谣一眼，然后看了看许泰伦，见他不说话才小声道："只要不出声就不会被发现的。"

“现在是初夏，这里面开那么大空调，奶猫受不住吧？”童谣说着，想了想自己好像多管闲事了，又不是自己的猫，于是停顿了下，声音变得柔软了些，又道，“小心着凉，幼猫生病照顾起来挺麻烦的。”

那个戴着口罩的姑娘听罢点点头。

许泰伦站在旁边，脸上挂着意味深长的笑容看着童谣，他没说话，童谣也懒得和他们多说什么，简单道别后转身进了洗手间，等电影快开场才匆匆走出来，黑着脸回到陆思诚身边。当时男人正站在电影宣传立绘旁边，周围围着几个粉丝，男的女的都有。

可怕的事情还是发生了。

而此时，陆思诚余光瞥见童谣远远走过来，看见自己后停住脚步后撤，他给粉丝签名的手一顿，然后把下一个人递过来的本子打开迅速签名，拒绝了他的合影要求——

“我同伴来了，”男人用还算耐心的语气说，“下次有机会再合影好吗？”

众人闻言，纷纷扭头，然后又纷纷瞪大了眼，仿佛发现了什么不得了的新闻——在不远处原地转了个圈，看看四周，仿佛想要找个什么遮挡物的人，不正是ZGDX战队的新中单smiling吗？

“诚哥，你在和smiling约会吗？”

“她怎么也在啊？还是你们整个战队都在？”

“她躲什么，害羞吗？”

“你们不会真的在约会吧？网上说的我刚开始还不信呢……”

围在陆思诚身边的粉丝七嘴八舌，这一幕，童谣发誓自己在入队买拖鞋那天也见过，然而此时她却并没办法和那天一样用“我是工作人员”这个理由一笔带过，只能硬着头皮上前：“大家好，我是ZGDX战队中单选手smiling。”

标准的接受MVP采访时用的台词。

周围粉丝哄笑，童谣耳根微微泛红，她看了眼陆思诚，陆思诚这才隐约含笑道：“别笑了你们，这人脸皮薄，好不容易说服她陪我看电影的啊。”

一个男粉明显不信，问：“就你俩？”

陆思诚点点头：“嗯，对。”

一个女粉丝犹豫了一下：“所以你们是真的在一起了吗？我在贴吧和微博经常看人讨论你们……”

陆思诚：“我们——”

“我们是和谐的队友关系，纯属巧合凑来看个电影！”

童谣抢过话题，明显看见那提问的女粉丝松了口气，她也默默在心中松了口气，同时看了眼陆思诚，后者闭上了嘴，任凭童谣再怎么用眼神暗示他可以继续补充回答，他却死活不开口了。

莫名其妙。

还好这时候电影开播的最后一次广播响起，两个人这才得救，告别那些粉丝，转身一前一后地接受检票。

进入电影院坐稳，开场了一会儿才看见许泰伦和他的女伴摸黑走进来。童谣轻轻扯了扯旁边人的袖子：“你看下面在走动的那两个人。”

陆思诚：“谁？”

童谣:“出轨型打野。”

男人抬起手拍拍她的脑袋:“少管闲事。”

晚上回到基地，童谣瘫在沙发上死活不起来，盯着不远处将金鱼倒入鱼缸里的男人，听他和小胖闲扯——

“你们去哪儿了？”

“买鱼。”

“买鱼买一天？”

“嗯。”

“当我傻子啊？”

“确实，还去看了《独立日2:卷土重来》，给你剧透一下？”

小胖立刻一脸惊恐地捂住耳朵，陆思诚扯下他的手，面无表情地道:“来嘛。”

小胖:“我不我不！你走你走！”

陆思诚放开他，拍拍手扔下一句“跟我斗”，扬着下巴扬长而去，一脸不知道在骄傲个什么劲。童谣继续目送他上楼，然后翻了翻白眼，翻了个身，躺在沙发上玩手机。今天大王没有直播，所以童谣就随便东看看西看看，最后在某鱼平台意外地看见了许泰伦的直播，看时间好像是刚开不久。

童谣点了进去，一眼就看见了早上被抢走的小奶猫在摄像头跟前走来走去——

“对，一只猫。”摄像头里，那个打野依然和蔼可亲地回答粉丝在弹幕里的提问,“粉丝送的，很可爱的猫，谢谢，会好好养的。”

童谣将直播声音调大了一些。

小胖:“你在看龙哥的直播吗?”

童谣:“是啊,这周不是跟他们打吗?熟悉下打野风格。”

小胖“哦”了声,也没怀疑别的,埋头打自己的游戏去了。童谣继续看直播里的人睁眼说瞎话——

“下午?下午去看电影?我没去,你认错了吧?我刚带着猫回基地,带着猫不可能去电影院的,你肯定认错人了。”许泰伦说,“下午回基地我就在小号打排位了,不信你们可以问问我队友……女人?我有女朋友的,怎么可能和女人看电影?”

说着他把摄像头转向他们队伍里的一个国内选手,后者停顿了一下,笑了笑:“是啊,他下午在打小号的。”

童谣再次翻了个白眼,看着那小奶猫在摄像头前颤颤悠悠地走来走去,弹幕都是在夸猫咪可爱之类的,这时候,那小猫停下来打了个喷嚏,甩了甩脑袋。

弹幕都是“好可爱”“打喷嚏了,打喷嚏了”“我也好想养只猫”,只有少数几个弹幕说:“不会是感冒了吧?这种天也能感冒,是不是基地空调开太大了?”

童谣皱起眉,看不下去了,直接退出了直播。这时候陆思诚从楼上下来了,看了一眼盘腿坐在沙发上,抱着抱枕满脸苦大仇深,不知道在沉思什么的自家中单,走过去,推了一下她的脑门:“怎么?”

“那个许泰伦真的是太讨厌了,不是个好人,”童谣说,“我讨厌他。”

“哦。”

“打职业的男生真是太讨厌了，没一个好人，”童谣说，“真的讨厌。”

“关我什么事？”

见童谣从沙发上站起来，陆思诚下意识地小小后退了一步。童谣将怀中的抱枕“噗”地塞进他怀里，皱着眉跳下沙发，“噔噔噔”上楼去了。陆思诚仰着头看着她关门，将抱枕往沙发上一扔，头也不回地问身后的其他人：“这女人怎么回事？”

小胖：“不知道。”

陆思诚：“刚才还好好的。”

小胖：“你的人你自己去问啊。”

陆思诚将目光从二楼的某扇门上收回来，看着有些烦躁地往后扒了下头发。“行了行了，”他嘟囔道，“就不能有一秒脱离视线。”

第四章

童谣回到房间扑到床上。

ZGDX smiling:“我怂了。天下乌鸦一般黑，真的不该好了伤疤忘了疼，打脸来得这样迅如疾风——我放弃了，真的不能和职业选手恋爱啊！电竞模范情侣都是假的，假的！没有男人可以把持得住外界的诱惑！没有！”

阿毛它娘:“啥玩意儿？你怎么了？突然发什么疯？你们队长出轨了？不对，你们还没在一起呢，出什么轨？那他怎么了？”

童谣仔仔细细地把今天在花鸟市场、电影院遇见许泰伦的事用语音说了一遍，在回顾的过程中，当年那种被简阳当猴耍还被蒙在鼓里的羞耻感以及久别重逢的恶心感重新出现，她觉得自己的心头在燃烧，所以她语速很快，选用的词也很“严重”。

然而——

阿毛它娘:“你跟我们诚哥逛花鸟市场、吃饭、看电影去了？”

ZGDX smiling:“抓下重点啊，朋友！”

阿毛它娘："重点难道不就是你俩逛街吃饭看电影？这是约会啊朋友！"

ZGDX smiling："重点是那个DQWL战队的韩援有女朋友，天天秀恩爱，顶着个暖男强力选手、专情电竞模范情侣的称号圈粉，圈完粉还要跟这些粉丝出去约会！还撒谎什么下午没出门只在基地打小号，他不心虚撒什么谎？他队友还帮着他一起撒谎！有病吧？这些人有病吧？！"

阿毛它娘："你先别激动。"

阿毛它娘："dragon这个韩援是DQWL战队的核心队员，我听艾佳说他们队就是韩国人说了算，因为韩国人Carry……那些队员说不定也是没办法才这样的。"

童谣抱着手机仔细想了想，这才回想起来好像许泰伦让队友帮自己说话时，那个队友的表情确实笑得不太自然，说话语气也怪怪的，只是当时她在气头上，根本没来得及仔细琢磨。

ZGDX smiling："中国人的俱乐部，韩国人说了算，未免也太可笑了。"

阿毛它娘："所以真正愿意为中国赛区打比赛的想赢的韩援就那几个，要好好珍惜——你冷静点，不要莫名其妙'地图炮'，简阳的错和许泰伦的渣跟你队队长没什么关系，你不能就以'天下乌鸦一般黑'给他们一锅端了。"

阿毛它娘："你这是一朝被蛇咬，十年怕井绳。"

ZGDX smiling："阳神是我的初恋，他去一趟'大保健'美滋滋，我瘦了十斤，最后落得个落荒而逃出国的狼狈结局。"

ZGDX smiling:“我就是害怕，怎么了！害怕！”

阿毛它娘:“那你不要你队长啦？”

ZGDX smiling:“不要了不要了。”

阿毛它娘:“好不容易从龟壳里探个鼻孔出来又缩回去了，可以，我服！”

ZGDX smiling:“避免被甩、被骗、被耍的最佳方式就是——不要恋爱。”

阿毛它娘:“有理有据，令人信服——我信了你的邪。”

阿毛它娘:“建议你冷静一下。”

ZGDX smiling:“当初是谁为了一件女粉丝送的衣服上蹿下跳闹分手？”

阿毛它娘:“我。”

ZGDX smiling:“要是艾佳做出简阳或者许泰伦那种事，你能剁了他！所以，就少五十步笑百步了……不过，我信你们艾佳是一股清流，毕竟他怂，你要好好珍惜。”

发完这一段信息，童谣只觉得筋疲力尽，卸妆洗澡换睡衣，游戏也不想打了，缩床上就睡觉去了——睡着之后噩梦连连，而且是连提都不想提的那种噩梦。

醒来的时候已经是夜宵时间。

陆思诚坐在自己的位置上，看见旁边的人头发像鸟窝、挂着黑眼圈在自己身边坐下，就问:“当贼去了？晚饭也没出现。”

童谣无精打采地瞥了他一眼，不太热情地“嗯”了声。

陆思诚停顿了一下，转过头看着童谣:“双排？”

童谣伸脑袋看了眼他的屏幕，然后缩了回去：“你又钻一了，排什么排？”

“你用陆岳的号。”

“不干，代练还收钱呢，他拿我号掉分，我拿他号上分，哪有这么蠢的事？”

童谣说完，自己点开游戏单排列表，进入队列后转身去冰箱找喝的了。

陆思诚将自己的脑袋缩回来，余光看见旁边目瞪口呆的老猫，老猫张大了嘴，用口型问：“这是咋了？”

陆思诚摇摇头，表示他也不知道她这是抽的什么疯。

接下来的一晚，童谣话都少得可怜，尤其是和陆思诚。

她就像是突然患上了一种名叫“陆思诚过敏症”的病。

等待游戏排队的时候，童谣发现关于白天DQWL战队打野dragon和女友之外的女人约会的节奏已经满天飞了，但是所谓的“锤”也只是一张模糊的背影照——粉丝洗白，下午dragon开直播的时候穿的和照片里根本不是一件衣服，所以上午被照到的那个人肯定不是许泰伦。

这男人真是滴水不漏。

童谣心里冷笑，什么也没说，打开直播，等待游戏的空当就用手机刷一下贴吧，刷着刷着就刷到一个下午在电影院遇见她和陆思诚的粉丝发的帖子，说下午两点在万太影城遇见了smiling和Chessman。

本来帖子都是在热烈讨论“这两个人在干吗？孤男寡女的看

什么电影”，直到第三十层，突然有个人问了句：“咦？这时间点不正好是疑似许泰伦的那个人看的那场电影吗？那张背影照的背景明明也是万太影城哦，墙上的电子钟时间也对得上！”

童谣刷手机的动作一顿。

她放下手机，切回来看弹幕，这才发现不知道什么时候她的弹幕已经从各种闲聊变成某种固定话题的刷屏，一半的粉丝问她和陆思诚怎么回事，为什么单独去看电影，另外一半的粉丝问她昨天有没有看见许泰伦。

“和诚哥去买金鱼，买完见时间还早就顺便去看电影了——没人规定电影只有情侣去看啊，真有问题谁会大摇大摆地手拉手去看电影等着被你们八卦啊？至于你们说的别队打野，我不是很清楚他去没去，电影院人那么多，很多人还是开场以后黑灯瞎火才做贼似的摸进来……”说到这儿，童谣忽然意味不明地冷笑一声，“你们那么想知道，为什么不去问他本人？”

话音刚落，弹幕突然密集，有人锲而不舍地问她说这话什么意思，冷笑又是什么意思，她是不是真的知道什么……正好这时候新的一局游戏开了，童谣直接以“不想讨论这个问题”为理由关掉弹幕页面，专心打自己的游戏去了。

所以接下来，她说过的所有话都被贴吧网友用高考语文阅读理解满分的水平逐字分析。甚至发展到最后，经过各种等式代换，她的那声冷笑竟然成了指责许泰伦的证词。这些事她也都是不知道的——

嗯，准确地说，哪怕知道了，她也不在乎。

过了四日，和DQWL战队的比赛被安排在周日下午三点。

童谣到了比赛会场化好妆就出去瞎溜达，在走廊上碰见了许泰伦——如果换作是别队的职业选手，她肯定礼貌地冲上去打招呼了，但是对于这位她以前还算有好感的选手，此时她也是选择性眼瞎，直接打从他身边飘过，连余光都没给他一个。

她知道她离开以后许泰伦转头看过她。

三十分钟后，比赛开始。

“童谣，你今天要拿什么啊？对方放了好多中单英雄啊……深渊卡萨？扇女？月亮女神？暗黑球女？妖姬？”明神在麦克风里问，“好像都能拿，反正你都会。”

“不知道，”童谣看了眼对方阵容，二号位的dragon在PICK环节秒锁前期GANK能力极高的扫地僧，童谣心中一动，似乎有了什么不好的预感，停顿了下问，“要不拿个露露打四保一算了？”

“露露什么鬼，拼命娘子军哪儿去了？我们中单不是进攻型中单？陆岳上身啊你？”

“呃，那随便吧。”

童谣抹了把脸，也觉得自己可能得被害妄想症了，顺手拿了个暗黑球女，瞥了眼对方二楼，心说，就算你想乱来，你的队友也不可能同意吧？呵呵。

然后进入游戏。

再然后惨遭打脸。

对方上来就青铜局似的不讲道理，五人抱团中路河道草丛群殴童谣拿走一血——接下来，扫地僧就像是住在中路一样，疯狂抓中，放生上下二路队友。前十分钟，他来了中路四次，童谣都快被他的回旋踢踢成傻子了，最后只能缩在塔下瑟瑟发抖，都这样了对面还要越塔来杀。

游戏进行到第十二分钟时，童谣死去活来只补到四十多个小兵，直接被对方中单压了一级半！

然而此时的人头比却是7:5，场上经济ZGDX战队领先快一千五百块，只是因为——

解说A:“这没道理啊！今天的dragon怎么了？节奏全无，眼中只有中路，只抓中路！这不是我们认识的春季赛季军！”

解说B:“可能是看HW战队那局对ZGDX战队为数不多的胜利局是狂抓中路赢的，所以无脑效仿。”

解说A:“但是这没用啊！人家HW战队也是三核队伍，抓个中路，剩下两路五五开还有的打——你DQWL战队凭什么啊？他只在中路，自己队伍剩下的两路对线根本不是ZGDX战队的对手，你只抓崩一路有什么用啊？老K抓完上抓下，其他两路都快被压成傻子了！”

解说B:“我也看不懂，你别问我啊！你可以赛后采访一波dragon，看他是怎么想的。”

解说过程中，dragon又一次刷完上半区野怪后，在一个完全不可能也不应该出现的时间点蹲在了上半部分河道的草丛里，准备第五次GANK中路。

解说A:“讲道理，这个真的过分了。”

解说B:“smiling肯定在心中呐喊——这个人为什么针对我！”

解说A："无脑针对的感觉，有一说一啊，感觉这样做已经算有点不礼貌了——我都看不出DQWL战队这局比赛到底想干什么，看了十几分钟比赛我就看出他们想杀smiling。"

解说B："哈哈哈哈哈，你别乱说话啊老A，别说我没提醒过你，也别问我为什么，一会儿你去看你微博底下来自DQWL战队粉丝的评论就知道了。"

此时，解说台上万分不解，观众席上也是一脸茫然。

而比赛场上，童谣也是打得一肚子火，当扫地僧第五次出现在中路，她的凌波技能冷却时间刚好，见扫地僧的眼插出来的同一秒她就毫不犹豫凌波回到塔下，看见对面扫地僧跟上来——QEWWQR，抓起球将扫地僧推到塔下，快速一套伤害最大化输出并挂上灼烧，此时她的装备很差，伤害其实并不够，童谣计算了一下伤害，心中一凉，知道这下哪怕她秀出天际，恐怕最多也就是和他来个一换一。

但是好就好在这时候，从下路准确地飞过来一支巨大的冰原箭稳稳射中扫地僧！

解说A："打中了！这种角度！"

解说B："陆思诚的冰原射手！你们以为抓崩我中路有什么用吗？别忘记我们下路也是Carry点！"

解说的呐喊声让观众席也沸腾了起来，冰原射手的大招准确地将扫地僧固定在塔下几秒，让它吃足了防御塔的伤害。

童谣抓紧时间补了两刀平砍，然后果断后撤。

冰冻效果结束后，暗黑球女丝血后退至二号防御塔位，扫地僧于一塔下死于灼烧效果！

全场哗然，鼓掌！

解说A："这一箭可以上个英雄救美集锦头名！讲道理，不是这一箭射中了，刚才的smiling根本不足以和扫地僧抗衡。"

"我就说了这局拿露露！"

童谣的英雄在二塔下转了一圈，按下回城，心中暴躁得不行——这是她在职业生涯赛场上第二次遭遇到这种有针对性的打击。如果说第一次的阿太只是乱搞还取得了胜利，这一次，dragon在明知道剩下两路队友根本不是ZGDX战队对手的情况下还这么搞，那就是故意的了。

换了一般排位赛，玩家被这么无脑针对的话，估计早就塔下挂机在公屏打字骂人："对方打野急着用我的鲜血去祭坟头？"

童谣知道这会儿后台还有无数工作人员在同步录赛时语音，所以也不好骂脏话什么的，只能憋着一腔怒火、守着丑得要死的战绩苟延残喘，眼睁睁地看着陆思诚和老猫两个人踏着由她的鲜血铺成的路原地起飞。

而因为dragon这么无脑蹲中路，DQWL战队的野区被疯狂支配，上下二路几乎被老猫和陆思诚通关。比赛进行到第四十分钟，童谣顶着1击杀12死亡3助攻的光荣战绩看着黑白屏幕，面无表情地看着她的队友推掉敌方基地。

大水晶炸裂，BGM响起。

童谣终于将心中憋了整整四十分钟的脏话骂出声来，狠狠拍了下鼠标，摘下耳机站起来，头也不回大步流星地朝休息室走去！

“这个龙哥想干吗啊？真的莫名其妙啊他这局。”

“不会是真的信了童谣之前直播说的话，是在带他节奏，借机报复吧……”

“不是吧，正式比赛搞这种？队友能同意啊？”

“小组赛输一局有什么关系？再说了，DQWL战队可是四保一战队，四个中国人保一个韩国人，呵呵……”

队友们七嘴八舌地讨论着从门外走进来，走到门口时，走在最前面一直沉默的陆思诚突然回头看了眼身后说得停不下来的上野辅三人组，三个人立刻收声。

这时候童谣从里面一把拉开休息室的门。

陆思诚：“去哪儿？”

童谣：“嘘嘘。”

陆思诚：“下局打四保一。”

童谣：“打啥都行，这么抓我，拿个终极肉坦克只出肉蹲在中路也一样被杀……下局他还这么住在中路，麻烦打完比赛谁去举报他消极比赛。”

童谣说完，昂首挺胸地走出休息室。

站在休息室外的队友四人统一扭曲着脸目送她离开——

小胖：“厉害了，我还以为她会哭鼻子呢。”

老猫：“我也以为会。”

老K：“估计是气蒙了。”

陆思诚：“你们到底进不进去？”

大家闹哄哄地进入休息室。

与此同时，童谣再一次在走廊尽头的女洗手间前，与斜靠在墙边的许泰伦狭路相逢，场面一度非常尴尬，火花四溅……甚至差点血花四溅。

要不是童谣的前暗恋对象兼她的队长不许她打架的话，她真的想跳起来挠花那张人模狗样的脸。

说到前暗恋对象，童谣稍稍扬起下巴，挺直腰杆，脑海中想象着陆思诚目中无人的模样打算从许泰伦身边经过，却在这时候，被人扣着手腕一把摁在墙上。

被一只蟑螂一样的东西壁咚是什么鬼？我前暗恋对象都没占上这种便宜！

第五章

许泰伦的身上有古龙香水的味道。

不好闻。

童谣有想打喷嚏的感觉，于是她皱起眉——她发誓以前还觉得这个许泰伦长得挺好的，白白净净，最重要的是中文学得好，给人感觉和蔼可亲的，哪怕不说他长得帅，也会觉得他是个可爱的大男生。

直到目睹他的一些真实面孔，一切的优点大概都是“做戏”的一部分，连“可爱”都变得面目可憎。童谣微微抬起头，冷漠地对视上面前那人的深色瞳眸，问:“有事？”

许泰伦笑了笑:“没事不能找你吗？”

“不能，”童谣道，“请放手。”

说着动了动手，想要将自己的手抽出来——但是她没有成功，而且对方似乎发现了她的意图，变得更加用力，现在她的手腕被抓疼了。

她的眉头变得更紧了些。

与此同时，她感觉到牵制住她的人稍稍弯下腰，她听见许泰伦的声音近在咫尺地响起：“那天直播，为什么要说那种让人为难的话？直接否认不好吗？大家都会省很多事……”

挣扎到一半，童谣突然停下，她微微侧过脸，之前乱跳的心突然平静下来——那是一种无意之间意识到对方弱点的镇定，她勾起嘴角：“爱说什么是我的事，没直接揭穿你就不错了，你不报答我，今天还在比赛里那么干。”

“因为我不爽啊。”

“你的队伍因为你输了比赛。”

“我不在乎，他们也不会反对——已经带他们赢了很多了，偶尔任性一次按照我的意愿来，不是更好吗？”许泰伦的眼睛微微眯了起来，“我可以做更多，甚至是下一场比赛也很快地输给你们，那都没问题的，只要你答应我，以后不要乱说话，做一个乖女孩，嗯？”

这是什么？承诺假赛？肮脏交易？

童谣听得一身鸡皮疙瘩都冒出来了，下意识地转头去看走廊尽头——这时候，许泰伦捏着她的下巴将她的脸摆正：“在找谁？救兵？陆思诚？别看了，你的队友都被我亲爱的队友们拦在休息室里问东问西呢，这个时候谁也不会——”

话音未落，许泰伦突然痛呼一声，随后眼睁睁地看着自己手腕上的一排整齐牙印，最深的那个甚至冒出血印——在他面对突如其来的进攻尚未反应过来时，原本被他固定在胸膛和墙壁之间的少女一下溜了出来。

“我才不需要任何救兵，”童谣用舌尖舔舔带着血腥气息的牙，呸呸两声，“你没啥病吧？妈妈说病从口入啊……”

少女冲着男人做了个大鬼脸，转身走进洗手间。

走进洗手间的时候，童谣一扫之前的淡定，整个人都贴在了墙壁上，心跳加速，抬起头看了眼镜子里面色苍白的自己……走到洗手台前漱口，用冷水拍拍脸冷静了下，然后刻意等到比赛快要开始才出来，许泰伦果然已经不在了——童谣快步回到自己战队的休息间，步伐快且飘，推开门的时候手还有点抖。

小胖问：“去哪儿了你？”

童谣瞥了他一眼，嗓音听上去很淡定：“洗手间啊。”

说着听见小瑞在门外叫他们，队友们也不再追问，一个个往外走，童谣低着头以为自己落在了最后，看着小胖走出去，她转身也想往外走时，却在手碰到门把手时，手臂被人从身后一把捉住。她吓了一跳，转头时眼中目光闪烁，这时才发现原来站在自己身后的是陆思诚。

陆思诚嗓音低沉：“你怎么回事？”

童谣眨眨眼：“什么怎么回事？”

“你去照个镜子就会发现自己脸色苍白得像鬼。”

童谣将自己的胳膊从男人手中抽出来：“我没事。”

第二局比赛，队员各自入座时，许泰伦的手上多了一层绷带——那白色的一圈十分扎眼，童谣清楚地听见DQWL战队的粉丝席（也可以说是许泰伦的个人粉丝席）的骚动，解说也在大声讨论短短十分钟休息时间龙哥怎么就受伤了。

此时，他慢慢吞吞走在最后，在自己的位置上坐下来，仿佛感觉到了隔壁的不和谐目光。他稍稍偏过头来，在对视上ZGDX战队中单那双眼睛时，他冲她笑了笑。

童谣翻了翻眼睛，露出厌恶的表情并扭开脸，对上了坐在自己另外一边的死人脸。

陆思诚："还说没事？你跟隔壁战队打野眉来眼去什么？先打比赛，回去交代，不说清楚别进门。"陆思诚一边说着，一边戴上耳机。

第二局比赛，ZGDX战队按照陆思诚赛前安排的那样玩四保一战术，即队伍中不再是双输出位，而是上中野辅着重拿保护型英雄，保证ADC一个核心输出位能够在团战中存活时间最长，打出成吨输出——这种战术很考验团队配合的信任度、ADC个人能力以及心理素质，毕竟整个队伍的成败都压在了他的身上。

四保一战术在S5曾经是主流战术，那个时候的HPL大多数上单被称为"蓝领上单"，即拿肉打发育保护双C位，奈何在世界赛前版本大改，成为重装战士版本，上单输出型英雄大火，于是四保一战术在世界赛上被捶进土里，进入S6后，已经很少有战队坚持这样的打法了。

当童谣他们的BAN&PICK环节进行到一半时，解说已经隐约看出这样的苗头——

解说A:“smiling拿了个露露，老猫拿了大树，老K拿了个——狂猎女猎啊！可以，看来这一局ZGDX战队真的要打四保一。”

解说B:“可是这个版本玩四保一真的好吗？”

解说A:“版本是死的，人是活的——说实话，我很喜欢看ZGDX战队这样的队伍比赛，他们不仅经常赢比赛，而且什么都敢用，什么都敢拿，这样的比赛才有意思！”

解说B:“哈哈哈哈！是啊，你不是要针对我中单吗？那我拿露露，手长不耽误补兵，有盾，有沉默，有加速移动，大招还能回血——你怎么杀？就问你怎么杀？如果执着中路这么个非输出英雄，那下路可就起飞了,DQWL战队这次真的是被逼着必须做出一个选择！”

比赛开始，许泰伦果然还是试图来中路，但是鉴于这次童谣拿的是露露，走位十分灵活，多数技能也是能攻能守的双作用技能，所以许泰伦抓了两次都没抓成功，只能无奈隐身在野区刷野发育，看上去也是对ZGDX战队的下路没什么想法。

因为前两波没抓到童谣，已经浪费了他大多数的发育时间，老K并不会给他再弥补的机会，在他去做无用功时就入侵他的野区疯狂做了视野，顺便将能拿的资源拿完，第七分钟的时候，老K的等级已经压了许泰伦整整一级！

这不是最糟糕的。

对许泰伦来说，最糟糕的是在刷完自己的下半野区的野怪和上半野区的石头人后，他面临无野怪可以刷的窘境，这会将他的等级与老K越拉越开，而下路线上的队友也因为没有打野帮忙来抓，过得苦不堪言！

比赛进行到第十五分钟，双方展开第一波团战。此时，因为ZGDX战队拿的是四保一阵容，中上两条线并没有压对方太多刀，双方发育还算持平，只是下路的AD就不一样了。对方的AD被陆思诚疯狂压了四十多刀，装备落后半个大件、一个小件，打起团战来输出根本不在一个等级上！

在第一条元素龙的争夺后，面对ZGDX战队发育良好的三路，DQWL战队已经认识到这一局的节奏比上一局更加糟糕，心理上先被击溃。

更糟糕的是前排肉打不动，后排AD切不到。

一旦无心比赛，很快就被ZGDX战队滚雪球。ZGDX战队推了对方中路一塔，顺便拿了下路一塔，ADC和辅助被解放出来，入侵野区，上路搞事，很快，勉强五五开的中上两条线的天平也向着ZGDX战队倾斜。

比赛于第三十分钟时便早早结束。

结束这局比赛的前五十秒，ZGDX战队推上对方基地时，童谣看见系统提示“DQWL dragon退出了游戏”。

童谣摘下耳机站起来时，听见下面的观众在骚动，他们在讨论许泰伦是真的提前退游戏了还是单纯掉线……

第二局比赛的MVP给了童谣。

大屏幕上给出MVP时，现场又轰动了下——许多人笑了起来，大家都知道第二局表现得好的人其实是陆思诚，MVP给到童谣，大概只是因为所有人都有一肚子的问题想要问。

童谣把自己的外设包交给小胖，来到采访区，看见下面不仅有粉丝，还有一些媒体记者，主持人将话筒递给童谣。

主持人照常开场白，童谣照常打招呼，然后很快进入正题——

主持人："今天的比赛被这样无脑针对生气吗？"

童谣："开始有点，后来就不生气了。比赛赢了，赢了就可以，谁Carry都一样，一个有实力的队伍就应该是循环抱大腿，每局比赛都有不同位置站出来Carry比赛，这很好。"

主持人："对于今天的比赛有什么话想说的吗？"

有。

很多脏话不知当讲不当讲……

童谣看着主持人那张真诚的脸，明显不是能够接受一句脏话作为回答的模样，于是她只好萌萌地笑了笑："诚哥的冰原射手很厉害，以后你们记得BAN。"

在众人的哄笑声中，此时拎着上面写着"smiling"的外设包，在不远处中单位置上弯腰收拾外设的陆思诚也愣了下，抬起头看了一眼采访台。

陆思诚显然没想到她会这么回答，而大家却并没有觉得哪里不对——大家都知道ZGDX战队的中单是个著名的"Chessman吹"。

主持人："smiling，你觉得对手针对你做出的极端战术有用吗？至少曾经有用？"

童谣笑了笑，用很自信的语气道："我认为在剩下两路实力是旗鼓相当甚至我们更有优势的情况下针对我是没用的，我的队友不是吃素的——ZGDX战队是三核队伍，任何一条线起来都有信心后期接管比赛。”

主持人：“你赞同这样的比赛态度吗？”

童谣：“你今天的提问真的很恐怖。”

主持人：“哈哈哈哈！”

童谣：“谁知道他怎么想的，我觉得打比赛，作为队伍核心就要做出对队友以及队伍负责的行为吧，这是最基本的。”

主持人：“有传闻是之前关于许泰伦选手与粉丝约会的事件，因为你后来在直播中的发言导致一些人认为这是事实——你认为跟这有关系吗？”

童谣：“我不知道我说了什么，如果本身没问题，那么任何人、任何话都带不了这个节奏，相信许泰伦选手也明白这个道理。”

童谣瞥了一眼坐在下面的记者，看着他们奋笔疾书的样子，有点犹豫。

她咬了咬唇，稍稍蹙眉，不知道自己这样说会不会太过于明显或者惹来什么麻烦，她想说些什么，然而这个时候，陆思诚站了起来，他拎着两个外设包从比赛台大步往采访席这边走。

有粉丝开始骚动。

童谣一脸茫然。

“你来干吗？”她小声问身后门神一样的男人。

“话筒给我。”

陆思诚说着，一把将话筒从童谣手里抽走，同时扫了一眼下面的记者，只是一眼，却让很多人停下笔，抬起头看向他——

“今天，smiling只是针对你们的提问回答问题，我由衷希望在座的各位如实报道，不要等她走出这道门，转身却发现自己的意思被完全扭曲——我知道媒体有时候需要博眼球，玩些断章取义的手段，但是因为这件事关系到一个选手的声誉，怎么写，写到哪儿，望慎重。”

陆思诚的嗓音沉静，目光严肃，脸上的表情显而易见地表现出他没有在开玩笑。

去停车场的路上，童谣一路都很沉默。

爬上车自己找了个角落缩起来，直到外面那个座位被一个高大的家伙塞满，她愣了愣，抬起头，对视上一双深褐色的瞳眸——

陆思诚：“有话想跟我说？”

童谣摇摇头。

陆思诚没有走开。

童谣又点点头。

“我想知道我是不是又做错了，”童谣说，“模棱两可的话，让记者脑补，带一波许泰伦的节奏……其实我可以沉默，什么都不用说。”

陆思诚停顿了下：“为什么会这么想？”

童谣沉默了。

“我记得我跟你说过，在这个圈子，有时候会身不由己，你要学会退让，但是没有人让你磨平自己的棱角。”

“啊？”

“你这傲人的智商，要说直白点吗？”

“要。”

“跟粉丝约会的又不是你，你在这儿认个屁错？”陆思诚显得有些刻薄地扯了扯嘴角，“不是说得挺好的吗？要是没做错的话，谁也带不了节奏。”

“哦。”

“不知道你在担心什么。”

“这不是刚刚被疯狂报复了嘛！”

“有什么用？还不是被暴打到输比赛？至于你，偶尔躺赢一次当放假不好吗？”

“等你下路被通关时你就不会这么说了。”

“不一定。”

“什么？”

“说不定我比谁都期待你Carry我这个中老年选手赢比赛的那一天呢？”

童谣用了五秒反应过来陆思诚在说什么，第六秒，她扔出一句“你又乱说话”，满脸通红地低下头。当男人站起来转身坐回后排，她打开手机发了条微博——

咸鱼少女smiling大大：“谨防花言巧语，主动拜年的通通都是黄鼠狼。”

一秒后，被人回复——

心中的万万岁：“@ZGDX陆思诚 有人骂你。”

第六章

童谣的座椅靠背被人踢了踢，她整个人跟着摇晃了下，抬起头问身后的人："干什么？"

"作为队长对新队员的鼓励，你凭什么说我在花言巧语？"

"你不是不怎么刷微博的吗？"

"这是你在微博肆无忌惮上天入地的原因？"

"什么肆无忌惮上天入地，我刚才那条微博没在说你。"

"哦，那说的是谁？"

"队长，刨根问底就没意思了，刨根问底的人往往会显得情商特别低，真的。"

童谣将手机揣好，一边自顾自地嘟囔着"真冷啊，空调为什么开那么低"，一边将自己的外套卫衣反向套上，帽子掀起来盖住脸，一副"我不是不想继续说话，只是空调实在太冷"的模样。

身后传来陆思诚刷微博的声音，童谣躲在衣服底下瑟瑟发抖，直到刷微博的声音消失，她才默默松了口气，掏出手机看了一眼，微博底下全是跟风@陆思诚的，她眼角跳了跳，低声骂："就你们什么都知道行了吧，都是神仙！"

偷偷摸摸捂在卫衣下面又刷了一会儿微博，大约十分钟后，她干脆闭上眼迷迷糊糊地睡了一会儿。回到基地大概是晚上七点，今天大伙因为在第一场跨组小组赛力挫春季赛季军，毫无悬念地拿下比赛，所以这会儿心情都挺好的，众人坐在沙发上七嘴八舌地点外卖，今天是老K请客，因为第一局他拿了MVP。

老K："smiling大大也拿了个MVP。"

"smiling大大也被扣过两个月工资，"童谣坐在沙发上头也不抬道，"拜托啦兄弟们，我拿MVP只是因为他们想八卦我和许泰伦怎么回事——"

话说到一半没有说完，因为此时此刻童谣自己都觉得好像哪里不对，低下头看了看屁股底下的沙发，又猛地抬起头看看坐在自己对面的陆思诚……后者挑着眉一脸冷静地看着她，然后抬起手，用大拇指指了指自己背后的门：你想起来了？自己出去，别让我动手。

童谣老老实实地放下手机站起来。

陆思诚也站了起来："素质教育时间。"

大伙看童谣的目光瞬间从莫名其妙变成同情，眼睁睁目送她和陆思诚一前一后走出基地大门。

关上门，陆思诚靠在门背上一副"一夫当关，万夫莫开"的模样，掀起眼皮扫了眼童谣："说吧，想好再开口。"

童谣想了一下，好像也没什么大不了的，反倒是被陆思诚这副严肃的态度搞得有点紧张。

于是她停顿了一下后，诚实回答："中场休息的时候我在洗手间门外遇见了许泰伦，他问之前在直播里我被人问起电影院的事，为什么不帮他洗白还要说些模棱两可的话带他节奏。"

"你说什么？"

"嘴长在我身上，爱说什么就说什么。"

"嗯，没毛病。"

陆思诚看了她一眼，想到今天中场休息的时候，DQWL战队的其他人好像确实进来问东问西的，神情也不那么自然。男人微微眯起眼，眼神顿时变得不那么愉快了："然后呢？"

"他问我如果他打假赛故意输掉，能不能让我闭上嘴。"

陆思诚冷笑一声。

"凭本事能赢的比赛为什么要人放水？于是我说不能，然后咬了他一口，跑了。"

陆思诚嘴角的冷笑一僵，又迅速放下来，露出不确定的表情，声音放轻问："什么？"

不知道为什么，这声音听上去好像有点不对劲，童谣咽了口唾液，"咕噜"一声："我跑了。"

"前一句。"

"我说不能。"

"后一句。"

"我咬了他一口，"童谣说着停顿了下，连忙补充，"你不是不让打人吗？我就咬他了，咬人总可以吧？又不会咬死他。"

陆思诚像是根本没听见她那废话连篇的补充说明，只是直奔重点地问："第二局比赛开始的时候许泰伦手臂上缠着纱布，是你咬的？"

"对——哦！"

"啪"的一声轻响，童谣捂着自己的额头连连后退几步，一脸茫然地看着陆思诚冷着一张俊脸扔下一句"外面站着"，拉开基地的门走了进去并甩上门——童谣把耳朵贴在门上，听见陆思诚在里面宣布"谁也别给她开门"，她将耳朵立起来，不可置信地瞪着紧闭的门看了一会儿，又把耳朵贴了上去，里面一点动静都没有了。

来真的啊？

不好吧？

童谣走到窗子前，大脸贴在窗子上往里头看——看着坐在窗边的小胖，她仿佛抓到了救命稻草似的敲敲窗，小胖回过头看了她一眼，然后咧开嘴冲她傻笑。

"给我开门。"童谣用口型说。

小胖持续傻笑，然后指指不远处背对着他们的陆思诚，摇头。

童谣看着基地里走来走去的人，还有躺在人膝盖上的猫。院子里吹着热气的空调外置机轰隆作响，整个基地的人仿佛都看不见此时此刻站在窗外眼巴巴的她……

最后不得已，她只好傻坐在院子里喂蚊子，顺便看看直播——

许泰伦的直播。

"因为上次HW战队一样赢了ZGDX战队，就想试试，没想到不好用了。”坐在电脑前，他依然还是那副温文尔雅大暖男的模样，“对不起，输了比赛。”

弹幕自然是一堆“没关系”“下次加油”“下次赢”之类的安慰，当然也有人问他是不是在恶意报复童谣直播不帮他说话这种事，对此，他的说法是——

“那些谣言也不是真的，没有和粉丝在一起做不好的事。”许泰伦说，“其实smiling说得对，没做的话，就不怕被说——我和我女朋友的感情很好，不可能再喜欢别人，听到传闻后她很难过，我安慰了她很久，不过现在没事了。”

童谣对着屏幕做了个呕吐的表情。

“咪咪？它病了，不过不是很严重的病，”许泰伦看着弹幕问，“什么叫星期猫？哦，这样，那不是的，它只是感冒，单纯的感冒——已经拜托朋友送医院了。”

想到前两天在那个包里挣扎的小生命，童谣恢复了面无表情的神色。

“是啊，最近的事都很倒霉——倒霉事很多很多，今天第二局比赛节奏不好也输了，本来不应该抓前两波的，中路队友给我打信号，想着万一能成功呢就去了，没想到……当然不是队友的错，只是现在很伤心！不用安慰我，是我没做好……送礼物？别送礼物给我，没打好比赛，不值得被送礼物。”

淡定的男声响起时，弹幕上自然被一片哭哭脸的颜文字、心疼之类的内容霸占——然而在说完“不值得被送礼物”后，许泰伦打开了某大牌的官方网站看起了最新款的T恤……

童谣被雷得不行，却因此被雷得找到了乐趣，她就撑着下巴坐在外面院子里的小石头板凳上津津有味地看许泰伦“唱戏”，“唱”了一个半小时，直到万家灯火，小区里响起外卖小哥电动车的铃声，童谣放下手机伸长了脖子——

站起来，走到院子外将外卖小哥拦住，外卖小哥见她眼熟，也没怀疑就把食物交给了她：“这大热天的都是蚊子，你一个人在外头干啥？”

“乘凉。”

童谣接过外卖打包盒，无比淡定地说。

外卖小哥走后，童谣拎着屋子里七八个人的口粮来到基地门前，“喂”了声：“两个选择，要么放我进去，要么我被蚊子咬死在外面，你们被饿死在里面，自己选！”

一分钟后，门开了。

童谣笑眯眯地举起手中的打包餐盒，对着站在门缝后面无表情的男人道：“陆先生，您的外卖呀？”

陆思诚来开门，童谣将外卖袋子往男人手里一塞，自己一个扭身，像是泥鳅似的挤进门，跳上沙发，一把抱过在沙发上呼呼大睡的猫，一副“打死我也不走了”的赖皮模样。陆思诚没理她，转身将食物放在桌子上招呼众人吃饭。

童谣就眼巴巴地看着，没一会儿，她感觉自己的手机振动了一下。

fhdjwhdb2333：“知错？”

童谣一脸茫然地抬起头看了眼不远处的餐桌，男人微微侧着身子跷着二郎腿，一只手支着脸，另一只手拿着手机。他目光垂敛，神情冷漠却专注地看着手机，手机的光照在他高挺的鼻尖上。

小胖："诚哥吃饭啊。"

陆思诚头也不抬："不饿。"

小胖："你刚才还说饿了。"

陆思诚依旧头也不抬："现在饿过了。"

小胖："你在跟谁发短信？女人？"

陆思诚停顿了下，然后"嗯"了一声。

原本热闹的餐桌边一下子安静下来，众人瞪大眼看着他们的队长，男人掀起眼皮扫视他们一圈："看什么看，我不能和女人说话吗？"

众人摇头如拨浪鼓。

ZGDX smiling："知知知！"

fhdjwhdb2333："以后再遇见这种情况怎么办？"

ZGDX smiling："扭头就跑？报警？叫救命？"

fhdjwhdb2333："叫谁？"

ZGDX smiling："今天你被DQWL战队的其他人缠住了啊。"

fhdjwhdb2333："叫谁？"

ZGDX smiling："行了行了，知道了。"

fhdjwhdb2333："叫谁？"

ZGDX smiling："你。"

童谣扔开手机，就好像它是个烫手山芋，余光却忍不住一而再再而三地往手机那边瞟，直到手机的光熄灭，又因为新的消息进入而亮起——

fhdjwhdb2333:“过来吃饭。”

童谣揉揉耳朵，站了起来，抬起头看向桌边时，她的队长大人不知道什么时候已经放下了手机，这会儿一只手拿着筷子正微微侧着头跟旁边的人说话，面色从容淡定，嘴角含笑，似乎心情不错的样子，就好像刚才他从未在微信上咄咄逼人、逼迫可怜又无辜的人至溃不成军，直到她说出他想听的话。

他真的不是好人。

绝对的人面兽心。

第七章

陆思诚在与队友们讨论今天的比赛，声音不急不缓，不带多少情绪，如果不是仗着自己声音好听，这样的语气说着一项项枯燥的数据，就像是夏天里老师在念的黑板上的化学公式一样，除了要催眠的时候，谁要认真听啊？

偏偏大家好像都听得很认真。

童谣一边扒饭，一边感觉自己陷入了怪圈。

她的目光总是不自觉地追随着某个人，可是因为某种特殊的原因，她知道自己不应该这么做。没有打职业之前，她所见识到的陆思诚是那个赛场上Carry比赛，宣传照帅得能混娱乐圈，直播间里话很少偶尔还会怼怼粉丝的人，直到有一天，她的座位被安排在他身边。

她看过他大清早穿着不知道是不是内裤的东西，眯着眼走下楼开冰箱找可乐或者酸奶；她看过他头发如鸡窝；她看过他胡子拉碴，不修边幅；她看过他因为熬夜黑眼圈深重，活脱脱像是鬼上身。

她听过他因为频繁看比赛录像做笔记，疲倦得直接躺在沙发上就打鼾，如今童谣那个小本本上有一半是陆思诚凌乱而潦草的笔记，开会的时候他会捧着那个本子一本正经地说一些数据，虽然童谣非常怀疑他到底是不是真的看懂了自己曾经写过什么……

她见过他在小瑞的火眼金睛之下四处藏烟，尽管他最近很少碰这玩意儿，“违反队规”似乎成了他的某一种爱好；她见过他打RANK心态爆炸，嘴巴里把除自己以外的四个队友全部归为“弱智”，然后疯狂挂机一夜，从大师掉到钻二；她见过他急着去上厕所，不得不撅着屁股站着打游戏，然后拿五杀飞快结束游戏，再飞快冲进厕所，最后在里面大骂“纸呢？谁把纸拿走了”，又拎着裤子急匆匆跑出来……

然而，哪怕是这样，褪去“偶像”的光芒之后，她发现自己依然被其吸引，如果就连提着裤子骂骂咧咧地找纸巾的模样都可以被归类于“可爱”，那就很麻烦了。

将筷子上夹着的虾肉塞进嘴巴里，童谣机械地咀嚼却食不知味。她默默告诉自己：聪明一点的话，就别再被陆思诚牵着鼻子走，直到一杯漂浮着冰块、杯壁上蒙着一层水雾的可乐放在她的面前。

冰块互相撞击发出微妙的“咔咔”声响，可乐表面气泡炸裂飞溅，童谣停顿了一下，莫名地对视上一双深褐色的瞳眸……后者目光平静：“不要喝吗？”

童谣仔细想了想，这才想起下午比赛结束时，她一路走去停车场被热得够呛，于是爬上车时，有些没话找话地说了句：“想喝可乐，KFC里有冰块的那种。”

他居然听见了。

童谣接过可乐抿了一小口，饮料的甜，带着气泡炸裂的感觉顺着舌尖滑至喉咙，她又喝了一大口，然后放下杯子心满意足地打了个嗝：“不要以为一杯可乐就能收买我，让我不记恨你把我关在门外喂蚊子喂了一个多小时。”

陆思诚：“嗯。”

童谣：“气死了。”

陆思诚伸手摁了摁她的脑袋：“喝你的可乐吧。”

童谣捧起杯子，冰凉的液体与她滚烫的手掌心温度平衡，她发现自己根本没办法将可乐杯放下，尽管她知道女孩子喝冰的东西不好，喝可乐会长胖。

不可以喝冰可乐啊，一点好处都没有，喝什么喝？心里这么想着，童谣却扬起脖子，将手中的那一杯饮料一饮而尽，透明的冰块都倒进嘴巴里，用牙咬得“咔嚓咔嚓”作响。

ZGDX smiling：“想要拒绝可乐不是一件容易的事，明明嘴上说着不要，身体却很诚实地抓着就不想放了。”

阿毛它娘：“恋爱就是看周围一切的事物都好像长着他的脸的模样，以前是一根电线杆，一条中华田园犬，现在是一杯可乐。”

ZGDX smiling：“艾佳当过什么？”

阿毛它娘：“豆腐乳炒空心菜。”

对于这样像是精神病院同病房病友的对话，童谣是拒绝的。

但是很快，童谣就暂时没心思去惦记可乐还是电线杆，又或者是中华田园犬的问题了。

晚上睡觉前，小瑞帮队伍预约了周三跟韩国的运营商队OP战队的训练赛，这支队伍被人称作“BO5战神”，是韩国赛区的传统强队。

每一个位置的队员的英雄池几乎可以用“all”来形容，想要在BAN&PICK环节上针对他们，几乎是不太可能的事，往往你在前一秒觉得自己可以选择克制对方对应位置的英雄，他们常常就能掏出另外一个同样打这个位置。你之前想都没想过，但是仔细想想，技能和特性上确实能反手克制你选择的英雄——而你原本想要克制对方的选择则被放到了其他位置上，甚至这一手调换，看起来又是刚刚好能克制你相对应位置的英雄，一下子便从主动变为被动。

这是OP战队常常掏出来的把戏，令人震惊以及赞叹。

而童谣更在意的是OP战队的中单选手——他们的中单选手金宇光是一名从练习生开始效力于OP战队整整五年的老选手，从S2到S6，他是OP战队的队长，人长得又高又胖，有人戏称他为“OP英雄海的定海神针”，意思就是虽然他不是最Carry的那个，但是有他在的比赛，OP战队就像是吃了定心丸一样，哪怕已经输了两局比赛，依然能让二追三。

OP战队的“BO5战神”封号和这名选手脱不开关系。

训练赛一共两局，一局童谣上，一局陆岳上。这是为今年世界赛做准备，面对韩国强队，只有灵活变阵才能让队伍走得更远——对此，童谣和陆岳都没有异议。在上一次童谣被禁赛之后，陆岳已经用自己的行动和表现证明自己是一名合格且跟得上队伍节奏的队员，而童谣也因为他在身后紧紧追赶，从未敢放弃自己的训练机会。

刚入队时，所谓的早睡早起成了浮云，每天排位打到半夜一点是常态，经常从电脑桌前爬下来时，她的大脑都是放空的，只有走位和补兵。

于是，为了周三的训练赛不在韩国定海神针的队伍面前丢人，童谣想着不单杀至少也要五五开，在周日睡觉前确定了训练赛计划后，第二天一整天她都坐在自己的位置上没动弹过，顺便美滋滋地补补直播时间。

因为六月游戏版本更新过后，王者段位不能双排，所以她一直在用陆岳的号和老K中野双排训练，陆岳则在用她的王者号自己单排。

整整一天，除了吃饭时间或者偶尔有人站起来喝水，基地里闲聊的声音甚至都很少，鼠标和键盘的声音支配了一切，剩下的声音就是童谣和老K的交流——

“三级来抓一下啊，对方深渊卡萨，之后就抓不到了。”

“我看一下，我见过这个AD，他很喜欢在下路打信号，不来的话就疯狂打信号。”

“你别理他，你别理他。”

“不理他就打字骂人了。”

“怕个屁啊？你又看不懂韩语。”

新的一局游戏开始时，童谣正碎碎念着和老K说队友坏话，这时候原本坐在她旁边的陆思诚正好打完一局游戏，扔了鼠标站起来活动了下手腕，站在童谣身后看她开始对线，其间端起面前的水杯喝了口水，一口水下肚，男人动作突然一顿，然后迅速放下水杯，去洗手间里咳嗽了几声，开始刷牙。

陆思诚回来的时候气息里还带着牙膏的薄荷味，他伸手敲了敲童谣的桌面："对方打野已经在上半野区的F4冒头了，说明一组野怪已经刷完，你兵线压那么深，是不是等着被GANK？周三还这么玩，对方选个狂狮你中路就直接要被通关了。"

童谣："BAN狂狮。"

陆思诚："还有黑寡妇、噩梦吞噬者、麦田守护者，你让蓝脑给你十个BAN位如何？"

童谣立刻操控着自己的英雄往后撤。

老K："你们两个中单打法天差地别，我伺候两个人还要准备两种打法真的累，建议战队也给我安排个替补。"

陆思诚："主动要求有替补的职业选手你是头一个，你还有没有梦想了？"

电脑上飘过一堆弹幕——

"贵队队长真的好烦。"

"一言不合怼天怼地！"

"哈哈哈，诚哥你走开啦，不要欺负我们萌萌的中野二人组。"

"还开着弹幕，关了，专心训练啊，看他们废话做什么？"

陆思诚一边说着一边拿起自己的杯子，往童谣脸上一贴——童谣被冷不丁冻了下，吓了一跳，缩了缩脖子，手一滑漏了个炮车，她惨叫一声："陆思诚！你干吗？！"

“打完这局去给我洗杯子。”

“凭什么？”

“凭我在里面喝到了猫毛。”陆思诚淡淡道，“夏天到了，我这样没爱心的人都知道小东西们会掉毛，你能不能带你的猫去宠物店洗个澡？”

童谣推开他拽着杯子的手：“你还知道你没爱心？”

陆思诚的眼睛还盯着童谣的电脑屏幕：“所以现在没揍你已经算是爱心爆棚了——对方三级了，老K，你怎么还在刷野？快来GANK啊！”

童谣是在陆思诚刻薄的眼皮底下打完这一局排位的，打完之后她站起来满屋子找她的猫，最后在陆思诚的电脑底下看见了抱着男人的拖鞋呼呼大睡的肥猫。

早上才梳过的毛这会儿又是东翘西翘，童谣将它抱起来冲到基地外的院子里，在阳光下给它又梳了下毛，看着阳光下漫天飞舞的猫毛，她打了个喷嚏，决定听陆思诚的话，明天带大饼去洗个澡。

第二天早上起来，童谣打电话预约好了附近的宠物医院，将不情不愿的猫塞进宠物箱里便拎着去了。

童谣找到那家宠物医院的时候是上午十点，因为是工作日，所以店内人不多，只有一位客人。童谣推门进去刚刚报上自己的预约手机号，然后就觉得店里气氛好像不太对。她停顿了下，抬起头，一眼看向宠物医院里唯一的那个客人，此时此刻她正坐在一张椅子上玩手机，旁边放着个垫子，一只小猫正蔫了吧唧地趴在上面。其实准确地说，是这姑娘和猫的精神状态都很糟糕。

“我认识你，”她突然开口道，“ZGDX战队的中单是吧？那天在花鸟市场遇见过的，”那个姑娘笑了笑说，“我和泰伦哥在一起。”

童谣也认出她来了，不过不是因为人，是因为那只猫。

将大饼交给宠物医院的工作人员，她走到那姑娘面前问：“猫怎么了？”

“感冒了，还有被带去基地，人太多，精神紧张什么的，那天确实不应该带去电影院的。”她一边说着，一边站起来，“泰伦哥没时间照顾它，就让我把它带来宠物医院了……唉，可是我今天还要上班的，一会儿要去公司打个卡，正愁怎么办呢，你能不能暂时帮我看着它啊？一会儿我回来接它。”

童谣看看猫，又看看那个妹子，伸出手指小心翼翼地摸摸小猫的脑袋：“如果不想养就不要买回来。”

那姑娘停顿了下，“嗯”了一声，然后转身往外走——

“姑娘，你知道许泰伦在直播的时候怎么说的吗？”

走到门口的人突然停下，她回过头看了童谣一眼，而后淡淡道：“我听见了啊。”

童谣不说话了，目送她离开。

童谣掏出手机——

ZGDX smiling：“队长，要是偷偷拐走别人家的猫会被禁赛几场啊？”

fhdjwhdb2333：“又发什么疯？”

ZGDX smiling:“我想犯罪。”

fhdjwhdb2333:“你给我住手。”

fhdjwhdb2333:“你在哪儿？”

ZGDX smiling:“宠物医院啊，怎么了？”

fhdjwhdb2333:“没怎么，过去打你一顿让你清醒点。”

十分钟后，宠物医院的工作人员推门进来跟童谣说:“小姑娘，你男朋友开车来接你和你的猫了，你没跟他说清楚吗？你的猫这才刚开始洗呢，他怎么这么急啊？”

第八章

童谣低头看了看趴在手边的那只小猫，心想他才不是来接我的，他只是来阻止我偷猫的。她心不在焉地说:“不是啦，那是我同事，才不是什么男朋友——”

陆思诚推门而入时，正好听见这一句。

男人推门的动作停顿了一下，童谣低着头没看见。等她抬起头来时，后者已经收敛好脸上的所有表情，板着脸站在她面前，又看了看她手边的猫，脸色比面无表情变得更加面无表情:“你不是来给大饼洗澡的吗？”

“我是啊。”

童谣指了指身后，陆思诚顺着她的手指看去，从透明的橱窗玻璃外一眼看见了里面正与店员挣扎的布偶猫，他的脸色这才稍稍缓解，收回目光用下巴点了点童谣手边的美短猫:“许泰伦的猫怎么在你这儿？”

“我碰巧遇见他那个，”童谣想了想，不知道该怎么称呼那个姑娘，“就那个，带着它来看病——好像怀疑是猫瘟，结果血清显示不是，就是单纯感冒了……”

童谣抓起桌子上的验血单，陆思诚瞥了眼没仔细看。

“这是你偷——”

话音未落便被童谣很紧张地捂住嘴——陆思诚垂下眼看着她，在那样冷淡的目光下，童谣尴尬地缩回手，搓搓手，不好意思道：“你别嚷嚷那么大声，叫店员听见以为我真要那什么呢……我就想说许泰伦他们根本不想也不会养猫，何必折腾？买回来时检查下是不是有猫瘟，感冒根本不要带来医院，小猫没打疫苗，脆弱着呢！医院那么多病菌，轻的感冒做好保暖，喂药就可以了，单纯的感冒医院也是开处方药，怎么能带来医院？我问了医生，说拉肚子没有很厉害，他们还想给它打针，那么小的猫啊，打什么针——”

陆思诚垂着眼没有动，一言不发地看着站在自己身边的人皱着眉，一本正经地念叨着她的养猫经。

他没有打断她。

虽然他一个字也没听懂，也根本不在乎怎么样才能让一只毛茸茸的小东西茁壮成长，他只是安静地看着她，直到她把想要说的、想要抱怨的说完，这才淡淡道：“可是这已经是别人的猫了。”

童谣皱起眉，原本碎碎念的声音忽然沉下去：“我知道啊，又不可能真的偷走。算了。”

陆思诚停顿了下，抬起头看了看童谣身后，显得有些生硬地转开话题：“大饼还要多久？”

童谣看了眼跟店员持续斗争、洗个澡就像是要杀了它的大饼，原本紧皱的眉头终于稍稍放松了，她看了看宠物医院里的表，而后轻轻叹了口气:“不知道，要梳干净毛，估计还有一个多小时吧。”

“那我在车里等你。”

“不用啦，一会儿我自己回去……一个小时你干坐着啊？”

“看一下OP战队在联赛的比赛录像，一下子就过去了，”陆思诚说着往外走，走了两步又停下，“你要不要一起？”

童谣犹豫地看了眼手边的那只美短猫，正想说“不了”，这时候又听见陆思诚似乎有些不耐烦道:“快点决定，这宠物医院的空调开得好低，我快冷死了。”

童谣一愣，看了眼睡在垫子上连个遮盖物都没有的小猫，想了想道:“那我能不能带着它一起？”

此时，陆思诚已经推开宠物医院的门，闻言扔下一句“随便你”，便走出了宠物医院。完全没想到这个难缠的家伙会这么好说话，童谣有些惊喜地与店员打了个招呼，告诉她如果那个姑娘回来让她去前面停着的车找她，然后抱着小猫爬上了陆思诚的车。

陆思诚的车也开了空调，只是温度没有开得很低，还允许童谣开着窗，让阳光从车窗倾泻而入，正好照在童谣小心翼翼摆在膝盖上的垫子上。小猫打了几个喷嚏后因为阳光的温暖，呼吸变得平缓了些，童谣一边用指尖温柔地摩挲它的脑袋，一边微微眯着眼，偏着头去看陆思诚手机中的比赛视频——

阳光温暖。

车内很安静。

只有比赛解说的声音和游戏的音效声，偶尔童谣会针对OP战队中单的某个犀利操作或者十分正确的节奏发动与陆思诚讨论几句，后来陆思诚嫌解说吵耳朵，就把声音调低了，童谣这才发现，偏着脑袋，这样的距离，她几乎可以听见男人呼吸的声音。

“美杜莎这英雄改版之后，HPL我都没见过人掏出来在比赛中用过……这个金宇光真的厉害啊，前期怂，三级之后不缺蓝就出来疯狂消耗恶心人，版本英雄三只手拿它也没什么办法的感觉。”

“所以这英雄你会不会啊？”

“嗯，不会啊。”

“为什么不会？”

“就不会啊，真当我英雄海啊？这英雄很难玩啊，改版之后不让买鞋，速度一级一级叠加，等于是要相当熟悉它每一级速度变化才能计算好消耗最佳时机以及逃跑时机，一个不小心就要出事了啊！”

“金宇光就能用？”

“他是金宇光啊！你拿我跟他比？”

“不拿你跟他比拿谁和他比？你不比他厉害，我们怎么拿S系冠军？”

也是啊，童谣不吭声了。

这时候躺在她膝盖上的小猫打了个惬意的哈欠，伸了个懒腰，颤颤巍巍地从垫子上爬起来，瞪圆了猫眼好奇地看着童谣——童谣用手指头挠挠它的下巴，小猫就歪着小脑袋蹭她的手指。

陆思诚将在看的比赛暂停，侧着脑袋看身边的人堂而皇之地走神逗猫，听她碎碎念：“真可爱啊，想把你绑架走。”

直到不远处有高跟鞋的声音传来，车窗外一个纤细的身影快步走近，一股淡淡的香水味飘入车内，化着精致妆容的面孔出现在车窗外，遮住了阳光。

“抱歉啊smiling，我从公司回来的路上有点堵，谢谢你帮我照顾它。”

之前将猫堂而皇之地强塞给童谣的妹子出现了，她弯下腰，一边道歉又一边与童谣道谢，然后小心翼翼地接过那只小猫抱在怀里——她动作挺小心的，童谣从她眼中看出她也不是完全不在乎猫的样子。

“没事。”

童谣语气稍稍缓和了些，又把刚才和陆思诚说过的关于小猫感冒怎么处理的话重复了一遍给这妹子听，然后推开门跳下车，走进宠物医院里将洗干净毛、修好指甲的大饼接回来。

从宠物医院推门走出来的时候，那个妹子已经不在了。

童谣向着四周张望了下，直到不远处那个高调的豪车里男人不耐烦地降下车窗伸脑袋“喂”了一声，她这才急急忙忙地缩回头，抱着装大饼的宠物箱坐回车子上。

坐在位置上，她想了想，说：“她不会把猫又送回DQWL战队基地吧？”

陆思诚懒洋洋答道：“好像许泰伦的粉丝挺喜欢那只猫的，所以应该会送回去。”

童谣皱起眉。

“干吗？”陆思诚问，“又想去别人基地偷猫？”

“想啊。”

“想想就行了，不许做。”

晚上，童谣果然在许泰伦的直播间看见了白天还在医院里蔫了吧唧的小猫，这会儿它似乎已经恢复了一点精神，正在许泰伦的摄像头跟前走来走去。

粉丝果然都在夸它可爱，精神也不错。

“是啊，打针了，下午拜托了工作人员代替我带它去打针。”

嗯，工作人员。

“没事，不是猫瘟。”许泰伦用并不算标准却娴熟的中文说，“感冒而已，真的感冒，回来就好很多，我想送它，但是下午训练赛……训练赛？赢了。和谁打？不告诉你们。”

说着他笑起来，露出虎牙，好像心情不错的样子。

粉丝疯狂夸了一波“你比猫可爱”“中文溜”，童谣听罢翻了翻白眼，心想这模样还不如李恒硕那个二傻子可爱，正无比嫌弃时，身后突然伸出一只大手关了许泰伦的直播间。

“又讨厌又要看，你到底有什么毛病？”

队长的声音不冷不热地从她身后传来。

童谣拍了拍他捂住自己鼠标的手，要和他抢鼠标：“你让开，别关我直播间，我是讨厌他，但是不妨碍我看他演戏看上瘾——满嘴都是谎话、张嘴就骗人的人多难得啊，这是活脱脱的教科书，教育我们，电竞圈的男人不可信！”

陆思诚“啧”了一声，弯腰捂着童谣的鼠标死活不撒手：“说什么疯话？”

童谣抠他的手指：“都是渣渣、骗子。”

陆思诚手劲加大：“你自己没遇见好的，少在这儿‘地图炮’。”

童谣改用手掰他手指：“什么叫‘我没遇见好的’？行，还是我的错喽！你倒是给我数个电竞圈好男人出来——脾气好，打游戏打得好，长得好看，有耐心，不乱搞也不骗人的那种！”

“有啊。”陆思诚动作一顿。

“谁啊？”童谣的手指伺机塞进陆思诚的手掌与鼠标之间，头也不抬地顺口问。

陆思诚沉默了三秒。

“我。”

“啥？”童谣正专心拼命以自己的手指为支点撬那握在鼠标上的手。

“我啊，”手腕一沉，男人的掌心稳稳压住那在他手掌心动来动去的手指，“你要不要试试？”

童谣的手指一下子被他压在鼠标和他的掌心之间。

童谣一脸茫然地抬起头看着半弯着腰撑在自己身后的男人。

在他们不远处，每一个上一秒还在专心打排位的队友，这一秒都是一脸茫然地转过头看着他们，小胖甚至直接把自己的鼠标扔了出去。

童谣：“你说什么？”

她看着那双深褐色的瞳眸，试图看清楚此时此刻他的情绪。

然而，她失败了，那瞳眸变成了比以往更深的色彩，犹如深海，她窥见不得其深处。

直到陆思诚放开她的手，原本压在她手指上的温度消失——

“没什么，”男人淡淡道，“随口一说，看把你吓的，有没有出息了？”

童谣：“这也能拿来开玩笑？”

“能啊，”陆思诚走到冰箱旁，拉开冰箱门，蹲下身，整个人都消失在了冰箱门后，“我说能就能。”

童谣脱下脚上的拖鞋举起来往陆思诚那边挥了挥——

然而此时此刻，她并没有看见的是，蹲在冰箱门后，男人并没有伸手去拿任何东西，他只是用一只手撑着额头，沉默片刻，这才满眼无奈地放开手，随手拿了一瓶矿泉水出来，拧开瓶盖，一口气就喝掉了一瓶。

第九章

“队长啊。”

“什么？”

童谣看了眼抓着空矿泉水瓶在自己旁边位置坐下来的男人：“你这样乱讲话，在古代可是要娶我的。”

陆思诚点开排位，“哦”了声，目不斜视地盯着自己的电脑屏幕：“又怎样？”

童谣在桌子底下踢了他一脚，扬起眉：“娶我啊。”

陆思诚无动于衷：“哦。”

童谣又踢了他一脚：“怕不怕？”

陆思诚终于扭过头，扫了她一眼，突然显得有些没头没脑地问：“你会做饭吗？”

童谣不假思索地回答：“不会。”

陆思诚：“意思是只会吃啊？那还是怕的。”

童谣：“你是不是人啊？为什么永远都不能好好说一句人话？”

陆思诚:“你逼我的。”

童谣:“怪我喽。”

陆思诚:“不怪你怪谁?”

每天都在用生命忍耐着并挑战极限,才不把自己的主机扣到身边人的脑袋上去,有时候就连童谣都忍不住怀疑是不是粉丝姑娘们过于温柔和包容,才让这些电竞少年落入认不清自己的个人魅力极限和实际价值的境地,这样的恭维导致他们经常说疯话,做疯事……

这时候如果有一个粉丝圈的“神奇女侠”站出来让这些男人清醒一下,那就真是太好了。

最开始,童谣也就是这么随便想想而已,但是她没想到的是,就好像老天爷听见了她内心的呼唤似的,在她发出如此感慨不超过八个小时之后,这个“神奇女侠”居然真的出现了!

事情的开端源于一个DQWL战队的粉丝头目小姐姐,这姑娘的微博ID叫“果果”。

果果因为经常制作、裁剪DQWL战队队员直播的有趣内容和文字段子,逐渐和DQWL战队的工作人员混得挺熟。因此经常有一些别人不知道的DQWL战队的选手生活段子可以爆料,如此这般,长年累月下来,她便成了坐拥两万粉丝的粉头。

人人都知道,这个果果是许泰伦直播间的房管,是许泰伦个人粉丝群的群主,她为人低调,从不参与掐架搞事,也不搞小团体排挤人那一套。因此,果果非常受DQWL战队粉丝的认可,大家对于她的定位就是好像许泰伦开直播她永远都在,有时间,有钱，低调，认识DQWL战队内部工作人员，有料。

这一天晚上八点左右，有一名DQWL战队的粉丝小姐姐吃完饭没事干，开始浏览果果的微博，原本是准备补补昨天DQWL战队队员直播中有趣的片段内容，结果微博往下拉了几下，突然发现系统提示，大概是一分钟前，这个叫果果的粉头连续给一个叫“以你之名”的微博小号发出的内容各种点赞。

出于好奇心，这名粉丝去这个“以你之名”的微博看了一眼，随后她发现这个微博非常奇怪，首先它很显然是个人微博小号，只有一两个系统赠送的僵尸粉，而且全部的微博都是0转发0评论0点赞；其次，发微博的频率很频繁，从大约半年前开始，基本每天都有两三条动态被发出来。

半年前，正好是许泰伦来HPL加入DQWL战队没多久。

出于好奇心，这个DQWL战队的粉丝便开始仔细浏览“以你之名”的各种微博，其中最叫人在意的是她最新的那条微博，微博内容是一只小美短奶猫蔫了吧唧地躺在一个垫子上，周围的背景看上去是宠物医院，而微博的配字是：“小宝贝快点好起来，都是我不好，好担心你。”

这只美短，明明就是天天在许泰伦直播间的摄像头前走来走去的那只“咪咪”。

想想今天下午许泰伦信誓旦旦地说“工作人员带它去宠物医院”，再看看这明显不像是某位工作人员的微博，很难想象当时在看这微博的粉丝朋友是什么样的心情。

最难的是，她以难以言喻的心情锲而不舍地将微博继续看了下去。

昨天,“以你之名”的微博内容第一条:“吵架，心烦。不知道是不是自己做得不够好，明明已经很努力在做了，还是比不上她吗？还是注定见不得光？”

“以你之名”的微博内容第二条:“感觉看不见未来，或许我对你来说就是可有可无的存在吧？”

前天,“以你之名”的微博内容:“买买买！”

配图:代购转账截图。价格四位数，备注“××牌夏季新款×××××短衬衫”。

大前天,“以你之名”的微博内容:“嘻嘻嘻嘻嘻嘻。”

配图:微信秀恩爱。男方说“宝宝你睡了吗”，女方说“陪你好不好”，男方说“快去睡，我还要打游戏，这周比赛要赢”，然后发了个红包，女方领了以后，男方说“拿了红包乖乖睡”，红包金额五块二。

大大前天,“以你之名”的微博内容:“你不开心我也不开心，希望你能开心一些，我知道你很想赢，不要不开心好不好？”

配图:微信聊天记录。男方说“输了比赛，队友都像是傻子，一旦离开就崩得一塌糊涂。这么菜，打什么职业”，女方说“没关系，下一次赢啊”，男方说“太傻了，为什么要带这样一群人赢，中国人HOL真的差”，女方说“别这么说”，男方再次强调“真的差，明年回韩国或者换队伍，如果不是钱多根本不会来”。

大大大……不知道大几个前天，也就是许泰伦那只小奶猫初亮相的那天。

“以你之名”的微博内容:“今天逛花鸟市场买回来的，开心，仿佛有了羁绊也有了寄托。”

配图:那只熟悉的美短小奶猫。

看到这儿，再不知道这是什么情况，那个热心的吃瓜群众大概只能说是傻子了——第一时间意识到自己好像看见了一个不得了的大新闻，她迅速将这个“以你之名”的微博链接保留，部分重要微博连带日期一起截图，然后转头去贴吧发帖——

“DQWL战队粉丝幻灭！许泰伦说好的暖男呢！”

标题之下，啪啪啪啪就是一大堆微博截图干货，帖子在一分钟之内回复几十，楼下全部都是“这啥”“火前留名”“厉害了我的小姐姐”……

至此，一场腥风血雨的战斗揭开序幕!

第十章

事发的时候，童谣原本在直播打排位，中间排队的时间在微博瞎逛，一不小心就围观到了有人转发的这个“以你之名”妹子的微博。当时童谣看见这猫，就反应过来是怎么回事了。

她当时恨不得举起双手表示这次可不是自己带节奏。

与此同时，这会儿和她双排，也是在闲着等排队的老K也看见了微博上的帖子。童谣还没来得及阻止他，他已经扯开嗓门大喊起来:“这个‘以你之名’是谁啊？DQWL战队打野出轨啊？这就是被咳咳咳的粉丝？被咳咳咳完了还给他买衣服是什么道理？怎么没粉丝给我买衣服？”

陆思诚:“因为你没有粉丝。”

老K不理他，一边看贴吧的帖子一边问:“那这个给‘以你之名’点赞的‘果果’又是谁？”

小胖的声音传来:“还能是谁？当然是‘以你之名’本人啊！一个人！许泰伦不是天天在直播间里说自己和女朋友多好，满世界秀恩爱——也不知道哪一次就成了压死骆驼的最后一根稻草，那妹子被逼急了，爆发一波RQ二连定向爆破直接满血带走！Nice！”

陆思诚：“你们怎么这么八卦？”

童谣：“是啊，怎么这么八卦？我在开直播啊！队友们，注意言行。”

老猫：“他骂中国人HOL水平臭。”

小胖：“我觉得我被‘地图炮’了，胖爷的全华班上周才把他捶得螺旋飞天，老K在野区把他支配得瑟瑟发抖，他跟我说中国人HOL水平臭？”

老K：“是啊，这个真的不能忍。”

童谣见这些人越说越过，想着虽然说的都是大实话，但是终归影响不好，若是被有心人记录下来，估计又要被带一波节奏。于是，转过头跟直播间的粉丝说自己要休息了准备关直播。然而，事实证明，她直播间的粉丝们并不是傻子——

“别关啊，听得正开心！”

“什么要休息了？最近你哪天不是排位到一两点？关直播去看八卦才是真的吧！”

“你队的人真的八卦！”

“只有我觉得小胖说得挺对的吗？虽然中国大陆赛区确实没有拿过S系冠军，但是强行说我们水平臭，真的好气啊！”

“楼上的，别胡说，人家说的都是大实话，有本事拿个冠军打他脸啊！”

“啧啧啧，看楼上，为什么这时候还有这种人在直播间里辣眼睛！滚啊！”

“好幻灭啊，还以为许泰伦人很好的……”

童谣还是强行关了直播，然后也确实打开了贴吧开始看八卦。

此时，许泰伦的节奏已经不再是“出轨”这么简单。

他的为人处世、效力于中国的俱乐部却对队友肆无忌惮地谩骂等一系列完全无法洗白的言行，全部从这个“以你之名”的微博里被挖掘出来——

刚开始还有人洗白“这谁啊”“这年头随便搞个微博再来个微信对话就能带节奏了”，直到一张令人震惊的照片被放出来，照片上的他睡在被子里，被子拉至胸前，怀里搂着一个脸打了马赛克的妹子……

这总不能说两个人在盖着棉被纯聊天吧？于是洗白的人越来越少，至此，许泰伦“暖男”“认真刻苦学习中文”“走心又想赢的韩援之一”的形象彻底崩塌。

偶尔有一两个“打游戏打得好就行啊”的言论出现，也是被群体爆破，骂得不成人形。正所谓墙倒众人推，这时候，当骂许泰伦、说自己真的受不了选择粉转黑的人越来越多，终于有一个自称是DQWL战队的工作人员出来爆料——

爆一个料，爱信不信。

DQWL战队本来就是韩国人说了算，他说往东，队友们不敢往西。其实上周打ZGDX战队原本根本不是想针对中路去赢比赛的——傻子都知道，这么抓，其他几条线根本打不过，但还是这么干了。为什么？

因为其他队友敢怒不敢言啊！出轨怪恨着ZGDX战队中单那天关于电影院的事不帮自己说话，才这么搞她。

别否认这个，这人做得太明显了。解说员其实在解说比赛的时候规定是不能有偏向性的，那天也是圆都圆不下去了。呵呵，也可以说是解说都看不过眼了。

为什么那么恨？还不是因为他们俱乐部的队员对他太过百依百顺。他以为中国人都是这样，一个人站出来反对他，他就不习惯了呗……

有些韩国人就是从骨子里看不起你的。

注意，我说的是“有些”。

但这也是没办法的事，因为你确实在HOL这游戏上没有拿得出手的成绩，这也就是为什么HPL现在真的太需要一个S系总决赛冠军的原因。谁先拿了，他就是《英雄王座》界的英雄，至少在我个人看来，绝对一辈子没的黑。

我说一句实话，这不是出轨不出轨的问题，这是一种现象——我不否认HPL有真心效力于自己的俱乐部的、恨不得留在中国的好韩援。据我所知，HW战队的李恒硕、YQCB战队的教皇，还有XBANG、末日兽人战队的阿鲁鲁，这些都是不错的韩援……你看看，YQCB战队的教皇厉害吧？YQCB战队并没有让他乱来，春季赛还是保级队，这个夏季赛直接就起飞了；HW战队是传统强队没的黑；末日兽人战队为什么没几个明星选手也稳稳扎根在HPL——为什么？因为人家就是有纪律啊，你韩国人说了不算，再Carry也说得不算，什么都要按照规矩来。

所以，成绩这玩意儿真的不是队伍明星选手多、纸面实力强就能好的。

是是是，DQWL战队春季赛成绩是好，但是那真的就是昙花一现。其实，这个俱乐部早在韩国人一言堂的时候，就烂到根子里了。

现在的HPL，像是DQWL战队这种管理层的说话权都压不住主力韩国人、让他们肆意妄为的俱乐部，其实真的不止DQWL战队一家。我个人认为，这种歪风邪气不改，HPL才是真的迟早要完。心不齐，四个人加一个韩国人，或者三个人加两个韩国人，怎么可能打得过五个韩国人？

我知道有很多俱乐部的管理层在看这个帖子。你们自己好好想想，是不是这个道理？

这个自称“内部人员”的长篇发言，引发了很多人的深思。

人们终于不再局限于“许泰伦出轨”这件小事，而是真正意义上，由许泰伦的事情，引发了一次中国大陆电竞圈对于从S4结束疯狂涌入的韩援现象的思考风暴与地震。

直到半夜一点，贴吧的高楼已经建造到一千多层。这时候，那个“以你之名”突然像是活过来一样开始删微博，可惜有人已经把她的微博从头到尾截图了，她这时候突然删微博，简直就是欲盖弥彰，更加坐实了所有的一切都是真的。

半夜一点三十分，“以你之名”的微博删空。

半夜一点四十分,“果果”的微博跟着开始清空。

半夜一点四十五分,“果果”的微博删空，只留了一条刚刚发的新微博，只有简简单单的三个字:“结束了。”

半夜一点五十分，陆思诚站起来去倒水，经过某人座位时一顿，接着倒退回来，抬手狠狠地摁了一下缩在椅子上低头玩手机的某人的后脑勺:“几点了，还不睡？”

童谣举起手机，给陆思诚看那个工作人员发的长微博:“诚哥你看，这个人说得好好！”

陆思诚接过童谣的手机，刚开始只是敷衍地看，扫了两行之后，突然靠在童谣的座椅靠背上认认真真地把这个长微博看完了，之后将手机往扒在座椅靠背上眼巴巴看着自己的人手中一塞，言简意赅道:“这人说得不错。”

童谣:“怎么不错了？”

陆思诚:“哪里都挺不错的。”

童谣一把揪住要走开的男人的袖子:“讲讲，讲讲？”

陆思诚垂眼看了看死死拽着自己袖子的手指——她很用力，指尖几乎都微微泛白了，虽然如此，他还是可以几乎不用力就能挣脱开她——但是他没有这么做，只是微微叹了口气，将自己的视线从她的手上移开，任由她拽着自己的衣袖。

陆思诚缓缓道:“如果国内一些俱乐部真的能够从这次DQWL战队打野的事好好思考并处理韩援问题，那这次他被曝丑闻的事说不定也不是什么坏事……这个圈子早就该肃清一次了。”

童谣松开陆思诚。

“其实那个人说的道理很多俱乐部也不是不懂，只是不敢懂，就像这一次，我们可以拭目以待，看DQWL战队拿不拿得出这种决心——哪怕保级，也要扶正风气。”

陆思诚扔下这么一句，转身到厨房去给自己倒咖啡了。

童谣盯着他的背影看了一会儿，然后转身一屁股坐回自己的位置上——她抱着膝盖，盯着手机屏幕发起了呆，直到陆思诚倒完咖啡回到自己的位置坐下，一扭头，发现身边那个人瞪着眼，手机屏幕的光照在她脸上，一副痴呆的模样。

他沉默了一下，收回目光，“咔嚓咔嚓”地摆弄着自己的鼠标，眼睛漫不经心地盯着自己的电脑屏幕，像是在很认真地看着自己刚才那几局排位的战绩和数据，一边看，一边用不经意的语气问：“在想什么？”

没有具体指明问的是谁。

然而，坐在他身边的人却十分自然地开口接过了话题。

“就是挺高兴自己加入了一个全华班俱乐部。嗯，不是说所有的韩援都不好，只是相比之下，五个中国人会更好。”童谣把下巴压进膝盖之间，低声说道，“都说《英雄王座》职业只分赛区，没有国家概念，是俱乐部之间的比赛——道理我都懂……可是我也想有站在最高荣誉的领奖台上举起五星红旗的时候，真的好向往啊！”

“如果自己也能有那么一天，就好了。”童谣伸出手指，戳了戳放在桌子上的队服，“想进S6，想赢，想夺冠，想证明自己，还想证明中国人的《英雄王座》不比别的赛区差。”

“你不想吗？”童谣脑袋枕着膝盖，转过头看着陆思诚，那双黑色的瞳眸虽然疲倦，却异常明亮。

“我做梦都想要个灵魂射手卡莉的皮肤啊！”陆思诚干巴巴道，“然而现在都几点了，你能不能去睡觉啊？大梦想家。”

童谣把头从膝盖上拿起来，皱起眉嫌弃道：“你没有梦想，你不想赢。”

话音刚落，就被一件衣服劈头盖脸地捂在脸上——熟悉的气息钻入鼻中，她意识到这是谁的队服，第一时间老脸一红，“呜呜”挣扎着扯下来，手忙脚乱之间，她听见男人的声音淡淡地从不远处响起——

“少说废话！没梦想不想赢，两年前我就不会选择离开HCK回HPL。你以为我为什么这么做，刷时髦值啊？”

童谣将头上盖着的衣服成功地扯了下来，然后被身边伸出来的大手推了一把：“去睡觉啊。”

童谣被推得摇晃了一下：“不去。”

陆思诚：“你不睡觉你上天？”

童谣：“我不上天，我就看看你。”

陆思诚：“嗯？”

童谣：“看看我们队长个人魅力达到巅峰的时候是什么样的。”

旁边的小胖简直要笑晕了：“童谣，你干吗一言不合开我们队长的车？”

陆思诚停顿了一下，嘟囔着“你是不是傻子啊”，从位置上站起来。

童谣抬起头盯着他:“去哪儿?”

陆思诚面瘫着脸:“厕所,你要不要跟来?”

童谣没跟上他的脑回路:“跟去干吗?”

“鬼知道。”陆思诚薄唇一翘,那表情要多刻薄有多刻薄。

“你别理他!”在陆思诚离开的脚步声中,小胖一脸“我家AD孩子我很懂”的慈祥表情,“是害羞了,是害羞了!我们的薄脸皮队长是忙着躲厕所脸红去了,一会儿就该摔门了,不信你——”

话音未落,洗手间那边传来“哐”的一声巨响。

摔门声,真的很响。

第十一章

第二天是和OP战队的训练赛。

虽然说是训练赛，但是经过昨晚围观DQWL战队的爆炸节奏之后，队员们的心态多少还是受到了一些影响——韩国运营商队这也算是撞到枪口上了。此时，ZGDX整个队伍的所有人都是摩拳擦掌的状态，大家都是大清早地爬起来开始打排位热手。

国内联赛才打完三分之一，S系全球总决赛还早，想要遇见韩国人也还需要耐心等待，在此之前，也只能努力在训练赛里找找场子——

想是这么想的。

小胖早上醒来后，甚至发了条令人感动、相当具有教育意义的微博："你见过早上七点的上海吗？"

对于此条励志微博，部分ZGDX战队的上海粉丝的回答非常一致："除了你谁没见过啊？"

童谣："我没见过早上七点的小胖，这是真的。"

“你别说话，今天你起得最晚，九点才下楼，你胖哥哥都打两局排位了，你说你是不是不想赢？”小胖狠狠地敲打键盘，一边打，一边头也不抬地念叨，“上啊上啊，这个怂货AD，不敢上你打什么？AD去打蛇好不好——推荐你买一本《论AD的自我修养》，作者陆思诚。”

童谣绕到小胖后面，弯腰伸手按了下切换键，看了眼小胖他们队伍AD的战绩，0击杀4死亡1助攻，游戏进行到第十二分钟，辅助这样的AD，难怪小胖这个“奶爸”要抓狂。

并且在童谣围观的时候，这种数据的AD还在拼命压兵线，然后又被对方的打野抓死一次，队友已经忍无可忍地骂起来，纷纷说这AD是“演员”，小胖也忍无可忍地打字骂起来。

童谣：“那么气干吗？”

小胖：“这局再输就掉钻一了。”

童谣：“哦。”

小胖：“这个月工资又走远了。”

童谣闻言不说话了，闭上嘴后退一步，远离小胖的位置。小胖感觉到了她的沉默，伤心地回头瞥了她一眼：“童谣，你变了，你刚来的时候不是这样的，你那时候都愿意和我双排带我飞。”

“是啊，”童谣抽抽嘴角，“直到我看见你的上条人偶、风男、皇帝以及妖姬辅助……讲道理，你一个辅助和我一个中单的英雄池那么像，真的很吓人好吗？”

此时陆思诚从厨房走出来，正好听见两人对话，他喝了一口咖啡，说：“小胖，你居然还有脸提自己欺负萌新的那段黑历史。”

小胖瘪瘪嘴，回去继续打自己的游戏了。

陆思诚走回自己位置上，放下杯子:“起来了。”

童谣:“呃。”

陆思诚转过头:“双排？”

童谣:“我号王者段位，双排不了。”

陆思诚“哦”了声，声音听上去十分平静:“昨天陆岳帮你掉回大师了。”

陆思诚:“排不？”

小胖:“你们两个C位天天双排，什么毛病？”

陆思诚:“上分啊。”

小胖:“就不能带带我这个可怜的小辅助？带我没见你们那么热情过。你们说，你们是不是看不起辅助？”

陆思诚:“哪天我想掉分再找你。”

小胖:“我知道童谣为什么变了，都是诚哥你的错，你让她变得对我不那么友善了。”

“哦，”陆思诚听了小胖的话下意识瞥了眼旁边，只见他家中单正眯着眼在好友列表里找某个ID，找到后点击它旁边的小符号——看着自己电脑屏幕游戏端右下角跳出来的游戏邀请，陆思诚点击同意，点点头，满意道，“这锅我背了。”

童谣:“什么？”

陆思诚:“没什么。”

最后，童谣和陆思诚还是一言不合开启了通往上分之路的车，因为两个人分都比较高，很慢才排进一局，于是到中午十二点，他们也只不过才打了两局而已。

打完两局，陆思诚站起来活动手腕。童谣坐在位置上看刚才那一局的数据分布统计图，一边“咔嚓咔嚓”地点鼠标，一边头也不抬地问：“什么时候也该冲一波韩服第一了……哎，OP战队约几点来着？”

陆思诚：“十二点半。”

童谣点击鼠标的声音一停，她茫然地抬起头对视着陆思诚：“几点？”

陆思诚目无情绪：“现在。”

男人说着拍拍手，用基地一层所有人都能听见的声音招呼大家各就各位准备训练赛——明神拿着童谣的数据小本本还有一个写字板从楼上走下来，教练阿猴也拿着自己做的资料跑了过来，小瑞抱着大饼从沙发上爬起来……他是纯粹看热闹的。

小瑞：“放轻松，那是运营商队，输了也正常，失败使人进步。”

顺便说说风凉话。

童谣翻着眼睛进入训练赛用的自定义比赛房间，很快看见对方的队员也陆续各就各位——在礼貌地打了招呼之后，双方看上去也是懒得多废话，直接进入BAN&PICK环节。

因为两边队伍的成员英雄池都比较深，所以禁用英雄显得比较随意，大家似乎都是对对方的下路有所忌惮，BAN掉了冰原、傀儡师、轮子妈三个AD英雄，之后纷纷禁用版本强势英雄，开始选择英雄——

对方一楼抢风男。

童谣很是震惊，心想:你金宇光英雄池深是吧，选风男是吧?那我就稳住，也不跟你打激进，至少前期对线中路保证不崩，于是想来想去，掏出个刚刚克服了恐韩症的皇帝，锁定。

大概是童谣锁了皇帝五秒后，对方反手一个炎岩，她傻眼了。

童谣:“炎岩！不是风男吗？哈喽？！那风男咋回事？上单？上单！再说炎岩这英雄几个人会用？他居然掏出来用！”

陆思诚不急不缓地锁了个伊泽，眼珠稍动:“这话我好像前不久在哪儿听过——在哪儿呢？哦，某个人感慨金宇光的美杜莎的时候。”

童谣挑高了眉:“炎岩和美杜莎比赛没人用的！”

陆思诚:“在你用暗黑球女之前，比赛中也很少有人用，你不是至今还在得意这个吗？炎岩被动支援快，消耗赖线能力强，手长，爆发高，特别是作为比赛热门英雄皇帝的天克存在，你凭什么说它没人用？你闭嘴。”

趴在童谣椅子上的陆岳:“被人嫌弃英雄池的感觉怎么样？再次欢迎你来到我的世界。”

童谣:“你闭嘴。”

禁选环节结束，ZGDX战队选择上单巨怪、打野钻地、中单皇帝、AD伊泽、辅助盾人；OP战队选择上单风男、打野酒徒、中单炎岩、AD大嘴、辅助瑕光守护者。

选完英雄，看着对方的花式选择，ZGDX战队这边是一片沉默。

小胖:“风男、炎岩、酒徒、瑕光守护者，这些选择真的是……”

老猫:“上单风男我是服气的。”

老K:“搞得好像现在酒徒还有人用一样，梦回春季赛啊？”

童谣:“你们看看炎岩，看看炎岩啊，我在排位里都遇不到的东西，训练赛里遇见了。”

ZGDX战队队员集体沉默几秒，然后发出一声声叹息，唯独他们的队长面无表情地说了句无情的话:“真的想把你们全部扔去种红薯。”

不得不说，童谣他们真的被OP战队瞎拿英雄的勇气震慑到了，这导致他们进了游戏以后还有点摸不着头脑——那种感觉很奇妙，就是平常打排位，你遇见对方用OP战队现在拿的阵容，说不定几乎以为这是对方要开场就送的福利局，但是眼下，真的和OP战队上线打起来的时候，却发现这真的一点也不是福利。

OP战队的BAN&PICK环节不说完爆ZGDX战队，但是它就是用一手风男中路换上路的套路，让老猫和童谣两条路都打得非常难受。那种搞不死对方，自己也活得不明不白的感觉，那是相当憋屈。

童谣和对方和平补刀到三级时，就发现对方是比陆岳还稳健的存在。看了眼此时正忙着守卫自己野区的老K，她叹了口气，还是放弃搞事回城，同时将镜头切到下路——这一局最有希望带领他们走向胜利的一路，然后一眼就看见对方的大嘴尾巴摇得像是哈巴狗，童谣顿时感到一阵绝望。

大嘴这个英雄比较特殊，当一个选手手速极快，点击地板频繁移动同时平砍，游戏术语为“走A”，一个顶级AD的走A水平肯定是基本能力。当他们在使用大嘴这个英雄时，因为手速快，且完美抓住每一个空隙平A，不会因为多余动作取消普攻，大嘴攻击动画效果没有产生移动，实际本身却在移动，攻击动画和走路尾巴动画不在一个位置，此时，就会出现大嘴摇尾巴的动画效果。

一个AD的大嘴能摇起尾巴，说明他至少是个联赛顶级AD，完全能够驾驭这些操作复杂且对手速要求极高的英雄。

OP战队AD的大嘴并不是硬拿，他对线起陆思诚丝毫不虚。

而童谣他们拿的阵容其实是比较缺输出的，后期团战就只有陆思诚一个硬输出点——而OP战队就好像也是知道这一点一样，前期打野频繁抓下，虽然几次都没抓成功，却把陆思诚逼得急了，于是在六级一波越塔强杀行动中失败，被对方酒徒一炸飞天，贡献出两个人头外加一血塔。

劣势从对方刻意针对下路时便开始出现，比赛在第二十分钟爆发第一个人头和一血塔时打开局面。

陆思诚皱起眉："这局我的。"

大家都没说什么，本来就是打得迷迷糊糊的，这会儿也顾不上觉得哪里要输，都嘟囔着"再打打看"，试图与对方拖后期——又通过几波稳扎稳打的运营转线，打回一些经济差距，将游戏时间拖到第三十五分钟左右，此时场上人头比依然是最开始的1:0。

运营，运营，运营。

拉扯兵线，抢夺野区资源，然后继续运营，有五分钟双方甚至没过自家野区河道线……

打到后面，童谣真的昏昏欲睡，神志不清。

最后终于拖到一波团战，谁赢团战谁能赢比赛的份儿上，是陆思诚走位过于靠前，童谣一个大，把对方的大嘴直接推到他脸上的配合失误导致团战输掉，被人一波推掉基地，输掉训练赛。

大水晶炸裂的声音响起。

童谣成功地将前期陆思诚冲动搞事背好的锅接到了自己身上，她扔了鼠标咬住手指。

陆思诚看见自家基地水晶炸裂，瞥了一眼童谣："你对我意见很大啊？"

明显是嘲笑她最后一波团战实力送他归天的瞎操作。

只是此时男人脸上的表情看上去挺轻松的，不像是平常训练赛输给韩国队那样难看。童谣挠挠头，小心翼翼地瞥他一眼，猜想大概是因为隐约感觉到前期迷茫抗压后，成功拖到后期差点能赢的情况让他还算满意。

相比以前那种毫无胜算，被运营至慢性死亡的绝望，下次大概能赢。哪怕对方再掏出花式英雄，也好有个心理准备，以及，要把中单英雄从左到右除了风男通通练一遍。

童谣在心中掰着手指自我总结、检讨，同时嘿嘿笑着退出自定义比赛房间，让陆岳上第二局，自己抱着膝盖看他们准备开始第二局训练赛。

中场休息十分钟。

第二局训练赛是陆岳打，这会儿童谣勉强算是放松下来，所以在他们讨论BAN&PICK环节时，她拿出手机看了看微博。

原本是想看新闻的，结果一刷新，还真刷出个大新闻。一夜震动之后，DQWL战队官方微博终于针对许泰伦的事进行官宣——

《关于dragon选手近日违规行为公告》

鉴于近日来俱乐部陆续收到各方对选手dragon（许泰伦）的行为投诉，我俱乐部针对以上投诉进行了调查，发现部分行为属实，并做出以下说明：

选手许泰伦于2015年冬季转会期加入我俱乐部，成为我俱乐部首发打野。然而自进俱乐部以来，该选手并未按照俱乐部最初希望的那样尊重队友，尊重俱乐部，接受管理层管理，多次做出背地辱骂队友，辱骂俱乐部，甚至辱骂中国的言论，情节恶劣。

对于俱乐部多次劝说教导，许泰伦不服管教，屡教不改；且私生活混乱，造成选手舆论风波，给电竞环境带来极恶劣的影响。以上行为，均属严重违纪。

对此，我俱乐部本着肃清电竞圈风气的态度，对不尊重队友、持蔑视中国态度的外籍选手绝不姑息。因此，我俱乐部最终决定扣除选手许泰伦下半年奖金，并责其入替补席位，禁赛全赛季，深刻反省。

又念在选手许泰伦于2016年春季赛对俱乐部取得春季赛季军的成绩有不可磨灭的贡献，俱乐部特别允许选手许泰伦参与本周四与HW战队的小组赛，作为其最后的正式道别。

蜉蝣之羽，可撼大树。为中国电竞事业长期健康发展，DQWL战队心甘情愿为之奋斗。

感谢所有人对中国电竞、对DQWL战队长久以来的支持与喜爱，本俱乐部将竭力为中国电竞环境献出自己的微薄之力。

童谣:“厉害了我的哥，许泰伦禁赛了！”

童谣这一嗓门吼得整个基地的人都吓了一跳，座位距离她最近的陆思诚手一滑BAN了个自己原本想要选的灵魂射手卡莉，顿时面黑如锅底:“大惊小怪！再嚷嚷去隔壁战队借他们多利的嘴套给你戴。”

多利是隔壁YQCB战队老板养的阿拉斯加犬，艾佳两口子养的布偶猫阿毛天天站在它的背上耍杂技，耀武扬威的，把大饼羡慕得不行不行的——

然而这不是重点。

童谣:“你居然要给我戴狗嘴套！”

陆思诚:“错，是想给你戴两个狗嘴套，一个套上让你闭嘴，另外一个负责加固。”

陆思诚:“别人战队打野禁赛关你什么事？输了训练赛还这么乐观，你能不能去反省下？做个样子也好，以前训练赛输了还知道哭，现在这么欢天喜地是想要气死谁？”

童谣“哦”了一声，放下手机。

下一局训练赛她果然全程安静，自己打开单人模式开始默默摸索炎岩这英雄咋玩，成功地扮演了一个不会气死队长的内疚的美少女。

第十二章

DQWL战队官宣一出，再次引发了圈内的小型地震。

大家都知道DQWL战队靠许泰伦Carry赢比赛，许泰伦是队伍的节奏发动机，没有了这个打野，这个队伍最多就是在保级边缘，甚至可能会掉入次级联赛的队伍，此次将其禁赛的决定一出，无疑是从自己的身上活生生剐了块大腿肉下来。

所以这样的举动让原本都以为国内俱乐部“利益为上”的吃瓜群众着实吃了一惊，大多数人原本以为只会是“记个大过，责令改正”“扣下工资”之类不轻不重的惩罚，真没想到最后DQWL战队舍得把这个韩援整整BAN掉一个赛季。

因此，基本上一开始大多数言论都是支持DQWL战队这次的决策的，媒体的正面报道铺天盖地，算是在业内起了一个不错的领头羊作用——

“恶有恶报，杀鸡儆猴，不管怎么说，这波支持DQWL战队。”

“哎呀，保级习惯了，一下子拿个季军有点不习惯，还是BAN

掉Carry位回去保级吧！——DQWL战队管理如是说。”

“小队伍都能拿出这样的决心，某些联赛中上游队伍可长点心吧。”

“希望这次大家能拿出一点实际行动来支持DQWL战队，口头表扬不可取，人家可是真的有利益损失的……”

“楼上拉倒吧，俱乐部口碑也很重要，明年找到合适的打野全华班，只要不保级，绝对圈一大波粉，还不是美滋滋？当管理层傻子哟？至少我是被圈粉的啊！”

诸如此类的言论数不胜数，甚至在某著名电竞贴吧，相关帖子层出不穷，有认真分析国内电竞俱乐部现状的，还有继续深扒许泰伦的。结果不扒不知道，研究过后才发现这人辱骂队友、搞“一言堂”，动不动就威胁高层“如果不××我就不上了”之类的言论行为不止一次，问粉丝要奢侈品礼物也是家常便饭。

最开始搬运许泰伦节奏的帖子已经是五千回复的摩天高楼，到最后是一堆吃瓜群众疯狂@他们平常在贴吧里遇见过的许泰伦的粉丝小姐姐。她们其中一部分在贴吧里现了身，并回应“我当初瞎了眼，已脱粉”；另一部分则回应“很伤心，别再@我了，谢谢”；最后剩下的一小部分则从头至尾保持沉默。

许泰伦正式成了HPL的“过街老鼠”。

空旷的房间内，被扔在床上的手机铃声不断响起、短信振动、QQ振动、微信振动、来电提示……

然而，房间内唯一的年轻女子扎着头发，穿着拖鞋，正在将最后的衣服塞进行李箱内——对于手机不断发出的噪音，她仿佛充耳未闻。

周围的一切都乱糟糟的。墙上有些斑驳，到处都是有什么东西曾经贴在上面再被撕下的痕迹……从墙上遗留下来的一些没撕干净的照片一角似乎能推断出大概是照片或者海报，墙上的照片绳夹子上也空空如也，化妆镜上还挂着几个写着“DQWL战队加油”的应援手幅。手幅上，有一些字迹潦草的队员亲笔签名，它们大概曾经被小心翼翼地保存起来过。

年轻的女子关上行李箱，站起来目光冷漠地环顾已经变得很空的房间，最终她的目光定格在她身后另外一个巨大的箱子上——箱子最上面压着几个移动硬盘，里面存满了半年来DQWL战队队员们直播的高清录像视频。移动硬盘之下，压着满满的从墙上取下来的照片，照片之中，有五个身穿统一颜色队服的年轻人。他们在笑，他们在拥抱，他们站在舞台的最前面对观众鞠躬，他们坐在电脑后面，为自己的胜利欢呼，为失败沮丧……

这些照片曾经被单反一幕幕地细心捕捉，然后挑选，修图，冲洗打印，被用心珍藏，如今却这样皱皱巴巴地连着墙纸一块垃圾似的扔在废物箱里。

床上的手机还在响。

微博用户名叫“果果”的女子走到箱子旁，抬起脚正想将箱子关上时，她的目光却定格在了箱子里的某个厚重的本子上……她停顿了一下，没有将箱子关起来，而是选择弯腰将它拿了出来，翻开第一页，本子的第一页，就是如今那个电竞圈“过街老鼠”，身穿DQWL战队队服，笑得一脸灿烂的人的照片——

这是许泰伦刚刚来到HPL赛区，加入DQWL战队，赢下第一场比赛时露出的笑容。

在这张照片下面，用中英韩三种语言的荧光笔写着：泰伦哥，生日快乐！

她将本子“哗啦啦”地往后翻，则是不同的照片加不同笔迹的字——“许泰伦最棒”“感谢来到我们身边”“我们泰伦小天使啊，夏季赛也要好好加油”“感谢你将我带到《英雄王座》职业赛这个美好的圈子，我看过了许多的风景，最终还是选择一直停留在你的身边”……

最后一页。

“无论如何都在你身边——果果。”

落款日期是今年的八月三十一日，时间还没到，因为这是粉丝们一块为许泰伦做的生日礼物中的一份，从今年二月开始制作，本子被最快的快递小心翼翼地寄往四十多个城市，收集了无数来自全国各地的粉丝的亲笔祝福，最终又回到果果手上……厚厚一叠的本子，满满的都是里面每一个人期待着它被递到喜欢的选手手上时的期许。

如今也没有用了。

果果将本子放回箱子里。这时候，手机又收到了几条短信，她停顿了一下，终于还是转身拿起手机，将过去十几个小时内积攒的几百条未读信息一一读过——

“果果你没事吧？”

“微博清空了，是要退圈了吗？不要啊，呜呜呜呜……”

退圈，当然是要退的啊。

“不明白你为什么要这么做。”

“不是说好了不把这些事情往外说的吗？没想到最后背叛了许泰伦的人是你……你也背叛了我们，你这个叛徒。”

“许泰伦被禁赛了。”

“我们再也看不到他了。”

“拜你所赐。”

“你真的是个恶毒的女人。”

……

什么时候变成了这样呢？因为喜欢，盲目地追从，所以就连知道了他的真面目以后也坦然接受了现实，甚至像是疯子一样袒护他，替他隐瞒。是不肯承认自己心中的偶像原来是这个样子，还是单纯地不肯承认自己当初就是眼瞎呢？

“他是个渣，不值得的。果果，算了吧！如果当初知道他是这样的人，我根本不会粉他，游戏打得再好也不要粉。”

而我也是个插足他人感情的人，贱啊。

“这周是他最后一次比赛，你来不来？”

果果的目光停留在最后一条短信上。

良久，就像是下定了什么决心一般，她打开微信，进入购票平台——放在手机上的指尖微微颤抖。忽然，她想起第一次决定要去看HPL现场比赛的那个周一，她起了个大早，洗澡化妆，与几个好友约着到咖啡馆坐着，等啊等，眼巴巴地等到中午十二点，然后抱着手机数秒，心跳加速，在手机时间跳到十二点时，争分夺秒地进入购票系统，只为抢到最前排的票……

而此时已经是周三了。

进入购票页面，周四DQWL战队对战HW战队的门票只剩下寥寥几张后排票。果果想了想，随便选了张最后一排的，点击确定，确认信息，购买。

她的眼前恍惚又出现了那一日：抢到前排票后，欢呼雀跃着与朋友抱在一起……那是不知道该怎么形容的喜悦，满脑子都是——我那天要穿什么呢？我要化好妆啊！他看不见我也没关系，反正我就是要美美哒！

许泰伦啊，真的真的，很高兴见到你。

周四，又是一周HPL常规赛跨组循环赛的开赛日。

早上，童谣接到了一个关于许泰伦以及圈内韩援现状的采访任务，所以哪怕今天不是ZGDX战队的比赛日，她也还是任劳任怨地爬起来，坐上了俱乐部的保姆车，远远赶往对她来说已经非常熟悉的比赛赛场，并带着临出门前陆思诚对她的寄语祝福："许泰伦最后一场比赛，现场万千粉丝暴走，你跑去接受采访，不怕被他的粉丝打死啊？"

"说得好，感谢祝福，那你要不要来保护下你家中单？"

"我不要，"端着咖啡的男人面无表情道，"我也很怕死的。"

这个男人，并不知道什么叫英雄救美的浪漫。

童谣翻着白眼来到比赛场地，距离采访时间还要一会儿，于是她戴上口罩，坐在台下看了一局DQWL战队和HW战队的比赛——也不知道是不是许泰伦的状态真的不好，还是他故意的，李恒硕不负众望地将许泰伦捶进土里，比赛就像是传统强队打传统保级队一样。

比赛结束，DQWL战队的粉丝区是安静的，那种安静令人毛骨悚然，就好像这并不是许泰伦个人的谢幕赛，而是整个DQWL战队的。

此时，作为胜利的队伍，HW战队队员主动与对方握手，并到舞台最前面向观众鞠躬致谢。弯腰时李恒硕眼尖看见了坐在角落里露出半个鼻子、一双眼睛的童谣，顿时笑得像傻狍子似的跟她招手。

在他们身后，DQWL战队队员安静离场。

童谣看时间差不多了，正好自己也饿了，就站起来想到隔壁楼去买点面包。这时候外面乌云密布，天上下起了雨，她又问工作人员借了伞，然后独自一人往外走。

因为是中场休息时间，观众很多，怕被认出来堵住走不了，童谣从侧门绕出去，绕了个挺大的圈准备到另外一栋楼去——她走的那条路原本应该没什么人，直到她打着伞踩着水绕到大楼的背后，然后在建筑的屋檐下看见个抱成一团蹲在角落里的妹子。

童谣刚开始被吓了一跳，差点把手里的伞扔出去——直到她走近了看，才发现那被淋成落汤鸡的不仅是个活人，而且还是个熟人。

“妹子啊？”童谣站在她身边停下，将手中的伞稍稍倾斜遮住她的头顶，犹豫地问道，“你没事吧？”

有那么一瞬间，周围很安静，只能听见大雨倾盆的声音。

良久，她几乎以为这个妹子应该不会理她了。她抬起头看看自己的伞，正狠下心弯腰想要把伞塞给这妹子。这时候，对方却动了——她抬起头，整张脸都是湿漉漉的，不知道究竟是雨水还是眼泪，她微微眯着眼看着童谣，很久很久之后，用略微沙哑的嗓音低声道：“是我亲手毁了他吗？”

“一个巴掌拍不响的，”童谣将伞塞进妹子的手里，“早知如此，何必当初。”

十分钟后，童谣独自一人，浑身湿漉漉地坐在面包店啃着面包、刷着微博。她原本是想看看DQWL战队粉丝对于许泰伦的离开到底是怎么看的，结果看着看着，突然手指一哆嗦，刷到了一条最新的微博。

她仔细地读着，然后连带着吞咽面包的动作也停顿了，心中不知道是什么滋味，只是那一瞬间好像突然觉得有些心酸……喜欢一个人，讨厌一个人，有时候好像并不能做到像是想象中那么简单——非黑即白。

几个小时后，几乎只要是混电竞圈的人都在微博首页看见了这么一条微博——

以你之名：

人太贪心了。

从慕名而来，和其他人一样站在比赛台下仰望他，为他的每一次精彩操作欢呼，为他的每一次击杀鼓掌。在论坛、在贴吧、在微博、在游戏里，在每一个地方，昂首挺胸骄傲地告诉别人，我崇拜的那个人的名字。

是从什么时候开始的呢？从单纯的崇拜，到逐渐沦陷。

开始挖掘他的生活，希望得到他私下的联系方式，想要听他说一句只属于我的“晚安”，为此变得偏执而固执，面目可憎。

盛满了欢喜与崇拜的双眼被蒙蔽，捂上耳朵，把他当作自己的私有物，心脏里流淌出恶臭的脓液。

是我忘记了。那个站在比赛台上闪闪发光的人，我从来不该妄想拥有。

想要的越来越多，最终在追寻的道路上丢了初心，忘记了一开始自己在追求的东西——其实只是想看着他在比赛台上闪闪发光地比赛而已啊——不知道从什么时候开始，忘记了这样简单的事，蒙住自己的双眼，放任自己的堕落、丑恶、嫉妒在黑暗中滋长，让自己成为一个自己都看不起的陌生人。

拉着他，与他一同坠入万劫不复的深渊，然后自食恶果。

开始怀念最初那个因为远远看他一眼就欢呼雀跃的自己，和坐在台上散发光芒的他……什么都晚了。

自食恶果啊？真的是这样的——

早知如此，何必当初。

第十三章

童谣抓着啃了半截的面包回到比赛场地时，第二局比赛已经开始了。看着下面的粉丝举着的荧光应援牌，童谣心中又开始难受起来，没有了看比赛的心情，只想快点做完访谈，然后回基地抱着她的猫。所以，她索性一秒也没有多停留，直接去了后台。

让她没想到的是，她在后台休息室居然看见了她压根没想到会出现的人。

“队长？”童谣保持着推开门的姿势愣在休息室门口，“你怎么来了？”

“采访突然变成双人采访，于是我就来了。”

陆思诚抬起头，一眼就看见门外站着的和落汤鸡一样的人——她整个人都湿透了，头发狼狈地贴在脸上，像是刚从水里捞出来的一样。陆思诚放下手机，挑起眉：“怎么搞成这样？你没问人借把伞啊？”

“我借了，只是遇见了一点意外，”童谣推门走进来，被室内的空调吹得打了个喷嚏，她吸了吸鼻子，“我把伞给别人了。”

陆思诚从休息室里拿来个毯子扔给她，又不知道从哪里摸出一块干燥温暖的手帕——童谣接过毯子裹上，然后用手帕擦了擦头发：“采访的人呢？”

“在等着，我还以为你想看完第二局比赛，就让他们先去等着，”陆思诚低下头看了她一眼，问道，“你怎么没去看比赛啊？”

童谣擦拭头发的动作突然一顿。

陆思诚挑了挑眉。

童谣很快恢复了动作，只是头低得更低了一些。“不想看了。”她低声嘟囔道，“看着那些粉丝，怪难受的……他们为什么要来啊，到底辛辛苦苦在追寻什么？心中的英雄，还是他们设想出来的人设？实际上，坐在台子上的根本不是他们想象得那样伟大的人，可能甚至糟糕得连他们都不如……”

像是打开了话匣子似的，语无伦次的话倾倒而出，说到最后声音逐渐变小，也越发失魂落魄，直到童谣感觉到自己胡乱在头发上揉搓的手被人一把扣住，她抬起头，有些茫然地对视上那双深褐色的瞳眸。

童谣：“诚哥，怎么了？”

陆思诚面无表情道：“这话应该我问你才对。”

童谣沉默了一下，然后开口道：“是遇见那天那个女的了，许泰伦的那个，刚开始觉得她很讨厌，现在觉得她讨人厌的同时，作为粉丝也很悲哀，”童谣垂下手，却没有挣脱陆思诚的手，“粉丝的话，总把喜欢的人想得太好了——不论是许泰伦，还是我们……不顾喜欢自己的人的心情，随心所欲做自己想做的事，被曝光、被摧毁——想到这儿，就觉得这个圈子真的是太不值得被别人喜欢，太……”

“没你想得那么糟糕。”

童谣声音一顿，她抬起头。

“至少你的队友们不是做得挺好的吗？一个两个除了基地哪儿也不去，把ZGDX战队基地混成和尚庙，”陆思诚面无表情，“大家都很乖。”

这完全是一种夸奖宠物的表情。

“因为一个人或者两个人，就一竿子打翻一船人是不公平的事，不是早就提醒过你了吗？”陆思诚一脸严肃道，“我是好人。”

童谣眨眨眼，此时，她感觉拽着自己手腕的手稍稍收紧了些。

“你这样的情况让人觉得担忧。”

“担忧？”

“在我没来得及说什么之前，你先对这个圈子绝望了，那就麻烦了。”

陆思诚一边说着，一边放开童谣的手，想了想好像哪里不对，又重新将她的手抓回自己的手心。他稍稍弯下腰，凑近那张呆滞的脸，看着那双还有些放空的眼。

“这个圈子还是有好男人的，长得帅，很有钱，游戏打得好，还不出轨，把基地当成和尚庙，每天早上起床就差念一段心经了。”

“谁？”

“我。”

“所以，”男人微微抿起唇，嘴角紧绷，那双深褐色的眼睛微微缩聚，“那天问过的话再问一次好了，你要不要试一下？”

童谣整个大脑都不转了，只是条件反射地问：“试什么？”

“我。”

第十四章

空气仿佛凝滞起来，童谣紧绷着脸，瞪着陆思诚没吱声，整个人像是一尊冰封的雕像，被吓得一动不动的。

她甚至忘记了眨眼，连心跳也没有了。

就这样眼巴巴地看着眼前的人，良久，她怪笑一声，嗓音突然变得尖锐："诚哥，麻烦您按套路出牌啊诚哥！您这样一下一下地，我是真的受不住，一样的破梗您准备玩几次才会腻啊？告诉您，这次我不怕了，我真的不怕了——"

一边说着"不怕了"，一边被吓到用上了敬语，且一边说一边往后退，直到她整个人都退到了门边，背靠上门板，悄悄摸到了门把手——冰冷的金属碰到滚烫的掌心，她稍稍镇静了一些，随后便看见男人满脸无奈地抬手弄乱了自己的头发，又深深叹了口气，跌坐回身后的椅子上，一副不知道接下来该怎么办的模样。

但是管他呢，现在童谣真的管不了他了，她只想夺门而出、落荒而逃，找个地方用脑袋撞墙，让自己清醒一点，快点从这个分不清是噩梦还是妄想症犯病的痴梦里醒过来。于是，童谣悄悄打开了身后的房门，半个身子歪斜出去的同时，她听见房间里传来威严的声音："去哪儿？你给我回来。"

哦。

三分钟后，童谣在陆思诚对面的椅子上面对面地坐下，歪着脑袋一脸费解加害怕地看着她的队长，直到对方不耐烦地揉揉耳根，抬起头狠狠地瞪了她一眼。她向后缩了缩，整个人快要缩到沙发的角落里了，如同一只受惊的狐獴。

"你干吗？"陆思诚露出刻薄的表情，"我说什么了，你就这样？请求你跟我就地入洞房了吗——"

童谣"唰"的一下满脸通红，尖叫着抬起手捂住耳朵："别说了别说了！陆思诚，我就提醒你一句，跟人表白请求交往并不是用这样的语气和这样的表情的，孔雀求偶都知道开屏呢！你怎么能这样——"

"哪样？"

"凶。"

"我温柔一点你就答应了吗？"

"看，你沉默了！"陆思诚皱起眉，看着挺不爽地"啧"了一声，"真想把简阳或者许泰伦抓过来打一顿。"

"关他们什么事？"

"找个镜子照照，你就会发现你刚才脸上的表情多可怕，原本我还想再等等，至少拿到夏季赛冠军的时候再提出来吧，结果看见那样的表情就知道不行了，再等下去，随便再出个许泰伦这样的人，不等拿夏季赛冠军你就能遁入空门。毕竟这圈子人渣还真是挺多的，”陆思诚飞快说完后停顿了一下，好像觉得自己说错话了，又亡羊补牢似的补充道，“不像我，我就很好。”

这个人啊。

童谣面无表情地缩在沙发角落：“那就等拿到夏季赛冠军再提出好了，天时地利人和，我也觉得这点子不错。”

陆思诚用“你该吃药”的眼神看着她。

“你这人有没有原则？”

“所以，早在你上次问我是不是无所畏惧的完美的人时，我就说不是了。”陆思诚翘起嘴角，依然还是那个刻薄的表情，只是因为这个冷笑变得更加刻薄，“如果坚持原则的下场就是喜欢的女人跑去遁入空门，那要原则这东西做什么？坑自己吗？”

喜欢的女人。

童谣瞪大了眼，然后再一次举起双手捂住自己的耳朵，想想不对，又捂住自己的眼睛，最后猛地放下手，用一双受到极大惊吓的眼睛瞪着陆思诚。

陆思诚瞥了她一眼，脸上的表情突然发生了微妙的变化。

童谣觉得那就像是一颗酸梅被扔进了七喜饮料里。

“所以是我自作多情，你没喜欢过我？”

不是的，当然不是的。

童谣张了张嘴，下意识想否认，然而还没等她来得及开口，又听见陆思诚飞快地继续道：“那为什么要站在我的椅子后面用被抛弃的小狗的语气说不让我去见相亲对象？”

“我没有——什么鬼，为什么要提这茬？”童谣一把捂住胸口，半晌像是想明白了似的瞪着眼，“没追究你偷听，你为什么还要提这茬！为什么！你不心虚吗？”

“刚好在切歌的空当，不小心听到了啊，又不是故意的，我心虚什么？”陆思诚往后靠了靠，“不是很好吗？”

好个屁！

陆思诚停顿了下：“那你是要拒绝我了吗？”

“不敢。”

陆思诚眼皮跳了跳，稍稍坐起来了一些：“那你是答应了？”

“也并没有。”

“我知道了，”陆思诚点点头，“你只是单纯地欠揍了啊。”

“你看！”童谣立刻伸出一根手指，隔着沙发指着陆思诚的鼻尖，“就是这种语气，队长的语气，队霸的语气，老爸的语气——随便是什么都好，就是不像男朋友的语气！啊，我说男朋友的语气又没说你是，你嘴角翘什么？放下来！”

话音未落，坐在对面沙发上的人突然坐了起来，长臂一伸捉住童谣的手指——冰凉的指尖被带着些许温度的大手包围住，童谣“哎”了一声，一下子没反应过来，回过神后，脸上红得像是一只煮熟的虾！

“能不能像是男朋友一样做得好，至少要给个机会试试你才能知道吧，嗯？”陆思诚拉了拉她的手指。

童谣盯着自己的指尖，心想：你摇什么摇？不要摇我的手指，也不要“嗯”，老男人撒什么娇？这是犯规。

放开童谣的手，男人站起来揉揉她的脑袋：“你考虑一下。”

“给你两个小时考虑，晚上九点之前。”

这个人，表白都那么跩。

“为啥是晚上九点？”

“因为关系到我能不能好好吃下晚饭。”

陆思诚说完，转身走了出去，留下童谣一人发了一会儿呆。她突然弯下腰猛地捂住了自己的脸，整个人扑到沙发上蹭来蹭去，然后换一头，继续蹭来蹭去，直到蹭得沙发都“吱吱”移位，她才停下来深呼吸一口气，告诉自己要冷静，哪怕面对这样的山崩地裂她根本无法冷静。

童谣在休息室里自我凌乱了一会儿。

很快就到了做采访的时间。采访开始时，童谣和陆思诚是前后脚进入采访室的，两个人各自占据长长的沙发的一边——别说是身体接触，就连眼神交流都没有。

陆思诚全程靠着沙发，坐姿懒散，单手支着下巴看着左边。

童谣全程端正坐好，好像是等着发小红花的幼儿园小朋友一样目视前方。

记者们面面相觑，不知道的人还以为ZGDX战队队内不和——如果真是这样，那么今天的采访可以不用做了——光这个话题，他们就可以怒写三个版面。

记者提问：“对于HPL近日来关于韩援的问题，请问两位有什么看法？”

童谣：“不能一概而论，也有很好的韩援啊，比如HW战队的打野……咳，比如YQCB战队的AD和打野，还有别的队伍的一些韩援。”

陆思诚：“韩援是治标不治本、急于求成的做法。想要赛区强大，不可过分依赖韩援。”

记者提问：“解决的办法呢？最近很多人开始抵制韩援了。”

童谣：“加强管理吧，还是看俱乐部。”

陆思诚：“全靠自觉，不自觉的话，俱乐部也管不了。还有，必须要说的是，这和是不是外援没什么关系，同样的情况国产选手也有。”

记者提问：“那对于粉丝与选手之间的关系，两位有何看法？我们也知道，这一次许泰伦选手最终被与他保持不正当关系的女粉丝亲自曝光——”

陆思诚：“微妙共存，适度保持距离吧。”

童谣：“认清定位，作为插足他人感情的人，无论男方和女方都是不可原谅的。而作为粉丝，也应该擦亮眼睛，看清自己对喜欢的选手是否带上了不理智的美化滤镜，从单纯的喜爱、崇拜，进化为扭曲的占有欲，那是一件非常危险而不被推崇的事。”

记者提问：“哈哈哈，看来smiling作为女生对于这件事有不同的看法。那么，两位言下之意，圈内还是多多少少有选手存在生活作风问题？”

童谣：“因为都是年轻人，性格和三观尚未定性，过早接触社会的话容易受到错误的引导，就像读书的时候我们常常也会惹老师生气，这是一个道理……这是没办法的，希望大家能够稍微克制一些吧。”

陆思诚：“不知道，反正我的生活作风挺好的，是一个值得托付的好男人。”

男人不急不缓的声音响起，童谣坚定望向记者的眼神突然往旁边瞟了一下。

而此时，并未发现有哪里不对的记者们则不明所以地哄笑起来，个个一脸乐观、无忧无虑的模样，让此时备受煎熬的童谣感到非常羡慕。

接下来，也不知道是不是陆思诚的回答让记者得到了什么启发，他们居然提出了一个非常可怕的问题——

“那请问，在清楚如今职业圈光明面与黑暗面的情况下，两位是否考虑过找圈内人谈恋爱呢？”

原本坐在沙发两端的人突然不约而同地交换了眼神。

“为什么不？”陆思诚转过头看童谣，直接问，“不要吗？”

童谣抓住沙发套上的一角：“我不知道。”

采访最后是怎么结束的童谣也不知道了，满脑子都是“不要吗不要吗不要吗”……最后她被搞疯了，自己胡言乱语了些什么都不记得了，只知道采访一结束，她就站起来心急火燎地往外冲。

童谣去洗手间洗了把脸冷静了一下，等她在镜子里仔细调整好自己的表情，走出洗手间，爬上停在停车场的大巴时，她已经做好了准备，清了清嗓音，看了看车里，然后发现——咦，她家队长不在。

童谣眨眨眼："队长呢？"

工作人员："走了。"

童谣傻眼了："走……哪儿去了？"

工作人员："谁知道哦，做完采访就急匆匆走了，估计是约了人吧？而且他本来就是自己开车来的啊。"

童谣"哦"了声，低头看了看时间，此时是晚上八点，距离九点还剩下一个小时。坐车从比赛场地回基地，不堵车的话大约是四十五分钟，也就是说，某个人之前虽然说好了晚上九点之前要等她的答案，然而还没等她有机会说点什么，他自己已经跑了。

跑了！

陆思诚，你知道一辈子的单身狗长啥样吗？明天早上起来照照镜子，你就能知道了。

童谣把包往椅子上一扔，气哼哼地坐下了。车开回基地的那四十多分钟时间里，她已经气过一轮。正准备开始气第二轮，车子停在基地门口，是八点四十分。

童谣跳下车，跟工作人员挥手告别，进基地，穿拖鞋，开电脑，抱大饼，看了眼电脑右下角的时间，八点四十五分，她旁边的座位空空如也——陆思诚还没回来。

童谣掏出手机看了看，没有微信，也没有未接来电。

童谣抱着猫在位置上坐下，躁动不安得像是一座快要爆发的小火山。

"童谣，吃饭了吗？"

“不饿。”

“smiling，双排吗？”

“不排。”

“你猫喂了吗？”

“饿着吧，减肥。”

八点五十分，基地外响起了车的发动机声。

童谣要是耳朵能竖起来的话，这会儿大概已经高高立在脑门上了。她不动声色地将下巴从大饼的脑袋上拿下来，看了看门外——五分钟后，门被人敲响，八点五十五分。小胖说：“队长回来了，童谣小姐姐去开个门。”

所有人都在忙，除了发呆的童谣。

她“哦”了声，把大饼往陆思诚椅子上一扔，站起来去开门。

此时，外面还在下着仿佛停不下来的瓢泼大雨，童谣拉开门时，外面站着的人浑身带着一股水汽，他可能是从停车场跑回来的，外套湿透了，一只手塞在口袋里，卫衣半拉着拉链。当门被拉开，看着出现在门缝后面的人，他沉默了一下，问：“怎么回来没换衣服？基地空调开得低，想感冒啊。”

关你屁事，猫哭耗子。童谣很气地想。

童谣更加沉默地把门拉开，让到一旁——然而没想到的是，站在门边的人却没有进来，他只是抬起手，看了看手腕上的表，报时：“现在是北京时间八点五十八分三十秒。”

他居然还有脸报时。

陆思诚：“你的回答是？”

童谣:“我——”

在童谣开口之前，陆思诚打断了她，男人用低沉得就快要被外面的雨声淹没的声音说了句“想好了再回答”，童谣莫名其妙，结果余光一瞥，突然发现站在她面前的那家伙外套的胸口部分好像有不自然的凸起……

她目光扫过去时，那凸起动了动，又动了动，然后一只美短小奶猫迷迷糊糊、哼哼唧唧地从半拉开的拉链中拱出个毛茸茸的脑袋，冲着童谣“喵”了声。

童谣盯着小奶猫，整个人都僵在了基地门前，她微微瞪大了眼:“这是——”

“嗯,”陆思诚说,“虽然DQWL战队有点远，但是我还是成功地把猫带回来了。”

“北京时间八点五十九分三十秒，三十秒后如果我还是单身，你也就没有新的猫可以——”

陆思诚的话还未说完，原本稳稳站在原地的人已经张开双臂扑上来，艰难而努力地一把抱住面前那比自己高了大半个头的男人。男人说话的声音戛然而止，他感觉到撞在自己胸膛上的小巧而温暖的鼻尖。

他微微眯起眼，翘起嘴角。

童谣仰起脸抬头看男人的下巴:“你为什么不反手抱住我？”

陆思诚“哦”了一声，还没来得及动便感觉怀中一空，小奶猫被原本缩在他怀里的人一把捞走，同时那人将他无情地推开——童谣猛地往后退了三步，回头做贼似的看了看基地里的其他人。所有人都在专注地打游戏，并没有人看向走廊。

暖光灯下，她抱着猫，满脸通红。

陆思诚斜靠在门边，看着她。

她皱起眉:“看个屁。”

他挑挑眉:“我的猫和我的人，我爱怎么看怎么看。”

“谁是你的人？你闭嘴，拿猫威胁人算什么英雄好汉？”

“兵不厌诈，看看你开门时那满脸的杀气，没这猫我今晚还能进门？”

自古人心留不住，最是套路得人心。

第十五章

第二天，陈今阳大清早从被窝里钻出来，睡眼蒙眬地打开手机，就看见某人十分兴奋地发来的微信——

ZGDX smiling:“我们饼有弟弟了！来看！”

半个人还沦陷在被窝中的今阳整个一脸问号，没整明白大饼明明昨天还是独生子女，怎么今天就有弟弟了。然后，她打着哈欠发了个问号过去，起床，洗漱，化妆，穿衣服，出门。

两个小时后，她和ZGDX战队中单同志肩并肩地坐在ZGDX战队基地的楼梯上，两个人双双捧着脸，看着不远处的两个猫食盆、三个猫砂盆，以及两只猫。

小的那只美短也就巴掌大，短尾巴，短爪爪，毛茸茸的一小团，像只小老鼠，这会儿正撅着屁股“吧唧吧唧”地吃幼猫罐头——在它的旁边，十几斤的肥硕布偶猫缩着脖子蹲在旁边，低着头看着它吃罐头，一脸严肃加认真。

“你看看我们大饼，真的是豪门公子，作风优雅从容，”童谣满意地半眯着眼，“面对小葱一点也不怂，也不仗着自己够肥就欺负小孩，非常友善。”

话音刚落，只见保持着低头看美短吃罐头的布偶突然动了，它举起爪子，以迅雷不及掩耳之势将旁边毫无防备的小奶猫的脑袋整个摁进了食盆里，小奶猫猝不及防，脚下一滑，被罐头糊了一脸！

今阳：“讲个笑话，你饼豪门公子，优雅从容，非常友善。”

童谣暴喝一声“大饼”，拖鞋都没来得及穿，直接蹦跶起来，三两步飞快冲到两只猫前面，将一脸茫然的布偶捞起来，“噔噔噔”走到基地里面某个电脑旁边，顺手把十几斤的猫往坐在其中一台电脑前的男人腿上一扔——陆思诚被砸得正好，手一滑漏了个炮车，抬起头正欲发作，然后就对视上一双比他更加愤怒的双眼。

陆思诚：“你干吗？”

童谣：“大饼把小葱脑袋摁食盆里了，这个恶毒的东西！”

陆思诚“哦”了一声，伸手摸了下趴在他身上就不肯走了的大猫的脑袋：“多大的事，嚷嚷什么？大猫对小猫好奇，动手动脚不是挺正常的吗？你大惊小怪什么？有多少亲兄弟就是因为有你这种一碗水端不平的父母反目成仇……”

“哦，”童谣挑起眉，“看来这东西平常天天捧着你的臭脚啃还是有一点功效的。”

“都是小毛东西，分什么高低贵贱，”陆思诚放开大饼，视线慢悠悠地在童谣的脸上转了一圈，然后重新放回面前的电脑屏幕上，漫不经心道，“你能不能穿上你的拖鞋？”

童谣低下头看了看自己光着的脚。

这时候，电脑桌下，男人的脚动了动，从桌子底下甩出一双男士拖鞋，与此同时电脑音响响起了“FIRST BLOOD”的系统提示音，童谣抬起头，正好看见电脑屏幕里对方的AD大嘴死亡爆炸的动画效果。

陆思诚收了个人头后，还在补兵，将兵线推进对方的防御塔里开始点塔，很认真在打游戏的样子。

童谣脸上微微燥热，穿上比她脚大好几圈的拖鞋，飞快地转身回到楼梯旁边，穿回自己的拖鞋，再将陆思诚的鞋捡起来，跑回去弯腰端端正正地摆回他的脚边——蹲在椅子底下，她伸手拍了拍男人的膝盖，后者抬脚，不动声色地把给她穿的拖鞋又扫回桌子底下。

整个一系列动作是无声的。

隔壁座位的老猫只听见陆思诚那边窸窸窣窣的，一脸莫名地转过头问:“你俩干吗呢？”

童谣从陆思诚的椅子扶手高度探出来一张因为过于紧张而变得面无表情的脸，陆思诚则神情淡定地说:“东西掉了，她在找——找到没？”

童谣:“找到了。”

她一边说着，一边站起来，屁滚尿流地回到楼梯旁，挨着闺密稳稳地一屁股坐下，还没等对方发问，自己的第一句话就是:“我知道你想问什么，也知道接下来我可以保持沉默，但我所说的每一句话都将成为呈堂证供——没错，小葱就是许泰伦那个人渣和他那个粉丝一起养的猫，许泰伦禁赛了，没心思养猫，所以我们队长把它从DQWL战队要过来了。给没给钱不知道，昨晚的事。小葱是我取的名字，因为它同时也是我的猫。那么问题来了，为什么一只猫会有两个主人呢？答案只有一个，我和我队队长之间有了不可描述的关系。”

童谣：“就是这样。”

今阳：“什么玩意儿？”

童谣咬了咬后槽牙：“就是这样。”

今阳：“What? Excuse me? You and who?（什么？你再说一遍？你和谁？）Chess——”

今阳还没来得及嚷嚷完就被人从旁边很紧张地一把捂住了嘴——她的瞳孔放大再微微收缩，转过头看着身边一脸紧绷的家伙：白皙的皮肤这会儿飘着淡淡的红晕，黑色的瞳眸却闪闪发亮。这家伙压低声音，凑到她耳朵边，用叫人牙痒痒的气音说：“你别嚷嚷，别人都不知道的！”

今阳将捂在自己嘴上的小爪子摁下去，狂吸一口凉气，冷静了下后，想要说的第一句话就是：“可以啊木兰，山头那边的敌军未退，电竞大业尚未统一，你先把咱们陆将军给拿下了。”

“嘘嘘嘘……”

“呀你个……”

“嘶！”童谣缩着脖子瞪着眼，“你小声点！”

“哦，”今阳点点头，“所以，你啥时候去考北大、清华？”

童谣：“……”

今阳:“听见空气中啪啪的响声了吗？那是你被打脸的声音。”

童谣伸手去掐她，今阳嘻嘻哈哈往后躲，两个人在楼梯上滚成一团。童谣闹够了才放开她，看了看周围，做贼似的小声道:“其实我没想这样的，真的没想，昨天突然就提到这茬了，他还用猫来套路我，我一个没把持住就答应了。现在说是试用期，队长说，实践是检验真理的唯一标准。”

“什么真理？”

“他是个好男人，和简阳他们不一样……”童谣说了一半好像也觉得不像话，声音小了些，开始玩手指，停顿了一下又补充道，“之类的。”

“你俩能不能好好谈个正常人的恋爱？神秘兮兮就算了，还搞试用期，不满意还能退货吗？”

“三个月试用，五年全国联保。”

“可以可以！”今阳一把拉过旁边的好友，笑嘻嘻道，“我家白菜终于学会自己挪吧挪吧到猪鼻子底下让猪拱了。”今阳感慨道，“选得挺好的，至少是个猪王。不像我，随便就选了个隔壁猪栏的小花猪，除了吃饭、睡觉、气死我，就会滚泥巴。”

晚上送走今阳，童谣半踮着脚趴在陆思诚的椅子后面看他打游戏，然后发现他在跟一个不认识的ID用韩文说得火热，游戏外面讲，进了游戏里也要讲——童谣是看不懂韩文，但是两个人动不动就是“HHHHH（哈哈哈哈哈）”，或者“KKKKK（呵呵呵呵呵）”，或者“55555（呜呜呜呜呜）”，童谣还是看得懂的。于是，她脑袋转了转，问："队长，你在和谁说话？"

"正常社交对象。"

"嗯？"

"隔壁AD。"

哦，教皇。

还正常社交对象，你是不知道当初教皇第一次来中国那天，有粉丝带着你Chessman的灯牌去接机的壮举啊。

"说什么笑得那么开心？"

陆思诚微微侧过脸，瞥了眼身后像是壁虎一样趴在自己椅子上的人，后者往后缩了缩，他又把脸转了回去，不急不缓地道："你这个不读书不看报的，自从许泰伦的事曝光，加上昨天我们的采访，现在的舆论就是国内职业圈无论是否外援，大家都管不住自己的下半身，所以很多俱乐部加强了管理。我问李君赫等下要不要进行一下老男人之间的娱乐活动，比如去喝酒。他说他们俱乐部门禁了，晚上十点之后禁止出门，除非有管理层跟着集体活动，否则饿死也只能叫外卖。"

还有这种事？是不是有点矫枉过正啊？

童谣回头看了眼坐在沙发上一只手一只猫、沉浸在幸福海洋里的小瑞，开玩笑道："瑞哥听见没？人家的俱乐部都行动起来了，我们不能落后啊。"

"听见了听见了，"小瑞把大饼的肥爪子从小葱的脑门上挪开，"咱们队人自觉啊，用不着这么搞。"

"你队AD刚才还想拐人家队AD出去喝酒，自觉什么啊！"

童谣抬手从上方指着陆思诚的脑袋。

原本她是伸着脖子看着客厅那边的，就在这个时候，本来在打游戏的人却不知道天灵盖上是不是长了眼睛，突然扔了键盘抬起手一把将她的手握在掌心。童谣被吓了一跳，看了看周围没人注意，拼命想把自己的手抽回来，然而对方的用劲却很大，且强行用手指将她的手推开，修长的指尖插入她的指缝，十指扣住，掌心贴合，温暖干燥的手心贴着她的手掌。

童谣整个人安静下来，下巴放在男人的座椅靠背上，小心翼翼地看着相互握着的手落下，后者捏着她的手把玩了一会儿，然后不动声色地放开了她。

童谣的心跳却并未平复，她清了清嗓子，带着掌心余留的温度从她队长的座椅靠背上离开，走到客厅坐回沙发上，从战队经理手中抱回对着弟弟躁动不安的大饼并摸了摸。这时候揣在口袋里的手机振动了，童谣掏出来看了一眼——

fhdjwhdb2333:“你手怎么这么软啊？”

一分钟后，专心打游戏的男人面前的手机屏幕亮起。

兔子抱紧胡萝卜:“臭流氓！”

第十六章

fhdjwhdb2333:“矮子。”

兔子抱紧胡萝卜:“干吗?”

fhdjwhdb2333:“你号又大师了，来和爸爸双排。”

兔子抱紧胡萝卜:“我明天改密码了！陆岳上我的号天天乱搞，我想冲韩服第一啊！他搞什么搞！”

fhdjwhdb2333:“先回王者再说，来。”

陆思诚放下手机，转头看向童谣这边，童谣的视线越过手机上方与那双深褐色的瞳眸对视一下，然后把大饼往小瑞身上一放，坐回自己的位置上，突发奇想地说:“诚哥，我给你打辅助啊?”

陆思诚:“不是要冲韩服第一?打什么辅助，反向上分?”

童谣:“来吧来吧来吧，我辅助很强的！”

陆思诚嘴角动了动:“随便你。”

童谣上了自己的大号，兴冲冲接受陆思诚发过来的组队邀请，选择位置首选辅助，次选中单，不一会儿，两个人就排进去了。

童谣正经八百地选了个亡灵之灯，进游戏读条的时候，陆思诚特地用辅助软件看了眼童谣的数据——使用该英雄场次：0。

姑且算她在国服时玩过这英雄。

转过头看了一眼，旁边的人已经切出游戏，在QQ悄咪咪地问小胖这个版本的亡灵之灯出装……此时，童谣仿佛感觉到了陆思诚的目光，她“耶”了一声，赶紧切回游戏，做贼心虚似的问：“你看我做什么？看你自己的电脑去！”

陆思诚用关爱智障的语气缓缓道：“亡灵之灯的Q可以钩人，你知道的吧？”

童谣：“我是亡灵之灯之神，你别说话。”

进了游戏，亡灵之灯之神找出门工资装备找了一会儿，根据那笨拙的动作，陆思诚判断这个辅助最多白银分段，不能再多，然后他就做好了下路一打三的准备。

然后果然就一打三了。

从容不迫的补兵从来没有像是今天这样，不但要盯着对方的AD抢节奏、抢补刀，还要盯着自家的辅助，一个不留神就——

“嘶。”陆思诚“哐哐”在地板上点信号，“把我的炮车吐出来。”

“习惯性动作，”童谣缩了缩脖子，说，“看见残血炮车就不能放过。”

“你这是强行给我增加游戏难度。”

“一个炮车都舍不得让给我。”

陆思诚顺手抓过自己挂在招财猫耳朵上的车钥匙往旁边的人面前一放：“外面车库里那辆车给你，炮车也不能给你。”

“可以，那现在那辆蓝色玛莎拉蒂姓童了。”

“拿去，再动我的炮车打断你的狗腿。”

童谣的辅助和陆思诚的AD并无默契可言，整局游戏打了十五分钟，令人煎熬的对线期还没结束——而且能撑十五分钟，那也是因为陆思诚在苦苦支撑，否则就童谣这么个时不时跟自家AD抢发育、抢人头的辅助，下路恐怕早就被人家通关了。

十五分钟里，陆思诚三次提议让童谣去游走，两次提议让童谣去挂机，一次提议叫小胖替童谣打完这局，第二十分钟的时候，陆思诚弯腰看了眼童谣的网线。

想拔。

这局游戏持续了四十分钟。游戏后期，一结束对线期，AD就再也没有和他的辅助在一起过，辅助去哪儿他就去地图的另一头，像是躲瘟神似的躲着她。游戏结束，理所当然地输掉了。陆思诚在这期间坚持住了，没有骂人也没有挂机，只是在基地被推掉的那一瞬间，他意味深长地说了句：“再也不要让我看见你的辅助。”

“中单玩腻了偶尔想换个口味嘛。”

“可以，请滚去上单。”

听说比《剑侠情缘三》竞技场更容易死情缘的地方名叫“召唤师峡谷”，为了让自己不要那么快失去自己的男朋友，下一局比赛开始排队时，童谣老老实实地把首选位置改回了中单。

排队的时候，童谣靠在座椅靠背上玩手机，没一会儿，陆思诚面前的手机屏幕亮了。

兔子抱紧胡萝卜：“一个炮车都舍不得让给我，感受不到任何来自男朋友的温情。”

fhdjwhdb2333:“换了任何一个人这样辅助我，我早已经在开局第五分钟的时候就飞回泉水并把泉水挂穿。”

fhdjwhdb2333:“你现在就去把车库那辆车砸了我还关心你手疼不疼——但是涉及炮车，这是原则问题。”

兔子抱紧胡萝卜:“那下局我玩伊泽，红Buff给我。”

fhdjwhdb2333:“警告一次。”

fhdjwhdb2333:“因为过分蹬鼻子上脸，你即将失去你的男朋友。”

兔子抱紧胡萝卜:“好好好，我的错。”

fhdjwhdb2333:“不，你只是自我认知出现了问题，亡灵之灯之神，这是我的错。”

兔子抱紧胡萝卜:“啥玩意儿？”

fhdjwhdb2333:“爱情使人盲目。”

童谣并不懂这个人哪来这么多话可以讲，参考现在的放飞自我和以前的一脸严肃，童谣都有点担心过去那么长的时间里她的队长有没有把自己憋坏了。

而身后，陆岳见两个人排完一局突然不说话了，好奇地回过头一看，他们正各自坐在自己的位置上低头玩手机，顿时挑起眉问道:“怎么，你俩恩断义绝啦？”

童谣一脸茫然地抬起头:“什么？”

陆思诚则头也不抬道:“别吵，忙着。”

陆岳:“忙什么？”

陆思诚："驯妻。"

童谣手一抖，手机掉在腿上。

陆岳脸色大变："你在玩色情游戏？"

童谣："变态啊？"

陆岳："变态啊！"

晚上跟陆思诚双排了四局，四连跪。

爱情的力量比想象中更加伟大，童谣终于知道上高中的时候为啥班主任老嚷嚷着不让早恋了，早恋不仅耽误学习，还可能会让一位万年王者掉钻石一……

十二点，童谣看着自己在钻一边缘瑟瑟发抖的胜点，终于忍无可忍地要求下车，关了电脑上楼准备洗漱。掀开猫窝一看，一大一小两只猫也停止了持续一天的斗争，在窝里玩叠叠乐。这会儿大饼睡得呼呼的，小葱窝在它柔软的怀里也睡得呼呼的，要多可爱有多可爱。

童谣掏出手机拍了张照片发给陆思诚，转身进了浴室，二十分钟后出来，坐在床上抹身体乳，然后她余光看见自己的手机屏幕上有了陆思诚的回复——

fhdjwhdb2333："猫都比我过得好。"

童谣停下擦头发的手，咧开嘴笑了，眼睛弯成月牙似的，将手机拿起来问楼下那位又怎么啦，过了一会儿他回复——

fhdjwhdb2333："猫都能抱着它媳妇睡。"

兔子抱紧胡萝卜："大饼是太监。"

fhdjwhdb2333:“太监猫都能抱着它媳妇睡。”

兔子抱紧胡萝卜:“小葱也是弟弟。”

fhdjwhdb2333:“太监猫都能抱着他的小太监猫媳妇睡。”

兔子抱紧胡萝卜:“而你，只有《英雄王座》。”

童谣放下手机，懒得再跟他瞎扯，吹了头发爬上床，缩在被窝里看了看微信的其他聊天记录，发现今阳居然没来和自己八卦一下，这好像不太正常，顺手发了个抖脚小黄狗的表情包撩她，然后切出微信去贴吧东看看西看看今天有什么八卦，结果真的被她发现了八卦。

这八卦的源头好像跟他们俱乐部还是有那么五毛钱关系的。

“拜许泰伦所赐,HPL俱乐部全面调整管理,YQCB俱乐部率先做出规定，队员十点后禁止独自出门。”

楼主:

“楼主略懂一些韩语，今天看陆思诚直播时撩李君赫出门喝酒，结果李君赫哭着说都怪陆思诚接受采访时乱说话，现在YQCB俱乐部大整改，规定非休息日晚上十点以后禁止独自出门!

“厉害了！这和坐牢有啥区别？晚上基地门一关，一人一套《五年高考三年模拟》，不说拿S系总决赛冠军，几年后考个清华北大还不是分分钟的事，哈哈哈哈！”

楼下的回复也纷纷表示这是好事、干得好之类的，童谣漫不经心地往下看，看到下面的画风好像有点不太对，有人提出——

“我觉得陆思诚说得挺对，其实也不单单是韩援的问题，除了个别韩国人一言堂瞎搞，国内俱乐部国产选手出轨的事也不少见，语言还更方便呢……”

“是啊是啊。”

“楼上也别疯狂夸YQCB战队那个保级队了，他们的中单艾佳自己不就是个典范吗？女朋友经常在基地出现，好像也不是工作人员，长得是挺漂亮的，也没工作的样子，估计靠艾佳养着吧？”

“艾佳长得也不差。”

“别这么说，我看艾佳和那女的好像是正常男女朋友关系。”

“说正常男女朋友关系的厉害了，一般的妹子能十几二十岁全身上下奢侈品吗？你自己不认识牌子货就别说话了，艾佳他女朋友一个包能顶你一年伙食费。”

“楼上说的真的假的？嘻嘻嘻，那艾佳养这女朋友得花多少钱啊？等退役被一脚蹬了岂不是血本无归？”

童谣看到后面终于知道今阳今晚为什么这么沉默了，这群矫枉过正的人看谁都是出轨的疯子，一把火烧到她身上去了。

切了贴吧小号，随便找了疯狂脑补“艾佳吃土喝自来水只为供养无业女友”的楼层回了个“放屁，人家妹子一个月零花钱够你赚十年”，这时候，手机收到今阳回过来的微信——

阿毛它娘：“姐被带了一手节奏，你看着可能会爆血管，所以我提议你不要去贴吧跟他们一般见识。”

童谣想了想不知道该回什么，转身投入了“跟他们一般见识”的战场，掐着掐着，手指一滑，突然看见一条这样的回复——

“女人真可怕，还好我诚哥是单身狗，不想让别的妹子来影响他的职业状态，希望各位哥哥姐姐行行好，离他远一点。”

童谣放下手机，将耳边的发别至耳后。

想了想后，整个人扑回了被子里，头一次觉得跟别人宣布自己正常又纯洁无比的恋爱简直比登天还难。

第十七章

节奏开始时是晚上十二点半。

十五分钟内，那些吃瓜群众把今阳的微博都翻出来了，她隔两个月满世界旅游，旅游照、各种包、各种鞋、各种单品，连行李箱都没被放过，一个个被发出来挂了一遍——

“LV小盒子耶，三万！”

“RV最新款耶，七千五！每个颜色居然有一双，没人这么瞎买的,A货吧？”

“这个围巾我认识,Acne，两千。”

“帽子也是Acne，一千。”

“把所有大牌墨镜换了一遍，我就不数了。”

“这个包迪奥啊，贼贵，两万五起跳。”

“香奈儿255啊，这包我惦记了二十年，年年涨价，涨得比我工资快，至今没能买得起！”

“铂金包啊！看见没！鳄鱼皮！”

“爱马仕手镯看见了没？”

“Tiffany钥匙钻石项链啊！”

“手表扒开看看吧，图太小了看不清楚，我觉得是卡地亚蓝气球……”

“这随便一个国家的旅游照一套搞下来艾佳得去卖肾吧？别说全部了……我开始相信这妹子本身就很有钱的说法了。”

还有人去研究她照片上的腿那么长是不是P过。

看到这里，童谣无语了，这些人闲起来真的是闲，那些照片里有三分之一是她ZGDX战队中单童谣同志亲手照的好吗？

童谣披着马甲摩拳擦掌地正准备在贴吧跟黑子大战三百回合，这时候，手机上方跳出提示“YQCB AICA直播了”。

大半夜的艾佳这家伙居然直播了。

童谣迟疑地点进艾佳的直播间，刚进去，就听见隔壁战队中单在那儿哀号：“我告诉你们兄弟，东西可以乱吃，大不了就是一条命，话不可以乱说，分分钟就害一个无辜的男孩变成单身狗啊！这是作孽，你们知道吗？”

“行了，别说我找了女朋友怎么样怎么样，我打游戏的键盘都是女朋友送的。”

因为战队规定直播不能只聊天混时间，艾佳没办法，只好打开游戏点击排位——但是看他的表情，就知道这会儿他的心思根本不在游戏上，满脸都是后院着火、殃及池鱼的着急。

“我女朋友是我很早以前追到的。对对对，我追她，我追她。我强调一下，重要的事情要强调三遍的，是我追她——你们也见过她不少回了，哪回见她看我的眼里闪烁着崇拜的光芒，告诉我，我要回去烧高香！”艾佳“啪啪”地拍着桌子，旁边的队友纷纷转过头来看他，“我有女朋友怎么了？有没有她我春季赛都保级，带什么节奏！”

童谣抽了抽嘴角。

还没来得及跟今阳发短信吐槽一波，这时候，她就看见今阳本尊出现在了摄像头里——只见她抱着自家布偶猫阿毛，大大方方往艾佳身后的椅子上一靠：“春季赛保级特别光荣啊？嚷嚷什么，隔壁战队都听见了你羞不羞？”

弹幕里立刻被刷屏：“小姐姐可以，顶着狂风就上了”“丝毫不避嫌，我喜欢”“腿是真的长”……

童谣紧张地看着摄像头那一小块，眼睁睁看着她的好友低下头，凑近摄像头自己给了自己一个特写：“我知道你们对我特别有兴趣也特别有意见，微博底下的真诚祝福我也看见了。首先回应一下彩虹战队，RV鞋子并不是A货，是小姐姐我用辛勤的双手一双双从各家专柜扛回来的——然后，你们别光扒这些个小东西啊，看这个。”

说着她掏出一把玛莎拉蒂的车钥匙在摄像头面前晃了晃，然后修长的指尖挑起艾佳的下巴，在其脸颊一侧“吧唧”亲了一下：“我们艾佳去年‘双十一’送我的周年礼物，高兴了不？”

艾佳脸都绿了。

童谣的脸跟他也是一个颜色的。

人家都是躲着节奏走，她这不省心的闺密却迎头就上，毫不含糊，还顺手接过扛大旗的重任，自己走在了自己节奏的最前端亲自领路——

厉害了我的姐。

童谣一只手撑着额头，看着她的好友作妖，等作够了一把收了车钥匙，扔下一句“你们忙”，只见她把阿毛往猫箱里一塞，踩着高跟鞋“哒哒”头也不回地往外走，留下一脸茫然的艾佳在原地徒劳解释：“你们别听她瞎说！你们知道那车多少钱吗？卖了我也买不起，只能拿头送给她！她就是骗你们玩的……”

但是没用。

今阳走后，童谣打开贴吧，发现真的有人信以为真，发帖子：“大节奏！艾佳女朋友亲口承认艾佳给她买了玛莎拉蒂！”

下面一群吃瓜群众兴高采烈，上蹿下跳，唯独几个表示质疑“一般HPL队伍的队员月薪应该是二到八万不等，那车钥匙看着是最新的Ghibli系列，陆思诚同款，艾佳怎么可能买得起啊”，这样理智的声音迅速被淹没在疯狂的海洋里……

还有人嘲笑今阳是猪队友，只会给自己抹黑。

童谣叹息一声，只能默默把今阳的微信备注改成了“夜间垂钓者-疯狂渔夫”，以表敬意。

童谣在床上翻滚到一点多都没睡着，满脑子胡思乱想，想想今阳和艾佳，又想想自己和陆思诚。最极端的时候感觉自己真的犯下了不可饶恕之罪，想对着镜子给自己来个“阿瓦达索命咒”——接近一点半的时候，她的手机屏幕亮了，楼下打游戏的人发微信问她睡了没。

童谣犹豫了一下，然后给他发了一个小黄狗抖腿的表情，配字：“没有。”

几分钟后，她的房间门被敲响，她跳下床踩着拖鞋跑去开门，门被拉开一条缝，男人塞了瓶矿泉水进来。

“我跟他们说你让我给你拿水，”陆思诚一边说着，一边从门缝里挤进童谣的房间，没关门，只是压低声音问这会儿仰着头看着自己的人，“怎么还没睡？”

见她瞪着一双圆溜溜的眼看着自己，陆思诚抬起手，其实是想将这小鸡崽似的家伙整个摁进自己怀里的——犹豫了一下却没那么做，仿佛怕吓着她，自己就要被开除试用期了，大手最终落在她头上揉乱她的头发……

“晚上你和隔壁AD的聊天记录被人截图放网上去了，”童谣用双手捉住男人的手，不让他瞎搞自己的头发，然而将大手从头上拉下来她却没有放开，“现在大家好像都知道HPL俱乐部在搞管理大洗牌，听说DQWL战队连带着管理层都换了几个……”

“哦，”陆思诚后背放松地斜靠在门边的墙上，反手握住童谣的手，像是上瘾似的捏捏她的手掌心，又捏捏手背，漫不经心道，“不是很好吗？”

“好什么好！”童谣把自己被捏红的手抽回来。

“哪里不好了？”

陆思诚懒洋洋地把她的手拽回去。

“这火烧得太过了，”童谣用鼻孔哼了两股气，“结果连选手正常恋爱也要管了，他们说我们今阳全靠艾佳养，天天在基地晃来晃去耽误艾佳训练，活生生一个狐狸精！”

“你朋友不是跟我开同款车吗？”陆思诚捏着童谣的手的动作一顿，掀起眼皮扫了她一眼，“艾佳一年的年薪也就够个保养费或加油钱。”

“他们又不知道！”

“他们不知道我知道啊，”陆思诚无奈道，“你跟我气哼哼的做什么？”

童谣想了想，转身从床上抓起自己的手机，翻啊翻，翻到那条“女人真可怕，还好我诚哥是单身狗，不想让别的妹子来影响他的职业状态，希望各位哥哥姐姐行行好，离他远一点”的发言，踮起脚将手机高高举到男人的眼前。

陆思诚飞快地扫了一眼，终于明白这家伙在担心什么。

陆思诚停顿了下，然后在踮着脚的人没来得及反应过来时，他伸出双臂，直接将此时与自己凑得很近的人一把抱入怀中——童谣手里还举着手机，被抱了个猝不及防，她“哎”了声瞪大眼，踉跄着向前踩到了陆思诚的脚上，鼻尖撞上男人结实的胸膛，感觉对方强壮的手臂在她腰间锁紧。

童谣的心跳一下子骤停。

三秒后，心跳开始加速，血液仿佛也在一瞬间从脚趾涌上头顶——她的脸变成粉色，耳根火热，稍稍抬起头侧过来，便可以看见此时弯着腰抱着她的人耳侧的光圈耳环。

“你知道粉丝言论不代表本人的吧？”男人低沉而磁性的嗓

音在她耳边响起,“这样对我好像不怎么公平。”

男人像是一座小山一样压在童谣的身上。

童谣原本僵硬地垂放在身体两侧的手僵持了下，几秒后，犹豫地抬起来，拉扯住男人衬衫的两边下摆。在她看不见的地方，陆思诚感觉到了这个，他动了动头，嘴角露出一点笑意。

“嗯？”

“我知道，”童谣小声道，“只是，这个人说的也不是没有道理……可能在大家心中，你还是做一个只会打游戏的单身狗比较符合形象。”

“我不。”

“你不个屁啊不。”

“大不了就是不公布，现在这样就好，”陆思诚将自己的下巴从怀中人的肩膀上仰起来，抬起手，用修长的指尖撩了下她额前的碎发，“我不勉强你。”

“真的吗？”

“真的，”陆思诚淡淡道，“本来就是我犯规在先——想一想，可能以你的身份来说，你比我更加不需要这方面的节奏。”

童谣盯着那双深褐色的瞳眸，目光闪烁。

方才高高悬起的心脏此时仿佛又沉入深海海底，她停顿了一下，还没来得及问陆思诚这话是什么意思，这时候却听见男人又道：“但是这并不代表我就后悔了。”

“你要埋怨就埋怨我好了，”男人重新将少女纳入怀中抱稳，就像是猫窝里的大布偶结结实实地抱着那只小美短，他的手扣在少女的后脑勺，摁在自己的胸膛上，“我先来招惹你的，就做好了负责到底的准备。你最多算共犯。”

“我怎么就共犯了？”

“游戏打得好，对待职业态度过于认真可爱，用这样的行为严重勾引我——”

童谣一脸茫然地眨眨眼，问：“什么玩意儿？”

男人低下头，将脸埋在怀中人的颈脖间，像狼犬一样用微微冰凉的鼻尖拱了拱她微微发热的耳垂。

最后是童谣踮着脚将手罩在陆思诚的脸上，把这个胡言乱语的男人从自己的房间推了出去。

陆思诚黑着脸下了楼。

小胖抬起头看了他一眼：“送个水送那么久？”

“她发完微信就睡了，敲半天才开门。”陆思诚坐回自己的位置上，扳扳手指活动筋骨又戴上耳机，准备继续RANK训练。

小胖：“胆大包天，敢让队长给她送水。”

“是啊，”陆思诚靠在椅子上，懒洋洋地垂着眼，笑了一声，应和道，“也不知道谁惯的，真的胆大包天。”

第十八章

第二天，童谣起床后干了件惊天动地的大事——

她开直播了。

“大家好，这里是ZGDX战队中单选手smiling，欢迎来到本期《走进科学》之艾佳的女友到底咋回事！鉴于本次贴吧事件有点烧到我的腿毛，为您带来前方第一手八卦消息。”

基地中，童谣用自拍杆举着手机，看了眼自己的那张大脸，心里有点被那仿佛纵欲过度的黑眼圈吓到，然后面无表情地道：“这次真的豁出去了，陈今阳你欠我一辆玛莎拉蒂。”

房管“小粽子毛”:“清明节烧给你。”

童谣举着自拍杆，在基地里晃了一圈，先从缩在角落里满脸梦游的胖子开始——

“本队辅助小胖，刚起床，正在为自己第一辅助为何掉入韩服钻二这个问题苦恼。”

童谣将手机屏幕对准小胖，让大家看清楚他的脸，小胖抬起头蔫了吧唧地挥挥手，童谣带着手机继续走到另外一边的座位旁。

童谣：“这是本队上单选手老猫，这是老K，这两人理所当然正在双排，详情请关注老猫选手的熊喵直播间。”

老猫：“老K，再不来上路你即将失去你的宝宝。”

老K：“来了来了！哎呀，刷个F4都不行，寄生虫啊你？”

童谣收回自拍杆，来到沙发旁边，对准沙发上的一堆乱七八糟的“各种生物”：“本队替补中单，五次把我的号从王者掉入大师，然而在赛场上和训练赛上的表现却并不是这样菜的，ZGDX战队陆岳——以及两只在公共场合互相舔毛的猫。”

陆岳头也不抬地继续低头打游戏机。

大饼抬起头，小葱一舌头舔在它脸上，它又懒洋洋地眯起眼。

小葱干脆摇摇晃晃地爬起来，整只猫爬到大饼的背上，摇摇晃晃地到处踩踩，然后低下头开始撕咬拉扯大饼的耳朵。

弹幕炸了——

“这不是许泰伦的猫吗？”

“这猫怎么跑到ZGDX战队了？”

“哪来的？这猫！”

“大清早的，为啥要看两只猫秀恩爱，你俩不是一个品种啊，搞啥呢！”

“smiling，你和许泰伦又是咋回事啊？别啊，要找选手的话，找诚哥啊！”

童谣看着那条强烈建议她去找某人的弹幕“哈”的一下就笑出声了，一抬头，正好看见昨晚RANK到很晚现在才起床的某人从楼梯上走下来——顶着刚洗完澡湿漉漉的头发和睡眠不足的脸，他淡定地从童谣旁边飘过并伸出手拍拍她的脑袋，童谣小声嘟囔了声“我在直播”，陆思诚“哦”了声，没什么反应，径直走到厨房给自己倒咖啡。

童谣小尾巴似的跟在他屁股后面，然后用手机屏幕先对准自己，郑重其事道：“下面你们即将看见的是我队队长。”

然后将手机屏幕转向靠在厨房料理台上喝咖啡的人——后者单手拿着咖啡杯，另外一只大手伸过来罩住手机屏幕以及摄像头。

屏幕变黑了，直播间的群众只能听见男人低沉且充满无奈的声音传来：“闹什么？”

于是弹幕再次炸了——

“大清早听到这种声音还让不让人活了？”

“我的梦想就是每天早上起来有人用这样的嗓音跟我说早安，嘤嘤嘤……”

“再闹一下再闹一下，跪求大闹天宫啊！”

童谣嘻嘻笑着拍开陆思诚的手，把手机拿回来，看着自己那张大脸重新出现在屏幕上，弹幕上的各种粉色立刻变成——

“辣眼睛！”

“不要看你，要看诚哥！你走你走！”

童谣眼笑成弯月，让这些人上蹿下跳瞎嚷嚷但并不理他们，转身走出了ZGDX战队基地，然后敲响了隔壁YQCB战队院子的门。门打开了，来开门的是艾佳，看见童谣，他也是一脸紧张，童谣瞥了他一眼，问：“人呢？”

“里面，”艾佳不安地望了眼自己身后，“今天她带的早餐我都没敢吃，生怕里面给我放了耗子药。”

童谣：“朋友，我在直播。”

艾佳像装了弹簧一样整个跳开。此时，昨晚经历腥风血雨的“夜间垂钓者”正坐在YQCB战队的院子里的椅子上玩手机。听见童谣走进来，她掀了掀眼皮，还没来得及说什么，这时候就听见童谣嚷嚷了一声：“哎，你别动，节目组正准备开始第一个探究行动——陈今阳女士，请你摆摆你的腿。”

今阳听了，换了个坐姿，屁股往椅子边缘挪了挪，两腿交叠，微微倾斜。

童谣从她手里拿过她的手机，打开摄像头，并对着自己在直播的手机屏幕说：“看清楚了，手机自带摄像头，无滤镜，绝对原装——现在我要开始拍照了。”

童谣一边说着，一边将自拍杆往艾佳手里一塞，让艾佳从他的方向拍她，然后她走到不远处，稍稍蹲下来，手机对准坐在椅子上的人，将手机微微外翘倾斜，“咔嚓”一照。

童谣拿着手机，对着直播间蹲点的各位晃了下：“看见了吗？某些人嚷嚷拉过且拉得过于夸张的大长腿，人家本来就这么长，谢谢，气死你哦？善用摄影技术，人人有责——我们是科学的研究组，为了进一步加强说服力……”

在一堆弹幕之中，童谣把手机往今阳手里一塞，自己“噔噔噔”跑到椅子上坐着，然后以同样的姿势、同样的拍摄手法，让今阳给她拍了一模一样的一张。

童谣抓着手机，回到直播间：“看见了吗？一样的照相手法，就连我这样的人那也是——”

“小短腿！”

“不知道先夸还是先哈哈哈，心疼，以及羡慕艾佳女朋友有你这么具有奉献精神的好朋友。”

“哈哈哈哈！为啥这么短！好好好，我信艾佳女朋友真的腿长了，这对比太有说服力！”

“哈哈哈哈！笑死我了！”

“你们好好说话！”童谣看了眼自己的照片，“宝宝是一米五界的大长腿，不接受反驳！”

童谣举着手机，转向今阳，面无表情道：“下一个话题，你的车呢？”

今阳指了指YQCB战队的停车库。童谣跟着她去了车库，两个人在一辆与陆思诚同款的红色玛莎拉蒂旁边停下来，车是外地牌照，陈今阳将车钥匙往车前盖上一拍！

童谣举着自拍杆让大家看得清清楚楚，然后“噔噔噔”跑回自家战队基地，到了某辆蓝色玛莎拉蒂前，然后从自己的口袋里掏出车钥匙往车盖上一拍！

童谣：“看清楚了吗？一模一样！”

童谣收起车钥匙，回到基地，这时候所有人都坐在自己的位置上打游戏，只有两只猫瘫软在沙发上，一猫占据一头在晒太阳。

童谣走到陆思诚旁边，将车钥匙重新往招财猫耳朵上一挂，然后将摄像头转向陆思诚：“队长，代表广大人民群众提出一个问题，外头那车多少钱？”

“代步车，百来万，”陆思诚低着头认真补兵，“问这干什么？”

“那一般HPL的平均年薪呢？”

“你问题怎么那么多？几十万吧，多的七八十，少的二三十。”

“好，那么问题来了，在这种薪资的情况下，一个男人是得有多喜欢一个姑娘，才会花百来万去买一辆豪车给她呢？”

陆思诚补刀的动作稍一停顿，他抬起头，越过手机，看向手机后面藏着的那张脸，想了想，面无表情地反问：“你说呢？”

童谣心想这什么鬼回答，能不能配合点，让我说什么说？

正一脸茫然时，却一不小心想起了大约是十二个小时以前她和她家队长的某段对话，那段对话稍微提炼一下，主干内容大概长这样——

“外面车库里那辆车给你。”

“可以，那现在那辆蓝色玛莎拉蒂姓童了。”

“拿去。”

童谣：“咳。”

还好手机前置摄像头的像素低，直播间人多也够卡，所以现在直播间里的围观群众并不能看到这会儿她稍稍被染成浅粉色的面颊。

低头看了眼还是一脸冷漠继续打游戏的ZGDX战队队长，又看了眼直播间里各种弹幕：“你队队长是不是永远只有面无表情一个表情”“多说几个字能死啊”“早上刚睡醒的队长格外英俊”“我室友临死前想听诚哥说句话”“你摄像头再摆摆，这个角度的诚哥比平常的诚哥更帅，鼻子好高啊，啧啧啧”……童谣停顿了一下，然后抬起手，将耳边的发别至耳后，垂下眼看着直播间里全是在刷陆思诚的。

然而这是我的，不给你们看。童谣心想。

于是——

“本期《走进科学》直播节目到此结束，谢谢您的收看，下期再会。”

“啪”的一下，出于房主内心的心理波动，直播间一言不合关闭了。

第十九章

陆思诚“咔嚓咔嚓”地点着鼠标，头也不抬地问：“怎么关直播了？”

童谣把手机从自拍杆上取下来，坐回自己的位置上：“该说的都说了，而且我直播间都在闹着要看你是怎么回事？”

陆思诚“哦”了声，漫不经心地顺口答：“那就给他们看啊，送一把大宝剑给看一眼，发家致富。”

说完发现旁边的人没了声音，他也没放在心上——只是余光看见坐在自己位置上的人伸长了脖子看了看周围，见所有人都戴着耳机或者在埋头打游戏，她缩回脖子，小声地说：“不给看。”

陆思诚“咔嚓咔嚓”点鼠标的动作突然停下了，他放在键盘上的手稍稍拿起来，转过头看了眼身边的人：“什么？”

男人轻笑一声，抬手拍拍她的脑袋，用“女儿长大了”的语气叹息道：“傻狍子还知道护食了。”

童谣涨红了脸：“怎么样怎么样？”

“没怎么样，”陆思诚的手落回键盘上，“作为被护的狗粮，甚是荣幸。”

周六，YQCB战队和ZGDX战队都有比赛，YQCB战队的比赛是一点那一场，当队员们收拾好了外设准备上车时，一扭头发现隔壁ZGDX战队的一群人也热热闹闹地正要上车。

“你们去那么早干吗？”艾佳拉住童谣的小书包边缘，将她扯到自己身边，“你们比赛不是在我们后面一场吗？”

“早点去看你们比赛啊，”童谣说，“冰封王座杯之后我们就要正式碰面了，现在YQCB战队已经是ZGDX战队的头号劲敌。”

“正式碰面……冰封王座杯你们又不上啊？”

“不上，”陆思诚的声音从两个人身后传来，男人伸手将童谣的书包和人一块儿从艾佳的手中拯救出来，顺手将她推上车，同时淡淡道，“冰封王座杯二队上是ZGDX战队的传统，今年照常。”

每年HPL职业联赛夏季赛进行到第一轮小组赛结束、第二轮小组赛开始一半时，会停赛一周，届时会有一个名叫“冰封王座杯”的全国杯赛，此杯赛会由部分HPL战队以及次级联赛战队共同参加，是除去职业联赛之外为数不多的官方大型杯赛之一。因为冰封王座杯的比赛形式很正式，不少战队也将其冠军视作争夺目标并全力以赴。

但是ZGDX战队历来就有首发队员不参加杯赛的惯例，一般在冰封王座杯上代表ZGDX战队出战的是战队二队队员或者替补队员，ZGDX战队会以此大型杯赛作为训练及挑选来年职业联赛首发选手的考核项目之一，而当前一队首发队员只随队前往比赛现场观赛。

童谣看过日历，在冰封王座杯之后的一周，他们将首次应战YQCB战队——相比第一次训练赛中的正面交锋，如今YQCB战队已经脱离了当年保级队伍的形象，完完全全地脱胎换骨，成为不容小觑的对手。

今天提前到赛场去观赛YQCB战队对战HW战队这样的提议，也是大家商量后的结果。

童谣坐上车，发了个微信给今阳，问她去不去比赛现场。

对方给她的回答也相当肯定——

夜间垂钓者-疯狂渔夫："去啊，为什么不去？不仅去，还要坐第一排，让那些不信邪的看看我的腿到底有多长。"

半个小时后，到了比赛场地，童谣和今阳一起直接坐在YQCB战队粉丝的观赛区，巧就巧在今天YQCB战队和ZGDX战队都是坐在右边的，所以这会儿有不少ZGDX战队的粉丝已经在后排入座，见了童谣在他们跟前一屁股坐下，个个脸上的表情都像是中了大奖一样，举起手机先疯狂照了一波，然后拿上本子来求签名。

这是童谣第二次直接与ZGDX战队粉丝在观众席近距离接触。

上一次这样做时她还并不是职业选手的身份，而如今——

"今天比赛在第二场，虹桥天地这场地这么偏远，谢谢大家那么大老远跑来支持。"

“我是陪我朋友来的，就艾佳家那口子……有YQCB战队的粉丝吗？举手看看，哈哈哈，我看见教皇的灯牌了，和诚哥的灯牌放在一起，一看就知道你们想干吗。”

“签名可以啊，当然可以……合影也可以，照片往外发的话记得P一下，不许只P自己，这算犯罪。来来来，一二三……”

开赛之前，童谣被妹子们围在中间。

正热热闹闹瞎聊，这时候听见身后响起了高跟鞋的声音，这声音有点耳熟，她停顿了下，回头一看，然后就对视上一双说熟不算熟、说陌生也不怎么陌生的眼。

来人微微弯着腰正要走近自己的位置，此时她手上还剩着为数不多的ZGDX战队应援手幅，很明显她是刚才在后面发完一圈刚回来。

与童谣对视上的一瞬间，她也愣了，倒是童谣很快反应过来，嘴角上扬，露出大大的笑容：“啊，是你！”

春季赛总决赛的时候遇见的那个明神的粉丝，原本说明神退役她就退圈的，没想到在这个时候还能看见她——这会儿她也认出了童谣，羞涩地笑了笑，不说话，只是指了指自己的手腕——童谣顺着她手指的方向看去，只见在她的手腕上戴着一个荧光手环，上面非常清楚地写着：ZGDX smiling，fighting！

童谣仿佛难以置信地微微瞪大眼，黑色的瞳眸之中闪烁着明亮的光彩！

这时候，后排跟她一起来的、曾经大概也跟童谣说过话的姑娘一把揽住那个满脸羞涩的妹子的肩膀，七嘴八舌地笑嘻嘻道：

“真的太惊喜啦，当时根本没想到喜欢的战队的新队员就坐在我们身边！”

“还替我们怼看不起妹子的直男，哈哈哈！当时就在想这姑娘谁啊？这么帅，都快被圈粉了。”

“结果没想到是我队新中单！哇，官宣看见你照片的那一刻，我们群里都爆炸啦，都不敢相信自己的眼睛呢！”

那个抱着应援手幅的妹子在朋友们的拉扯下，在自己的位置坐下，将新的夏季赛手幅递给童谣一份，小声笑着说：“这次还是不要钱。”

童谣看了看手幅，然后举起来遮住自己的傻笑，眼睛都笑成了眯眯眼，内心的雀跃难以言喻，满脑子除了“我也有粉丝了”，就剩下“她没走，她还在，她对这个圈子还有爱，真是太好了”。

童谣：“能留下来真是太好了啊。”

“嗯，”那妹子低下头羞涩地笑了笑，“有另一名值得喜欢和追寻的选手出现了，就继续留下了。”

童谣将应援手幅捂在脸上，脸红得像是番茄似的猛地转身在自己的位置坐下。今阳哼哼两句“瞧你这点出息”，童谣在椅子底下踢了她一脚，掏出手机发微信给她的队长——

ZGDX smiling：“在观众席碰见粉丝了！好多好多啊！还有我的个人粉！原本要退圈的小姐姐，结果因为我就回来了，手上戴着我的应援手环！我跟她们合影啦！我给她们签名啦！夏季赛应援手幅真好看，上面有我的名字啊！”

fhdjwhdb2333：“哦，看见了。”

ZGDX smiling:“敷衍！你看见什么了你就看见了！”

fhdjwhdb2333:“抬头。”

童谣发微信的动作一顿，一步一指令似的下意识抬起头看了眼不远处，一眼便看见在比赛台上,HW战队和YQCB战队队员已经入座，而他们身后的选手通道门前，一个高大的身影正抱臂斜靠在门边，懒洋洋地看着台下。

他手中抓着的手机还停留在微信聊天界面。

两个人的视线在空中碰撞。

“咦，你队长不放心你跑到台下来啊，还出来守着？”今阳凑到童谣耳朵边小声嘀咕,“这么贴心，我们家那个还笑得像个傻子似的和队友谈笑风生——”

接下来她说什么童谣都没听进去了，隔着人群，她远远地看见陆思诚抬起手，朝着她们的方向招了招。

“诚哥为什么也出来了！”

“买一赠一大礼包吗？smiling坐下来了，诚哥也出现了，今天也太幸福了吧！”

“他在跟我们招手啊！看见了没？看见了没！天啊，我头发乱了吗？妆花了吗？”

“那么远他看得到个屁啊，不过你眼线是真的糊了哎，要不要补一下？”

“哪里哪里……”

身后一阵骚动。

骚动之中，童谣抬起手将耳边的发别至耳后，然后揉揉微微发热的耳廓。

ZGDX smiling:“看见了。”

fhdjwhdb2333:“都跟你招手了还看不见像什么话，你瞎啊？”

ZGDX smiling:“你好好说话。”

童谣抬起头，看见陆思诚低头在手机上打了一会儿字，然后转身走进选手通道。

fhdjwhdb2333:“进去了，别一秒没人看就在外头上蹿下跳、勾三搭四的。”

选手通道的门在他身后被轻轻关上。

fhdjwhdb2333:“女的也不行。”

第二十章

YQCB战队对战HW战队的比赛很快就要开始，童谣看着坐在上面满脸轻松的艾佳，以及时不时就伸脖子往YQCB战队粉丝这边看的李恒硕，自己居然比她旁边坐着的这位更加紧张，而今阳还在刷微信朋友圈。

“朋友，你能不能紧张一点？这种危机时刻我都替艾佳捏一把汗……他这局要是打不好，这风口浪尖的，你要背锅。”

童谣用手肘捅了捅今阳，后者摇晃了下，不急不缓地给某个好友点了个赞，然后抬头看了眼大屏幕：“不是还没开始吗？哎哟，这摄影师干吗给艾佳那么大个特写？这两天他心急火燎的，额头爆了几个痘……”

童谣：“BAN&PICK环节开始了。”

“哦，”今阳面无表情，“我又看不懂。”

这时候，坐在她们身边的大概是YQCB战队的粉丝转过头看了今阳一眼，那表情不算太友善，就好像在说你看不懂你坐在这儿干吗。然而，因为有战队粉丝票（一般HPL现场票是一张票可以看完当天的全部比赛，但是战队粉丝票只发放给指定战队的粉丝，看完当前战队的比赛票就失效，必须离场）这种东西存在，前面两排的位置本来就是给粉丝及特殊嘉宾留的，谁能不能坐，坐在哪儿还真就是战队说了算。

今阳翻了翻眼睛："我就白银选手怎么了？和职业选手恋爱我还要上一波钻石才有资格？以为人人都是陆思诚啊？找个对象还要打游戏比他好的。"

童谣"哦"了声："然而上了钻石也打不过陆思诚。"

今阳眼睛都快翻后脑勺去了，转过脑袋用口型对她说："行行行，你能干。"

童谣笑嘻嘻的，旁人并不知道她们这个小小的互动，只当是两个人在说闲话。而此时台上BAN&PICK环节已经进行到一半，YQCB战队拿到了狂猎女猎和亡灵之灯的组合，从他们拿的英雄来看，童谣就知道他们这一局是准备使用YQCB战队这个赛季的核心战术：野辅双游。

通常来说，下路是辅助加ADC的双人路线，但是当队友沟通足够流畅，ADC本身技术及意识够好的情况下，那么下路组合的辅助则可以被解放出来，离开下路，与打野一起展开灵活游走GANK，帮助其他路线迅速建立优势、打开局面。这样的战术，就是所谓的"野辅双游"。

如今的YQCB战队拥有教皇李君赫这样的全球范围内的顶尖ADC选手，不论是操作还是防GANK意识都是超一流水准，"野辅双游”战术对这个队伍来说当然再合适不过。

正如童谣所料，开局YQCB战队辅助凉生便打得非常激进，完全一改他在春季赛时那样保守到显得有些怂的风格。YQCB战队下路就像养了一只老虎，还有一条嗷嗷叫着助纣为虐的狼狗——在开局之后第七分五十秒，当HW战队的AD稍微走位靠前了一些，教皇率先到六级有大招，不急不缓地在地板上点了个信号，人们便看见凉生的亡灵之灯毫不犹豫地果断凌波上去钩住HW战队AD！

众人惊叫，同时对方AD明显被吓了一跳，没能第一时间做出反应是退还是反打，就这一下被YQCB战队抓到机会，一举拿下本局比赛的首杀！

“FIRST BLOOD！”

系统提示音响起，现场观众欢呼起来！

YQCB战队辅助至此被解放，在三角草丛做好保护视野后回城，然后开始跟随着自家打野XBANG一起，先抓了一波中路，没抓到，他索性跟着XBANG去将对方HW战队的红Buff抢了，抢完之后，直接转上路，与上单配合一起三个人越塔强杀HW战队上单，并推掉上路一塔。

短短三分钟内，由教皇一个点地板打信号的动作开始，YQCB战队就以高执行力完成了二次击杀以及推掉一座防御外塔的连续动作！

现场观众有些躁动，YQCB战队的粉丝都非常激动，这样的高配合度、高执行力战队，显然是经过了百般磨炼。

ZGDX smiling:“这执行力赶得上以高执行力稳稳扎根HPL的岚战队了，人家配合了多少年才有这种执行力，YQCB战队半个赛季就做到了。”

fhdjwhdb2333:“羡慕吗？”

ZGDX smiling:“羡慕。”

fhdjwhdb2333:“人家下路组合天天双排和谐上分，我们辅助只会用黎明女神小姐姐逼疯他的ADC。”

fhdjwhdb2333:“胖子的锅。”

ZGDX smiling:“你告诉他，再这么任性下去，第一辅助的宝座就是隔壁战队辅助的了。”

fhdjwhdb2333:“回去再说，我怕他一个小时后就当场掏出黎明女神小姐姐制裁我们，害怕。”

饱受小胖所害的童谣默默收起手机，而这个时候，赛场上的YQCB战队已经用前期一波漂亮的野辅联动掌握了主动权——HW战队打野李恒硕的野区不断被入侵，凉生经验老到、位置刁钻的视野深入HW战队野区……

看到这儿，童谣觉得自己几乎已经看到了本场比赛的结局。

第一局比赛在第四十二分钟被YQCB战队顺利拿下，中路艾佳的时间猎人几次强切后排开团做得都非常不错，童谣坐在下面努力给朋友讲解她的男朋友多牛多Carry，今阳也是坐在那儿听着，听得云里雾里的，一脸茫然。

童谣掐了把她的脸:“能不能认真点？这是你男朋友的高光时

刻！你看看人家粉丝兴奋的！”

“高什么光？你又不是不知道姐姐我跟那小鬼认识的时候他就是个傻了吧唧的普通高中生，跟他在一起又不是因为他是——”

话还未说完，突然后面那一排有个人狠狠地撞了下她的座椅靠背，她的声音戛然而止，回过头便看见一个抱着一堆YQCB战队应援手幅还有灯牌的长发妹子，这会儿她皮笑肉不笑地笑笑说：“不好意思啊，没站稳。”

童谣挑起眉，正想说些什么，这时候今阳扯了下她的袖子，没理那个人，自己转过身来。

在童谣她们周围的都是拿到粉丝票的一些粉丝，大家显然认识今阳很久了，微博也有关注她，对于这次网上的节奏也有所了解。她们大多数人都知道今阳比艾佳大三岁。今阳小时候住在奶奶家，两个人那时是邻居，因为一些很少女小说的情节，在艾佳还没打职业的时候他们就在一起了。反正艾佳的粉丝都挺喜欢她的，这会儿看见那个不知道从哪儿冒出来的拿了粉丝票的人这么搞，也都有些不满，但是为了维持表面上的和气，大家也没说什么。

“你干吗这样？”

“我怎么了？现在有些人就是莫名其妙，游戏都不会打，自己也看不懂，因为选手的明星效应跟他在一起，还扬扬得意……”

“嘘嘘嘘，你小声点，艾佳他女朋友不是——”

“我又没说她是不是，现在女粉的名声不就是被这种人带坏的吗？你看看许泰伦和那个果果，喜欢选手，看他们专心打比赛就好了，为什么非要去勾引人家？”

身后传来的讨论声一字不差地落入童谣她们的耳朵里，童谣一听，许泰伦和果果都出来了，侮辱谁呢？想要站起来跟她们理论，这时候被今阳一把抓着摁回椅子上。

童谣怒气冲冲地转过头，却看见好友一脸冷漠地坐在位置上：“要搞事比赛完再说，你看那傻狍子一脸乐观地坐在台上打比赛，我在台下跟他粉丝吵起来了像什么话？”

今阳一边说着，一边扬扬下巴，童谣顺着她的目光看了眼，正好看见休息时间结束，重新坐回比赛台的艾佳这会儿正戴着耳机，冲今阳傻笑。

童谣不小心想到了当初的自己，就因为完全没办法委屈自己，最终与简阳分手，心中顿时感慨万分，拍拍好友的背，不再说什么。

此时第二局比赛即将开始。

这一次YQCB战队并没有沿用上一次比赛顺利赢下HW战队的野辅双游战术，而是掏出了四保一、以ADC为核心的战术——前面也提到过，这套战术其实放在S6是比较落伍的战术，通常得不到太好的发挥。

ADC是教皇或者陆思诚的话，姑且可以一试吧。

童谣看艾佳拿了个不怎么会玩的露露，就知道这一局其实是YQCB战队开始用HW战队这个比较强力的对手在试阵容变化，毕竟是一个小组赛，如果因为要试阵容和打法，输了就输了，一个战队不可能只有一套核心战术，为了走得更远，小小的牺牲倒是可以接受。

但是，想法是好的，实际上操作起来却有难度。YQCB战队显然对这一套四保一体系并不完全熟悉，加上HW战队的打野李恒硕也不是省油的灯，一旦看出对方阵容的意图，比赛开始后疯狂地针对下路！

李恒硕选手就是这样，逆风局能做的事比较少，而HW战队的顺风局水平却堪称世界级的，整场比赛的推进速度很快——先手抓下，拿到一血及两个人头，几乎和上一局一样的开篇：解放辅助，和自己一起抓中，抓死YQCB战队的中野组合，再转上路，抓上单，拿先驱开拓者。

短短五分钟内就直接爆发了五个人头。

解说A：“比赛开始七分钟，下路双人路都没到六级，这一局YQCB战队的节奏有点崩了。”

解说B：“那教皇崩了的话，这局有点没的打了。说实话，你中路一个露露根本没输出的……我也不太懂到底为什么拿个露露，你随便拿个偏输出英雄也比拿这个好。”

解说A：“是啊是啊，有时候还是不能不信版本这个东西。”

童谣抽了抽嘴角，猜到解说也没想到试阵容这一层面，而糟糕的是，接下来还真像他们说的那样，艾佳在线上占不到什么便宜，团战也因为教皇没发育起来显得相当无力，打起团，表面上看大概就是十秒团战八秒走位那种，一局比赛下来，他基本没来得及做什么就结束了。

这局比赛因为阵容问题，在第三十多分钟就被HW战队一波推上高地宣布结束。比赛结束时，除了教皇看上去有些沉默，YQCB战队的其他队员脸上的表情倒是还好。

“看来四保一在这个赛季真的不太好用啊，可惜了，教皇这局也没打好，他和诚哥简直一个模子刻出来的，管你什么阵容，先压了刚一波……”童谣动了动，补充道，“不，他比诚哥更激进。”

“呃。”

“你没事吧？”童谣用肩膀撞了下今阳的肩。

“能有什么事？输个比赛而已，又不是没见他输过。”今阳耸耸肩，“春季赛都没怎么赢过，现在输一局就接受不了那是什么鬼，无所谓吧，不是还有一局吗？下一局赢回来就好了……”

她的声音显得漫不经心的，却在下一秒被从天而降的一大叠应援手幅从身后砸到头上。

她愣了愣，回过头去，看着刚才那个话很多的粉丝一脸气愤地站在她身后，居高临下地看着她：“什么叫无所谓？就是因为有你这种人，选手才觉得自己表现得不好也得过且过，这一局艾佳的表现还不够烂吗？团战全程酱油，要他这个中单有什么用？无脑护什么护？还带着smiling一起甩锅给教皇！我们大老远来看比赛就是为了看他们赢的！请你们不要说这种听着就烦人的话！”

这姑娘嗓门挺大，本来比赛场地也不算太大，这下她的声音真算是传遍了整个赛场的每一个角落——突如其来的插曲让整个喧闹的赛场变得异常安静，解说台上原本还在闲聊的两个解说都双双闭上了嘴。

今阳皱起眉。她是不太会打游戏，但是刚才童谣也跟她说了个大概，她能隐约感觉到这局真的不是艾佳的问题……

童谣看了眼那个咄咄逼人的妹子脚边教皇的应援灯牌，停顿了下，站起来，正想跟她讲道理，好好分析一下刚才那一局比赛到底是怎么回事，让她别被解说带了节奏。然而还没等她来得及开口，这个时候，她听见她身后的比赛台上，YQCB战队的辅助兼队长显得很苦恼地叫了声“艾佳”!

而下一秒，一个瘦高的黑色影子便从她们身后的比赛台上跳了下来，一把扣住今阳的手臂——她愣了愣，回过头去，随即对视上艾佳那双极其冷漠的双眼。

童谣也是第一次见到艾佳这傻兮兮的家伙露出这种表情，虽然这表情也成功让刚才还在意气风发地指责人的妹子闭上了自己的嘴。

“干吗你？”今阳小声问，挣脱了一下，没挣脱开。

“走，”艾佳扯了扯她的手臂，将她往自己那边拽了下，“你跟这种人废什么话？”

那个妹子：“什么？什么叫这种人？我可是你们的粉丝——”

“是！你耳朵没聋！”艾佳提高了些声音，“我舍不得跟我女朋友说一句重话，你们凭什么在这儿叽叽歪歪？我打得好不好跟她有个屁关系？有什么问题有本事来我面前跟我说——走！”

说完，他又扯了把今阳。

今阳站在原地没动，她转头丝毫不见畏惧地看着艾佳那副在爆发边缘的凶神恶煞模样。

良久，见她没反应，艾佳“啧”了声，干脆一步上前，在众目睽睽之下一把将她抱起，大步流星地往选手休息后台走去!

周围一片哗然。

童谣看傻了眼，站在原地好半天没回过神来，直到艾佳抱着她的闺密走远，她这才急急忙忙弯腰，拿起今阳的包，像个拎包小弟似的屁滚尿流地跟着跳上比赛台，跑进选手休息室。

在走道上遇见了正玩手机的陆思诚，他看见童谣背着今阳的包一脸火烧屁股模样地走进来，目不斜视地从他身边经过，男人伸出手一把拎住她的衣领，语气平静道："慢着。"

童谣一愣，转过头看着陆思诚："你怎么在这儿？你放手，你不知道外面刚才发生了什么，我要去看看艾佳他——"

"我知道，贴吧都快爆炸了，"陆思诚举起手机，"都在说韩剧2.0版上映……那1.0版是什么啊？"

童谣想了想，想到那个被制作成GIF广为流传的"韩剧1.0版"，她被小胖一脚踩了拖鞋，整个人往前倒，然后被她队长一把举起来那个……咦，好害臊！脸微微发红，童谣抬起手拍掉陆思诚的手："你先放手！让我去看看他们！"

"你急什么？"

陆思诚不急不缓地放开手，看着童谣因为走得太急，左脚绊住右脚踉跄了下，差点摔倒，他立刻站直身子，这时不远处那人又摇摇晃晃站稳，他无奈地叹了口气，刚伸出的要扶她的手垂下，重新靠回墙边。

"慢点，走个路都走不稳吗？"

第二十一章

童谣去找艾佳他们，陆思诚也没怎么放在心上，叮嘱了一声“等下记得回ZGDX战队自己的休息室准备复习战术”后，就转身离开了。

结果等YQCB战队对战HW战队的第三局比赛开始了十分钟，众人左等右等也没能等到童谣，观众席也是空空如也，鬼都没见一只，陆思诚只好亲自出来找人。

最后在YQCB战队的休息室门口找到他家的中单，一脸茫然，脸色十分不好看的样子。

“你在这儿做什么？”陆思诚上前将她拎起来。

“YQCB战队第三局生死局艾佳直接没上，上的替补。”童谣摇摇晃晃站起来，目光大概与陆思诚碰撞到了，双眼却对不上焦。

“我看见了。”

童谣属于一朝被蛇咬、十年怕井绳的那种人，看见第三局换人，当时心里咯噔一下，立刻就蹲在YQCB战队门口不肯走了。

这会儿，看陆思诚一脸平静，她双眼一亮，就像是找到了什么救命浮木，一把捉住他的手："艾佳什么都没做，只是说话大声了点，不会受处罚吧？不会禁赛吧？今阳也什么都没做，她平常一点亏都不肯吃的，结果今天顾及艾佳比赛，什么委屈都往肚子里吞，还不够吗？人家就是简简单单谈个恋爱而已，哪来那么多所以然，哪来那么多阴谋诡计——没有人在意自己喜欢的人是不是闪闪发光的选手或者明星，就是简单地喜欢而已啊……"

语无伦次的样子，中间磕巴了好几次。

陆思诚耐心听了一会儿，见眼前的人越发失魂落魄、面色苍白，最终只能无奈叹息一声，抬起手捂住了她的嘴。

他感觉到她在微微颤抖。

当温暖干燥的大手压在冰凉的脸上，童谣碎碎念的声音戛然而止。

空无一人的走道，不远处是隔音并不好的门，从外面传进来比赛场地上解说员正在解说游戏的声音，少女背靠着墙，仿佛那就是她的全部支撑，她轻轻眨眨眼，抬起双手，无声地握住了男人压在她唇上的手掌。

与那双沉静的深褐色瞳眸对视几秒，她垂下眼，拉开他的手，用听不出多少情绪的低沉嗓音问："职业选手也是人，也会有自己喜欢的人，想要和自己喜欢的人在一起，又有什么错？"

"还是说，"童谣小声问，"这样的想法本身就是错的？"

"'因为是公众人物，所以身体发肤没有一处属于自己，存在的意义是为了赢得比赛，取悦粉丝，为战队效力，不惜一切代价也要做到以上这些事情。'——你是说这种想法吗？当然有人会这么认为，但是如果连选手本人也这样认为，那就糟了……”陆思诚的声音听上去不急不缓，说着他很少会说的长句子，“在我看来，比赛输赢固然重要，但是相比粉丝对结果的满意度来说，我们选手才是更直接面对结果的人，自私地来讲，这是我们自己的事——非常感谢你们的喜爱与支持，但是所谓比赛输赢，好像真的与你们无关——这才是现实的想法。”

“诚哥。”

“干什么？”

“我可不可以抱抱你啊？”

靠在墙上的人仰起脸这么说的时候，男人原本平静的声音戛然而止。与此同时，不等他回答，她已经张开双臂将自己埋进男人的怀抱——空无一人的走廊之中，她的面颊贴着他的胸膛，双臂在他腰部外套的遮挡之下交叠收拢……

“不管了，不管了，”她埋在男人的怀抱之中，声音沉闷，“先抱一下再说。”

陆思诚低下头，看着鸵鸟一样，脸压在自己怀中的家伙，嘴角抽了抽：“这种世界末日马上要来的语气是怎么回事？”

“一想到这么好的腹肌、胸肌明天是不是就不属于我了，”童谣的脸蹭了蹭，“堪比世界末日。”

陆思诚没说话了。

良久，在外面的解说开始直播一波团战，并懊恼地嚷嚷着“哎呀，这个失误如果是艾佳肯定不会犯”这种话中，陆思诚伸出手，反手将赖在自己怀中的人抱住。

一个很亲近的怀抱。

他清楚地感觉到她的不安比今天之前变得更加清晰与明确。而令他恼火的是，面对她的不安，他头一次有种无从下手的感觉，并不知道该怎么办。

第二十二章

十分钟后，YQCB战队的第三局比赛理所当然地输了。

这一次，真的是替补中单实力跟不上的问题。

于是，很多刚开始嚷嚷着“艾佳坑”“团队毒瘤”“这中单没什么用”“换一个人这个队伍能更好”的人终于闭上了自己的嘴，最多象征性地挣扎一句“但是刚才那局露露拿得没道理，艾佳要背锅总没问题吧”。

童谣看着这样的言论，面无表情地心想：有问题。

她不知道这是艾佳赌气不愿意上第三局比赛还是俱乐部有意这样安排，总之，ZGDX战队比赛开始的前一秒，她还在忧心忡忡地和今阳发微信——

午夜垂钓者-疯狂渔夫：“瑟瑟发抖，还以为这傻孩子遗忘多年的狼魂被唤醒……我调教那么多年才把野狼驯成哈士奇，差点被一个黄毛丫头搞崩盘。”

ZGDX smiling：“呃，他怎么样了？不会受罚吧？你呢？”

午夜垂钓者-疯狂渔夫:“没事，也没怎么着那个女的，受什么罚啊？总不能语气稍微不好就禁赛吧？要是这样，诚哥还怎么活啊？”

ZGDX smiling:“一言不合就埋汰我家队长，看来你们是真的没事了。”

午夜垂钓者-疯狂渔夫:“嗯，安心打你的比赛吧！”

看见今阳这么说，童谣稍稍放下心来，收起手机，看了眼站起来往外走的队友们。小胖他们正在讨论今天这局比赛拿什么阵容比较好，童谣跟在最后，在走出休息室门的时候突然小声冒出一句:“能不能再试一次四保一？”

走在最前面的陆思诚听见了，转过头看着她，停顿了下，问：“理由？”

被陆思诚这样认真地盯着，童谣便意识到这个时候他不再是刚才在空无一人的走廊里任由她抱住乱蹭的男友，而是ZGDX战队的队长。她挺直腰杆，绷着脸，有些紧张地说道:“没什么理由，现在四保一阵容争议很大，都说这个赛季还执着这个的队伍赢不了，但是我们上次打HW战队第二局用四保一打得挺好的，所以想再试试，到底能不能用——谁说的来着？实践是检验真理的唯一标准。”

“你想拿露露。”

鬼扯了一大堆后被一语道破真相还真有点不好意思，童谣微微脸红，低下头盯着脚尖，不敢承认自己除了真的想试试四保一还能不能玩，确实有夹带私货的嫌疑在里面。然而还没等她说话，陆思诚却突然又道:“但是我看好像也行。”

咦?哎?童谣愣了下,有些震惊地抬起头。

“教皇打成什么鬼样都有人给他强行洗白,”陆思诚掰了掰手腕,语气平淡地说道,“让他见识一下真正的四保一怎么玩,害他失眠两三天未必不是好事,所以,我同意了。”

陆思诚说完就转身走向比赛场地——队伍里剩下的是辅助、上单和打野。虽然ZGDX战队是三核队伍,上中下三路都可以Carry,但是一般来说,还是中路和下路接管比赛比较多,老猫拿个坦克上单也是家常便饭。于是眼下既然童谣主动放弃了Carry比赛的机会,他也不会再说什么。

老K:“好好好,可以可以,一会儿我拿个双生玉,咱们梦回春季赛。”

小胖:“无视版本拿过时英雄,无视版本用过时战术,你们真的很膨胀,我怎么摊上这么个乱搞的队伍?”

老猫:“你也乱搞啊,你拿黎明女神小姐姐。”

陆思诚:“老猫说得好,一会儿让胖子拿黎明女神去上路辅助你,这局我单下。”

众人你一言我一语之中走上比赛台各就各位,童谣在陆思诚旁边的位置坐下,深呼吸一口气戴上耳机——当外面的喧嚣被隔绝,她一心一意地扑到了本场与末日兽人战队的小组赛第一局BAN&PICK环节。

被禁用的是魔术大师、暗黑球女、三只手、妖姬、吸血公爵和光头法师这六个版本英雄。

禁用英雄环节结束，童谣看了眼，忍不住笑出声来，而选手频道更是一片哗然——

小胖："哇，BAN六个中单，妖姬、暗黑球女、魔术大师一个都没放过，对方这是准备把你往死里整啊小姐姐？"

明神："我们也BAN了三个版本强势中单，现在外面放出来能用的中单也没几个了，末日兽人战队中单英雄池不深的，看这次谁整到谁。"

童谣瞥了一眼隔壁战队，果不其然，他们中单已经开始皱着眉头啃手指。

童谣收回目光："现在比赛直播频道的弹幕应该挺热闹的。"

陆思诚："你还在意那个？"

童谣："在意啊。"

陆思诚："等你选完英雄应该会更热闹。"

说着，只见对方纠结半天拿出个冰之精灵，又拿了个扇女——冰之精灵可以打上单也可以打中单，扇女可以打辅助且在此版本打中单也是不错的选择，如今被末日兽人战队拿了这两个热门中单英雄，还不知道具体位置怎么安排，这明显是要把童谣的路堵死的节奏……

末日兽人战队这局BAN&PICK环节做了一些心思和小套路，但是无奈童谣他们本来就没准备拿常规中单英雄，所以到他们这边选人的时候，老猫直接就给童谣锁了露露。

童谣他们听不见此时比赛场下观众们的反应，只是这时候如果摘下耳机，他们就会发现，现场的喧闹声简直能掀了屋顶。

解说A:“又是露露？我的天，今天比赛的队伍怎么了？”

解说B:“哈哈哈哈哈，可能是smiling受了上一局比赛的影响——你要拿中单露露是吧？打不出效果是吧？我也拿，教你怎么玩露露！”

解说A:“你这猜测就没道理了,smiling这种功能型中单英雄玩得不如艾佳的，她要这么想就真的是膨胀了。”

解说B:“我就随便说说嘛！咦？现在的阵容，老猫拿了个巨怪，哎？运营商队他们也要打四保一啊！”

解说A:“四保一怎么了？”

解说B:“刚才YQCB战队才四保一,教皇失败了,你说怎么了？那可是教皇，不比诚哥差的啊。”

解说A:“东西可以乱吃，话不可以乱说，别说我没提醒你少说这种话，等一会儿打完比赛，你回去看一眼你的微博，就知道怎么回事了。”

此时解说B一想到自己的微博被ZGDX战队的粉丝和YQCB战队的粉丝双双爆破的盛况，心内一紧，连忙打哈哈带过这个话题——而此时两位解说的对话也从侧面说明，他们对于童谣为什么拿露露、ZGDX战队为什么打四保一这个情况并没有猜到真正的原因。

直到比赛正式开始。

第一局，末日兽人战队下路组合完全不是陆思诚和小胖的对手——陆思诚拿着轮子妈，上来就是对拼换血，一级把对方的灵魂射手卡莉血线压得极低，对方只能往后退，不敢上来补刀甚至吃经验，第一波兵直接漏了四五个，堪称苦不堪言。

这样的开场对陆思诚来说，就意味着对方下路的游戏已经结束了。

对方第一波兵亏了一些经验后，陆思诚率先到了二级，这时候，童谣打信号在中路看见对方打野，陆思诚果断清了兵线上前直接将对方的辅助和AD压回塔下，对方只能怂在塔下补兵，但时不时被骚扰，补兵节奏乱得一塌糊涂。

陆思诚和小胖将对方下路摁在地板上摩擦，前期十分钟内，打野老K彻底贯彻四保一的战术，没事干就从下路经过，搞得末日兽人战队的AD十分钟补刀才四十多个，带着辅助死了两次，陆思诚和老K一人两个人头。

中期，对方发育良好的上单时间猎人想切后排陆思诚，然而人刚上来就被童谣变羊沉默，哪怕打到了陆思诚，下一秒露露一个大招放过来，残血的AD立刻恢复一定的血量，还没缓过气来，紧接着各种保护技能就不要钱似的往他身上扔，陆思诚肥得流油，且被保护得滴水不漏。

比赛第二十四分钟，ZGDX战队直接推上高地，对方看见10击杀0死亡2助攻的陆思诚，显然也没有要打的意思，直接让了基地，准备下一局。

童谣摘下耳机时，掌心全是汗。

与此同时，她听见解说员说——

“讲道理，这露露还是可以用的。”

“而且好像还蛮好用的……”

“那四保一战术也不是不可以打。”

“关键是队伍叫不叫ZGDX。”

“哈哈哈哈，所以刚才我们还错怪艾佳了，人家露露真的可以用的，也是——没人规定一定要迷信版本啊，对不对？阵容配合更重要。”

童谣站起来，脸上隐约露出一丝丝笑意。

十分钟休息时间后，第二局比赛开始。

还是一样的六BAN中单，还是一样的四保一阵容，还是一样的拿露露——童谣刚开始还有些惊讶，末日兽人战队为什么头这么铁，还在逼他们打四保一？直到比赛开始，她才发现人家也是带着脑子来比赛的。

这一次，末日兽人战队拿的狂猎女猎、黑枪、牛首酋长。

比赛开始第三分钟，对方打野来了一次下路，怒斩陆思诚和小胖二人；第九分钟又来一次，越塔强杀陆思诚；第十五分钟再来第三次，这一次，还带着上单一起。

第十五分钟时，陆思诚的数据是0/3/0，补兵落后对方二十多个，导播切出了各个位置发育经济数值图，人们可以清楚地看见，此时陆思诚经济落后末日兽人战队AD大约一千块。

一千块的概念是半件大件的装备，放在一般RANK里，这个时候陆思诚就可以去挂机了，真的惨得不行。

这种情况下，童谣选的这个没有高爆发输出能力的中单就露出了和上一次艾佳一样的疲态，只能安静补兵努力发育，再出一些输出装备，试图弥补陆思诚伤害可能会不足的缺点，但是因为一开始就决定了要打四保一，这种行为的效果是微乎其微的。

此时，比赛场上，ZGDX战队的人头数是3:9，比分大落后，而对陆思诚来说，他面临的则是比整个队伍面临的更加严重的大逆风局！

看着陆思诚这样被疯狂针对，从未见过他陷入这么大差距的童谣有些着急，操作上也有些毛躁，漏了几个塔下兵。

“别急，”耳机里传来陆思诚平静的声音，“可以打，给我点时间发育。”

“你现在差了对方半个大件。”

“不硬碰的话，他六神装拿我也没办法，”陆思诚淡淡道，“你们想办法拖下，能不能？”

“不知道啊，”童谣有些犹豫，“我尽量试试，小胖、老K，你们来帮我。”

与此同时，并不知道比赛语音频道里陆思诚说了些什么，正当所有在看比赛的人都以为他这次要阴沟里翻船时，他们突然发现，ZGDX战队却又有了不同于之前YQCB战队面对同样情况时的选择——

当时，YQCB战队是选择硬开团，强打。

但是这一次，ZGDX战队却并没有这样。

童谣出了些输出装备后，带着自家辅助和打野在野区逛街，终于在小龙坑附近偶遇对方下路组合双人组外加打野，展开一波小规模团战！

因为老K拿着双生玉，小胖又是个有大招在手的吹笛神，这波团战打得非常久，拉拉扯扯强行靠着操作硬拿下末日兽人战队两个人头——而此时，当童谣他们打得如火如荼、难舍难分时，作为核心输出的陆思诚却在上中两路疯狂收线补发育。

如此重复小规模团战几次，陆思诚又被抓死两次。

比赛来到第三十二分钟，0/5/0的陆思诚在下路清线时单杀了末日兽人战队的打野。

当时全场震动，每个人都是一脸茫然，这才将目光投向从比赛开始到现在几乎全场隐身的ADC，仔细一看才发现，他身上的装备不知道何时已经基本成型，而补刀数……从一开始的落后三四十刀到现在居然反超三十多刀！

当观众们纷纷觉得自己刚才大概压根没看比赛时，导播又切了次经济面板，人们震惊地发现，之前还落后一千块经济的陆思诚，这时候经济已经与对方三个人头在手的ADC基本持平，甚至隐约要反超！

接下来陆思诚开始参与团战。

这时候的他已经和十五分钟前的他判若两人——他最终成功发挥了轮子妈这个英雄在中后期装备成型后的恐怖爆发，在前期显得有些无力且无作为的露露保驾护航之下提前出山，成功连续拿下两波团战，追平经济，然后逆风翻盘，2:0拿下末日兽人战队！

童谣他们推掉对方的基地，摘下耳机站起来时，每个人看上去都挺开心的。

解说A："你说咱们是不是'毒奶'啊？刚说露露这英雄其实

可以用，结果这局一逆风又是零作为。”

解说B:“什么零作为？后期没有露露，那轮子妈怎么可能提前出山？估计还要发育一下才能参团，但是比赛瞬息万变，谁知道下一秒会发生什么啊……所以不是咱们‘毒奶’，而是刚才我们根本就错了——四保一阵容，看的还是AD，你AD不行，这中单就不好用,AD起飞了，这中单就成了烦死你的毒瘤……”

解说A:“你这话的意思是……”

解说B:“艾佳得以翻案，方才YQCB战队那局背锅的应该是，咳咳。”

解说A:“我看出来了，你微博是真的不想要了。”

而此时解说在感慨些什么童谣倒是根本没注意，她只知道，今天台下观众们的欢呼声比往日更加响亮，如雷声轰鸣！

“最后一局打得太好了！”末日兽人战队队长兼ADC与陆思诚握手时感慨道,“堪称AD逆风局教科书啊诚哥！”

“没有的事，”陆思诚笑了笑,“我们中单都把自己当辅助打了，哪好意思不好好发育后期接管比赛？”

说完他回头看了眼跟在自己身后的矮子，停顿了下，收敛起笑容，忍不住逗她:“没在夸你，脸红什么？”

童谣抬起手，在横在她面前那高大身形的背上拍了一把，放下手时，手突然被走在她前面的人反手一把捏住！

童谣背上的寒毛都快立起来了，连忙看了看周围有没有人注意到，好在这时候握手完毕，末日兽人战队的队员们在低头收拾外设，而ZGDX战队的其他队友挤成一团要到前面去鞠躬致谢。

没人注意到他们。

童谣使劲往外抽自己的手，没有得逞，对方还抓着她的手得寸进尺似的摇了两下，然后在他们被末日兽人战队辅助的椅子挡住前进的路不得不停下时，陆思诚稍稍侧过身，低下头小声在她耳边说："这两局没我精彩演绎顺风局和逆风局的四保一正确打开方式，艾佳就不能洗白了。"

童谣："哦。"

陆思诚："怎么谢我？"

童谣："给你跪下磕头了。"

陆思诚："不行，你又敷衍我。"

童谣："我没。"

陆思诚："你有。"

这时候原本弯腰收拾外设的末日兽人战队辅助注意到自己的椅子挡路了，连忙道歉挪开了它，前面的道路通畅了，陆思诚若无其事般从童谣耳边直起身，并在两个人的小动作可能曝光在别人眼里的第一时间放开了她。

人们哪怕是从一开始盯着他们看，也只是以为他们在小声讨论刚才的比赛。

直到走到比赛台前鞠躬完毕，童谣的心跳还是很快，鞠躬时她转过头小心翼翼地瞥了眼身边的男人，后者似有所感应，也转过头来，冲着她懒洋洋地笑了笑。

比赛台上，明亮的灯光之下，他的眼里仿佛有光，倒映着她的轮廓。

有人说，恋爱的意义大概就在于，世界上突然出现了那么一个人，他能够给予你一切你想要的、他力所能及的。无时无刻，随时随地，他义无反顾。

第二十三章

比赛结束之后按惯例是赛后群访时间。

赛后群访环节，在春季赛时是在休息室的沙发上采访比赛取得胜利的队伍，夏季赛则有所不同。群访地点被搬到了一个更正式的场合，队员们一字排开，坐在稍高的长桌后面接受采访，并且有时候媒体会针对今日比赛中的两个队伍同时进行采访——通常来说，是一局比赛中对立的两个队伍。

偶尔会出现例外，比如说今天。

YQCB战队和ZGDX战队两支队伍十人首发一字排开挤在桌子后面，陆思诚的左边坐着教皇，右边坐着童谣，他在最中间。

记者："首先，恭喜今天ZGDX战队依然保持自己的连胜，金身不坏。"

陆思诚："谢谢'毒奶'。"

记者："同时也非常惊讶YQCB战队的队员们在打完比赛之后依然没有离开，给予了这次特殊的赛后群访机会。"

YQCB战队辅助兼队长凉生挠挠头:“其实是想走的，教练不让，摁住我们在休息室一定要让我们看看四保一怎么打……因为是新尝试的战术，大家都不太熟练。”

记者:“四保一战术在目前下路比较弱势的版本里其实并不是那么适合，那ZGDX战队为什么会在YQCB战队失败后依然坚持这样的战术呢？”

陆思诚停顿了下，向后靠了靠，同时斜睨了一眼自己左手边的教皇，后者翻了翻眼睛，陆思诚微微一笑，亦真亦假地说道:“我们中单说，她也想打四保一，她也想拿露露试试……我心想好像也行啊，正好教一下‘别人AD’怎么打四保一，所以就打了两局四保一。”

众人哄笑起来。

教皇“嘶”了一声，可能是猜到陆思诚说了什么鬼话，抓着身后的翻译小哥要求翻译，小哥一脸无奈地翻译完毕，教皇听完飞快地用韩语抱怨了一串什么。

采访还在继续，有记者对于这次比赛的情况连续发问，问的问题比较零碎，主要也是小胖和陆思诚在回答，童谣坐在椅子上用余光瞥着在长桌另一头同样沉默不语的艾佳，堂而皇之地神游。

直到记者点名艾佳——

“今天第二局结束后发生了一些小小的意外，第三局艾佳选手没有出现在首发阵容里，请问是因为发生了什么事吗？粉丝们很想知道。”

艾佳游离的目光稍稍回神。

童谣也跟着坐直了身体。

艾佳微微蹙眉，从旁边的队友手里接过话筒正想回答，然而就在此时，手中的话筒却一把被他们队长凉生拿走，他愣了愣，便听见自家队长说："第三局让爱杀选手上是教练组和队员共同讨论的结果——我知道现在有些人在网上带节奏，说是艾佳耍大牌，不肯上，其实不是的，也请大家适可而止……当时只是因为艾佳情绪不太好，我们觉得让爱杀选手上可能更合适一些，所以才换人的。"

记者："那么为什么会情绪不好呢？"

童谣有些不舒服地在椅子上挪了挪自己的屁股，这个时候不要说是艾佳了，就连她都非常想举起面前的桌子，然后把这张桌子扣到提问的那个记者脑袋上。

为什么会情绪不好，你说呢？

你在台上打着比赛本来就因为输比赛心情不会那么美丽，转个头发现你女朋友在台下因为你表现不好莫名其妙背了锅，还要被打着爱的旗号的粉丝怼，是你能情绪好吗？

童谣瞥了眼那记者手里拿的话筒，一点也不意外地发现他话筒上的logo来自某家臭名昭著的电竞媒体，这家媒体擅长断章取义，带选手节奏带得飞起，被很多家俱乐部、选手正面训斥过，然而每次都是草草道歉然后屡教不改。

最著名的就是某选手说"我认为韩援最开始来HPL那段时间给赛区带来的东西是最多的"，硬生生被他们写成"某选手直言韩援只有初期有用"。

此时艾佳嘲讽地掀了掀嘴角，明显表现出自己对此提问懒得回答的不屑。

采访室中的气氛一时变得有些微妙。

那名记者得不到答案，一脸悻悻地坐下，但是他的提问似乎将整个采访的内容从单纯针对比赛的讨论带向了另外一个方向，很快有别家记者站起来提问："这段时间，电竞圈内对选手的私人感情生活讨论不断，作为职业选手，你们自己对于这些事有什么看法？"

YQCB战队的人干脆放下了话筒。

童谣见状，心中又是烦躁又是有点想笑。

小胖："顺其自然，并没有说特别去想这方面的事——其实我们天天在基地打游戏，能接触的人很少，所以大家基本都是单身。"

老猫抢过小胖的话筒，补充且强调道："但是这并不代表我们是入了和尚庙——找不到，不是不想找，也不是不能找——明白这点很重要。"

记者："但是不少粉丝还是希望选手们能够认真地打比赛，争取S系表现得更好，甚至拿下冠军，不要去想太多其他方面的事情——就好像他们总希望你们在直播RANK训练时，看看比赛资料也好，排队期间不要去玩别的奇奇怪怪的小游戏，贴吧之类的地方经常有讨论这些的帖子……粉丝也是希望你们能专注游戏，取得好成绩。"

陆思诚想了想，左手拿起放在自己面前的话筒。此时，男人浑身上下散发出"大家注意，我要搞事了"的气息，童谣不安地看了他一眼，在桌子底下拉扯了一下他的右手。

然而陆思诚不为所动，并展现了一波自己惊人的记忆力以及刻薄嘴脸。

陆思诚："我来复述一下你刚才说的话，你看看合理不合理。但是不少父母还是希望孩子能够认真学习，争取高考表现更好，考上北大清华，不要去想太多其他方面的事情——就好像他们总希望你们在学校课间休息时，背背英语单词也好，休息期间不要去玩别的奇奇怪怪的小游戏，跳广场舞之类的地方经常有讨论这些的话题……父母也是希望你们能专注学习，取得好成绩。"

陆思诚："听上去是蛮合理的。"

小胖已经抖着下巴开始大笑鼓掌。

艾佳也跟着面无表情地鼓掌。

陆思诚："一般来说，提出这种建议的粉丝朋友不少也是这么大的少年，或者哪怕是成年工作的人，在这么要求同样也是正常人类的职业选手时，我姑且不去惦记在他们嘲笑选手不好好训练，只会谈恋爱、打别的游戏时，他们到底是不是在上课、上班期间拿手机摸过鱼玩贴吧，总之希望大家能够稍微换位思考一下，大家都很年轻，相信大家都有上课开小差、睡觉、偷看班花——啧。"

陆思诚停顿了下。

陆思诚："虽然我没看过。"

踩在他右脚上的那只脚挪开了。

陆思诚："所以并不是说，打职业就有什么不同，特别神圣高贵得必须完美得像个圣人……拿选手今天打《天涯明月刀》、明天打《贪吃蛇》、后天谈恋爱说事是很无聊的，我们大部分时间都是在打《英雄王座》，也许在打《英雄王座》的时间比某些人学习的时间还多。很多职业选手打职业，打着打着就被女朋友甩了，为什么？”

艾佳拿起话筒：“为什么？”

小胖：“建议你们去采访下CK战队打野选手阳神，他会告诉你们为什么。”

童谣：“咳。”

那个记者一脸被说服地坐下了。

另外一个记者一脸不服地站了起来：“诚哥好像对这些事很有心得？”

靠在一旁一直沉默的小瑞站起来，满脸写着：你说什么？搞事是吧？我要叫保安了。

然而陆思诚冲着他挥挥手，表示没关系，并自然而然地接过了话：“因为我年纪在职业圈算比较大，打职业时间也长，看见的事很多。”

记者：“这么说，诚哥对于选手恋爱的事情并不反对。”

陆思诚：“适可而止的话，没什么不对的，男女双双考上清华北大的传奇故事也不是没听过。”

记者：“诚哥也想吗？”

陆思诚拿着话筒一顿，在他身边，童谣抬起手将自己垂落耳边的发别至耳后。

陆思诚淡淡道：“我现在就有喜欢的人啊。”

话一出口，全场轰动。

记者低头奋笔疾书，队友纷纷转过头来一脸茫然地看着他们的队长。

童谣垂下手，探进桌布之下，揪着自己的队服裤子，手心紧张得全是汗，脸上还要假装和大家一样惊讶，顺便拼命麻痹自己：他什么也没说！你什么也没听见！不要脸红！不能脸红！呼吸不能加重！淡定！要淡定！

记者："那对一些要求过高的粉丝，诚哥有什么想说的吗？"

话音刚落，童谣突然感觉到一只大手也探进桌布下，悄然无声地盖住她的手，并强行将指尖塞入她的指缝，扣住。

相比她瞬间僵直的背，男人很放松地靠在座椅靠背上。

"很感谢粉丝的支持与喜爱，比赛会好好打的，也会努力去赢，如果可以，请多来现场支持。还有就是……"

男人平静低沉的声音在耳边近在咫尺的地方响起——

"真心喜欢一名选手的话，就离他的比赛台近一点，离他的生活远一些。"

第二十四章

陆思诚的群访录像放出去，足够造成粉丝圈子的小型地震，首发的微博因为有很多选手、圈内人士自主帮忙转发，所以短时间内转发次数达到一万多次，而大家的说法也算是褒贬不一。

“我男神说得很对啊，大家都有各自的生活，喜欢一个人就应该是希望他过得好吧？”

“喜欢是放肆，但爱是克制。”

“所以谈恋爱到底和游戏打不打得好有毛线关系啊？”

“恕我直言，去骚扰艾佳女朋友的那些粉丝真的该拉出去电一电，人家小两口好好的，关你屁事哦？”

“哈哈哈哈哈哈！说得好，我诚哥三观就是正，你们这些天天蹲基地门口、真人GANK队员的粉丝，适可而止吧。”

这是赞同的。

“道理我都懂，但是既然年薪那么高，就好好打比赛吧，OK？

当然你也可以说年薪又不是我们给。”

“并不能接受喜欢的队员有女朋友，虽然知道这是早晚的事，但是也还是会脱粉的。”

“不接受诚哥有女朋友，就这么简单。”

“哦，不妨碍你有女朋友我脱粉啊。”

“就算女朋友是玛丽莲·梦露，我也会反对到底的。”

“道理我都懂，可是你们这些高高在上的人根本搞不懂我们这些粉丝卑微的喜爱吧？离舞台近一点，离生活远一些？这样的话说出来真的太自私了。”

这是反对的。

还有一些完全没抓住重点的——

“我诚哥有喜欢的人了！这才是重点啊朋友们！”

“我不信陆思诚会喜欢人类，我不信。”

“大哥，你天天除了在基地直播就是在虹桥天地打比赛，基地里除了个smiling，连蟑螂都是公的，你去哪儿有喜欢的人啊！”

“我就听你一本正经地胡说八道。”

“除非你和smiling有一腿，那个抢你炮车抢你红Buff的辅助。”

“被楼上这么一说，突然觉得smiling还活着好像就已经是诚哥喜欢她的最强有力的证据。”

坐在回基地的车上，童谣将群访录像那条微博的评论一条条看过去，然后突然看见一个点赞只有十几个的小热门——

今天吃颗诚谣糖吗：“我知道拉CP不对，但是我还是要说，诚哥说最后一句话的时候右手放进桌子底下了，与此同时，smiling的手也在桌子底下，诚哥的手动了动，所以，你们干了啥？”

童谣倒吸一口凉气，手一抖，手机“啪”一下掉在大腿上了，回过头看了眼车最后一排，某个人大放厥词之后这会儿正蜷缩在角落里，长袖队服蒙着脸，睡得心安理得。

童谣站起来走到他面前，一只手撑在他脑袋旁边的靠背上弯下腰，另一只手掀起他盖在脸上的卫衣——后者睡得正安稳却突然被打扰，正不耐烦地睁开眼，看清楚面前那张脸后，立刻变得温顺起来。

陆思诚掀起眼皮扫了一眼，除了司机，车上其他人都在睡。

于是男人抬起手，动作亲昵地将弯腰壁咚自己的少女耳边的碎发挽至耳后，低声问：“怎么了？”

童谣抬起手中的手机，确保那位电竞福尔摩斯的留言占据屏幕正中央，然后无声地将手机屏幕凑到男人面前。

陆思诚飞快地扫了眼，然后笑了：“厉害啊。”

童谣：“啊？”

厉害啊？这是什么见了鬼的反应？

“这人观察力不错，几乎要被他发现了。”

陆思诚拿过童谣的手机，顺手给这条评论点了个赞，童谣“嘶”了声赶紧把手机抢回来把赞取消，瞪了陆思诚一眼。后者不动声色地拉着她在自己身边坐下，懒洋洋地问：“这么紧张做什么？”

童谣盘着腿坐稳，开始一条条地给陆思诚念他那些粉丝的反应，好的念，不好的也念，念完之后停顿了下：“现在知道我为什么遮遮掩掩了吧？”

陆思诚：“为什么？”

童谣：“一旦曝光，你将失去你的半壁江山。”

陆思诚：“哦。”

陆思诚：“那你觉得我为什么同意你遮遮掩掩？”

童谣想说“为你的半壁江山”，想想又不敢开口，因为身边那人似笑非笑的表情分明是在说“你敢这么回答试试看”，于是她摇了摇头，说不知道。

“是怕有些疯子往你身上泼脏水，”陆思诚淡淡道，“比赛发挥不好是因为只知道谈恋爱啦，女人果然就是只知道这些事啦，质疑你打职业的动机之类的……”

“我不在乎。”

“我在乎！”陆思诚斩钉截铁道，“虽然不一定发生，发生了我也有信心能够用成绩打那些人的脸，但是光想到这些就很烦，你本来就是一个喜欢看八卦、看那些人在说什么的家伙，大概会受很深的影响吧——之前也是因为这件事，所以我犹豫要不要在一起，毕竟如果有别的男队员出现跟你示好，我肯定会第一个站出来反对。”

陆思诚停顿了一下，面无表情地说道：“然后冷漠地警告那个人，别来骚扰她，她是要好好打职业的。”

车内绝对昏暗的光线之中，阴影将最后一排的两个人几乎都笼罩起来，男人的语气低沉且纠结，童谣余光瞥见他面瘫着整张脸，抱住屈起的双膝，“嗤嗤”低笑着将笑脸埋进膝盖里，整个人抖啊抖，压抑着大笑的冲动。

她用手肘捅了捅身边的人："然后呢？"

"你笑什么？"

"你别管我，"童谣的嘴角忍不住上扬抽搐，"然后呢？"

"还有什么然后？反应过来之前你已经扑进我怀里了。"

"那时候哪怕后悔也来不及……嗯？不是那个后悔。"陆思诚叹了口气，最终抬起手摁了摁身边缩成一团靠在他身上的人的脑袋，"总之你要好好打比赛，好好赢，没忍住是我的错，是我犯罪在先。"

"哦。"

"不要害我被判个无期徒刑。"

童谣转过头看着陆思诚，与此同时，后者似乎也有所感应一般转过头看着她——两个人的视线在黑暗之中碰到，片刻的沉默，谁也没说话……男人的眼微微下敛，视线在近在咫尺的人的唇上一扫而过。他停顿了一下，清了清嗓子，率先将自己的脸扭开，伸手拉了下卫衣的帽檐，盖住脸。

"要说的就这么多，"他闷闷道，"马上到基地了，他们该醒了，滚回你的位置去。"

"你这么凶是过不了试用期的。"

"我这就去告诉那个质疑我们在桌子底下干什么的人，他的观察能力满分。"

童谣站起来，三两步走回自己的位置上一屁股坐下。

童谣收起自己的手机，她知道她的队长刚才说的那些顾虑是认真的，他害怕她会因为恋情的曝光而被舆论干扰。

而她也是认真的，她也不希望他因为她的存在而走下神坛——Chessman这个ID，自打职业以来，从未有过任何负面新闻甚至是负面评价，想要维持这样的口碑大概显得有些偏执和可笑。尽管陆思诚自己认为，他早就因为破坏了一开始的打算而犯下了不可饶恕的错误，但她还是固执地执着于这件事。

世界上本来就不存在什么男人必须保护女人这种规矩，有的只有一段感情之中双方不自觉地相互维护而已。

现在这样就很好了。

童谣告诉自己，不能要求更多，不要要求更多。

车子到了基地，众人从睡梦中醒来，热热闹闹地讨论着要吃什么，叫什么外卖，童谣和陆思诚夹在中间，若无其事的样子就好像刚才什么也没发生。

只是当众人在沙发上坐下，七嘴八舌地点外卖时，男人那间歇性走神的心不在焉模样说明他还在惦记刚才的事。

可以看得出刚开始陆思诚也是赞同隐瞒这段关系的，但是当他搞清楚童谣为什么这么遮遮掩掩后，他有些心绪不宁，这时候有一种自己反而被别人保护起来的别扭的感觉。

这种微妙的感情变化被童谣全都看在了眼里。

晚上吃完饭，陆思诚说回房间睡觉去了。大概十五分钟后，原本抱着腿蹲在椅子上看美剧的人眼珠在眼眶里转了一圈，突然“啊”了一声，然后告诉转头莫名看着自己的小胖：“我移动电源还在诚哥的包里。”

“他今天都没怎么用手机，还借你的移动电源啊？”小胖没怀疑地把脑袋转回去，“那你快去拿，他应该还没睡。”

童谣跳下椅子，飞快地冲上二楼。

推开她家队长房间的门，一眼就看见里面那张床鼓起一个大包，她的队长背对着门，正缩在被子里打游戏——大概是刚洗完澡，头发湿漉漉的。

童谣走近时，他头也不回道：“电吹风坏了，吹不干头发，别啰嗦。”

这语气大概以为来的是小胖。

直到童谣在他身后站稳，蹲下，然后张开双臂一把连被子一起抱住男人，笑嘻嘻地叫了声：“床咚！”

陆思诚手里的游戏机滑落，茫然地扭过脑袋对视上一张笑脸——他面无表情，在被子里翻了个身，然后从被子里伸出双手将抓着他被子的人直接举起来放到自己床上，身体前倾。

童谣这时候还在笑，向后躲了躲。

陆思诚继续往前。

童谣持续向后倒，此时气氛开始变得有些微妙——直到身子都快倾斜到四十五度，她的笑容消失了，面部紧绷：“队长，柔韧度不够，腰要断了。”

陆思诚停住，此时两个人的脸距离一个指节，很近。

陆思诚垂着眼，语气平淡地说道：“躲什么？”

一只柔软的手抬起来，摁在男人那张面瘫脸上将他往后推了推，与此同时，童谣有些慌张的声音响起："你很危险啊。"

她的掌心有意无意地贴着他的唇。

陆思诚停顿了一下，这才拍开她的爪，顺势扣着手腕将她往自己怀里拖，然后掀起被子盖住脸撞到自己胸口上的人，另外一只手自然而然地搭在她身上："什么事？"

"非要用这种姿势说？"

"也可以是你躺在我身下。"

"老流氓。"

"你到底说不说？"陆思诚的手微微使力。

"说说说！"童谣愣了愣，为了保持这个相比之下还算纯洁的姿势，赶忙伸出双手像是树懒似的抱住他，"我是想来感谢你今天那么配合，那么努力地打四保一，展现逆风教科书风采，以及感谢你那么勇敢地在全国人民面前宣布自己心有所属。"

"所以你爬上我的床？这个感谢我接受了。"

话音刚落，手臂就被人掐了一下，像猫挠似的不痛不痒。

陆思诚低下头，对视上那双捂在被窝里闪闪发亮的眼，而后听见怀中人兴致勃勃地问道："诚哥，明天有事吗？"

"有，上分，冲王者。"

"除了这个呢？"

"没事了。"

"那……我们去约会吧？不在召唤师峡谷那种，是正常人的约会。"

第二十五章

第二天中午，蹲在电脑前窸窸窣窣吃泡面的小胖听见有人“噔噔噔”下楼的声音，叼着一根面条抬起头，先看见了飞扬的小短裙和过膝袜之间的绝对领域，一口面咬断掉回碗里，小胖问：“你干吗？”

穿着拖鞋的童谣在鞋柜前蹲下，抱着膝盖认认真真地开始找自己要穿的鞋子，找啊找，拖出个鞋盒，打开看了眼是自己没见过的鞋子，大小又正好是她的码——抬起头看了眼，鞋柜也是她的鞋柜没错，童谣眨眨眼：“这鞋子什么时候在的？”

“你和隔壁队中单的共同饲主上次来时塞进去的，她说她有双一样的……你去哪儿啊？”

童谣打开鞋盒，从里面拎出一双黑色小皮鞋，一点点跟，上面有几颗珍珠，鞋面上有品牌的金属logo和标志性的红绿配色条纹布。童谣放下鞋盒，将脚捅进鞋子里试了试，大小好像刚刚好，她抬起头瞥了小胖一眼：“出去买东西啊。”

小胖捧着面碗“哦”了声:“口红有点红。”

童谣嘟囔了声“真的吗”,着急忙慌地找纸巾擦嘴。这个时候,楼上响起门被打开又关上的声音,小胖又抬头看了眼——这一次是他家AD,身上是简单的单品没错,感谢夏天天气热,这些型男并没有太多发挥的空间,但是这并不能妨碍陆思诚稍微认真一点穿衣服、刮下胡子洗个头就帅过大街上的大部分雄性生物。

小胖:“队长啊队长,你又去哪儿?”

下楼梯下到一半的人停下来,手塞在口袋里,看了眼已经站在鞋柜旁边换鞋子的人。童谣停顿了一下,气息平稳地答道:“我去买东西。”

陆思诚转过头看向小胖:“我去陪她买东西。”

小胖没来得及说话,这时候陆岳捧着一碗面从厨房走出来,从他们身边经过,视线扫过童谣,再扫过陆思诚,最后他捧着面在小胖旁边陆思诚的位置上坐下来,打开游戏邀请小胖双排。同时,他用一语道破天机的气势说:“你俩每次单独出去都非要打扮得像去民政局一样?”

陆思诚:“我天天长这样。”

童谣:“我也——”

陆岳:“你就算了吧,你也什么你也,上一次看见你穿裙子是和我哥去花鸟市场买金鱼,甚至没有上上次。”

童谣:“是啊!乡下人要上街所以打扮下怎么了!”

陆岳并不理她,戳了戳自己碗里的面条:“你们什么时候在一起的?”

童谣手中的鞋盒掉到了地上。

陆思诚挑起眉。

小胖“咕噜”一口面汤直接滚进喉咙里，烫得他捶胸顿足、面红耳赤地挣扎道：“我辛辛苦苦拉扯大的AD居然抛弃我TP去中单了？”

陆岳面无表情地抬起头：“我开玩笑的。我不接受我哥的儿子以后像他妈一样只有一米五，然后被他人一生嘲笑的悲惨命运。”

童谣强压下脱鞋砸在那张和陆思诚略微相似的脸上的冲动：“你住口。”

陆思诚不理会陆岳，拉着她出了门，童谣一步三回头，直到两个人到了停车库，陆思诚把她塞进副驾驶座用安全带捆结实了，她还愤恨不平地拍着大腿：“陆思诚，你为什么不反驳他？是不是突然觉得他说得有道理？哎呀好气啊，你陆家完美的基因即将要被我一米五的劣等基因玷污——”

“你来玷污啊。”

陆思诚发动车子，倒出停车库：“他逗你的。我妈，也就是他妈，也就和你差不多高，你见我们兄弟俩谁一米五了？”

童谣抓着安全带黑着脸，不说话。

男人伸出大手拍拍她的脑袋：“咱们儿子多打篮球就能长高了，别慌。”

童谣用三秒反应过来他这话哪里不对：“谁、谁和你有‘咱们儿子’了！”

“女儿的话，和你一样就行，然后再去拐骗别人家的高个儿子，完美！”陆思诚将车开出小区，沉默了下，认真道，“说实话，我是比较喜欢女儿，小子太调皮了。”

童谣抬起双手“啪”地捂住通红的脸：“你也给我住口。”

“幻想一下也不行？”

“不行，你幻想点正常的东西。”

“嗯。”

“你声音听上去在笑。”

“我没有。”

“你有。”

“就是感慨一下。”

“感慨什么？”童谣将手从脸上拿下来。

“上哪儿捡的你这么个小可爱啊。”

童谣脸上由红转白再转红，十几秒后，她面无表情地目视前方：“队长，看见前面路边那棵巨大的树没有？”

“看见了，怎么了？”

“撞上去，我要和你同归于尽。”

接下来一路上陆思诚怎么跟童谣没话找话，她都不搭腔，直到到了商场，陆思诚将车在停车位停好，童谣才主动说：“队长，你的人设崩坏得很厉害。”

陆思诚面色从容：“怎么说？”

“在我记忆中，Chessman沉稳、沉着、冷酷、犀利、睿智。”童谣解开安全带，转过身，因为腿太短而直接蹦下车，然后关上车门，从车的另外一头冒出半个脑袋，“结果发现你是个老油子，我很伤心。”

陆思诚也下车，“啪”的一下关上车门，言简意赅道：“太多幻想了你。”

为了防止粉丝GANK，两个人选择了一家并非市中心的稍微偏远的商场。肩并肩往停车场外走时，陆思诚伸手碰了碰童谣的手，后者立刻知道他想要干什么似的，往旁边躲了躲。

陆思诚叹了口气：“你讲点道理。”

童谣：“讲什么？”

陆思诚：“第一次见面的时候，我以为你是来GANK基地的脑残粉，把门甩在你脸上了——你当时的想法是什么？”

童谣想了想，转过头瞥了眼身边的人，见他一脸真诚地发问，似乎并非套路，这才回答：“智障。”

陆思诚听完点点头：“这时候我已经距离你以为的那种人设很遥远了。”

“智障不等于流氓。”

“我在别的姑娘面前是正人君子。”

“啊？”

“不是挺好的吗？”陆思诚抓住身边那人一脸没反应过来看着自己的空当，直接将她的手连带着她的人一块揪住拖到自己身边，“你可以独自且肆意享受我的第二人格。”

手被另外一只大手牢牢握在掌心的时候，不幸的是人的大脑也变得混混沌沌——尽管并不知道这种“独自且肆意享受”的喜悦点在哪儿，但童谣还是勉强接受了这种说法：关于曾经一本正经告诉她职业赛场上的生存法则以及大道理的队长，还有他的“第二人格”。

童谣隐约觉得自己又一次被诡辩套路了。

然而当她想要继续辩论这件事的时候，他们已经进入了下一个话题——两个人在一个夹娃娃机前停下，陆思诚看了一眼：“还记得这个吗？”

童谣看了眼夹娃娃机里的垂耳兔，虽然已经没有兔子抱胡萝卜那个款了，但是差不多的长相化成灰她都认识，于是她点点头。

这时候有一堆小姑娘围在夹娃娃机前上蹿下跳，对着机器指指点点，这个好可爱，那个也好萌，然而笨手笨脚一个都夹不起来。

“你个手残！”

“又掉下去了。”

“我不行了，不玩了，夹的钱够我上网买一堆同款了，等我买十个然后带回这台机子前面摆拍以示嘲讽。”

其中一个妹子说着说着忍无可忍地掏出手机开始搜，妹子们稍稍散开了些，童谣被陆思诚拖着挤进去——当一群骂骂咧咧的妹子抬起头看见从天而降的大帅哥时，瞬间收声。他心无旁骛，只是问身后被他牢牢牵着的人：“要哪个？”

童谣顿时感觉四面八方的视线都黏在了自己的脸上以及被陆思诚捉着的手上，那是一种“她上辈子拯救过银河系”的目光。

童谣吸了吸鼻子，心想我就是拯救银河系了，羡慕不？她伸出手一把捉住陆思诚的衣服下摆，伸脑袋凑上前看了眼：“不是有一只了？”

“我知道你有一只，那只也是我夹的，我还知道你把它放床头了，多来几只让它们开大会啊。”陆思诚指指娃娃机说，“长得又不一样，这个有小帽。”

不知道是不是她的错觉，她觉得陆思诚说“这个有小帽”时，有种猥琐又可爱的感觉。周围的姑娘估计也是这么觉得的，有一个已经忍不住“噗”地笑了出来。

“这个兔子很难夹啊，”那小姑娘搭话道，“我们在这儿站了好久了。”

陆思诚瞥了她一眼，没说话，然后掏了张纸币打发童谣去换硬币。童谣转身去了，回来的时候，陆思诚手边已经摆了两只被夹出来的兔子：一只戴着圣诞小帽子，一只抱着草莓。

当她把硬币递给陆思诚时，她感觉到了周围妹子们羡慕的目光，还有身后老板紧张的目光——她抓起两只兔子举起来看了眼，然后转向陆思诚：“哪只可爱？”

陆思诚拍了下确认键，铁爪稳稳地抓起第三只兔子，他转过头看了眼举着两只兔子一脸认真的少女，面无表情道：“你可爱。”

最后的战果是午饭之前，童谣在周围那些和她同龄的小姑娘羡慕的目光中收获了一大袋的兔子玩偶，想想它们在自己的床头一字排开的模样，真的有开兔子大会的规模。

童谣：“以前在游乐园里被各种抓娃娃游戏坑时，我都会想，等我有一个能干的男朋友了，就回来抓到你们倒闭。”

陆思诚：“你做到了。”

童谣："什么？"

陆思诚："有一个能干的男朋友。"

童谣："……"

陆思诚："哪家游乐场啊？快买票，我们去让它倒闭。"

童谣："东京迪士尼乐园。"

此时是下午一点半。

正常人的约会，无非就是吃饭、看电影、喝下午茶、打打游戏机、继续吃饭，然后优雅地原地解散，各回各家。鉴于两个人已经是某种变相同居状态，最后一步可省略，眼前需要解决的是午餐问题。

童谣拎着一大袋兔子，被陆思诚牵着在商场里逛了一大圈，选择恐惧症的她也没想好要吃什么，犹犹豫豫地在一家甜品店跟前停下，弯着腰去看店门口的甜品单，然后被一把拎了回来："午餐，你看什么冰淇淋？"

"冰淇淋为什么不可以是午餐？"

"你是三岁小孩吗？"

陆思诚将她拖走，童谣"啧"了一声正想说什么，突然余光一闪，猛地看见在对面那排店铺前有一群妹子相当眼熟，她定睛一看，然后整个人都愣了。对面那家韩国烤肉店门前等位的那四五个妹子，不是之前那些在联赛场地发应援手幅的妹子又是谁？其中那个最高挑的，手上还戴着大概写了她名字的应援手环。

只要她们随便哪个现在一抬头，就能看见她们喜欢的队伍双

C位大好日子不老老实实在基地双排上分，而是手拉手在商场逛大街。

童谣倒吸一口凉气，甩开陆思诚的手，没等他来得及说话，扔下一句尿急外加让他在一楼某家西餐厅等自己，就迅速落荒而逃。她冲进厕所之后冷静了很久，然后走出来，这才发现陆思诚并没有按照她说的那样去一楼等，而是抱着手臂在楼梯转弯的安全出口靠着等她。

听见脚步声，他抬起头，看了童谣一眼，没说话又低下头。

那一瞬间童谣觉得自己好像做了什么特别糟糕的坏事，而她的队长现在特别、特别委屈。

第二十六章

童谣夹着尾巴一路小跑到陆思诚跟前，这才看见他手中的烟盒，烟没动——她记得小胖说过，陆思诚以前烟瘾不算很大，就有时候心烦会抽一下。即便队里禁烟也不怎么能管得住他，被小瑞抓着扣工资也就扣了，他都无所谓。

后来童谣来了，他就很少抽烟了。

虽然藏烟和跟小瑞斗智斗勇依然是他不可动摇的爱好之一。

童谣站到陆思诚跟前，没来得及说话，男人已经先一步站直身子，停顿了一下，道："下去吃饭吧。"

长腿一迈，童谣赶紧连着蹦跶两步跟上他，小喘一口气："你怎么没直接去餐厅等我？"

陆思诚脚步稍放慢了些，想了想后回答道："不想一个人去。"

童谣揪住他的衣服下摆，陆思诚没回头，也没说不让，童谣就拽着他，两个人什么也没说往前走了一小段——男人那面瘫下来便显得有些冷漠的刻薄脸对童谣来说很熟悉，是她的队长没错，但不是她的男朋友。

童谣放开他的衣服下摆，悄咪咪伸手去抓他的手，然而后者像是下巴上长了眼睛一样，一个看似不经意地抬手，直接躲开了。

现在可以肯定，她的队长大人是真不高兴了。

童谣锲而不舍地去抓男人的手，后者同样锲而不舍地躲开她。

童谣忍无可忍地用双手像是捕兔子似的掐住男人的手腕，他"啧"了声，把自己的手直接抽走，完完全全一副拒不合作的模样。童谣见状，放弃了，改回一把揪着男人的衣服下摆，然后拧了拧，宽松的衣服下摆被她揪出一个小小的三角形——陆思诚感觉到了一点点来自身后的阻力，微微挑起眉回过头去，正巧对视上那双此时正看着他的黑色眼睛。童谣认真道："刚才我在对面的韩料店门口看见咱们家粉丝了，所以才甩开你的手。"

"哦。"陆思诚没什么反应。

此时他们正经过一家家居用品店，然后在童谣莫名其妙的注视中，陆思诚转身走了进去，从货架上拿了个黑色的口罩。

童谣像是小尾巴似的跟在他屁股后面，看着男人拿口罩到收银台结账，她趴在收银台边伸出脑袋："买口罩做什么？"

陆思诚交完钱，撕开包装，把口罩戴上，目光平静："体贴你，谁让我见不得人？"

在收银员小姐姐莫名其妙外加"妹子你眼神不好吧？你男朋友哪里见不得人？别身在福中不知福"的复杂目光注视中，童谣踮起脚抬起手想要把他的口罩摘下来，后者双手塞在外套口袋里身体向后仰着躲了躲，童谣够不着。

收银员小姐姐的目光变得更加微妙。

童谣一把抱住陆思诚的胳膊拖着他从家居用品店落荒而逃。

此时陆思诚戴着黑色的口罩，隐约可见下巴的完美弧度，口罩外只露出一双深褐色的眼睛，身材高大挺拔，走在街上，像是哪家明星微服出巡。

一路上不知道多少擦肩而过的人用余光猛瞟他，然后凑到一堆儿窃窃私语。

童谣跟在他身边，如果不是这会儿像只树懒似的挂在他胳膊上，估计充其量也就被定位成明星助理、小保姆之类的角色。但是因为自己犯错在先，她接受遭遇如此煎熬，所以啥也没说，认命地拖着陆思诚下了一层到之前说好的餐厅。

然而哪怕是到了餐厅，陆思诚对她的精神折磨并没有结束。

他坐在位置上双手塞在口袋里，也不点餐，就用那平静的目光盯着坐在他对面的童谣，那视线快能在童谣的脸上烧出一个洞——最后童谣忍无可忍地将菜单竖起来挡住那可怕的视线，选好了菜才放下来："我看好了，你要什么？"

"不吃了。"

"什么？"

低沉磁性的声音从口罩后响起，听上去闷兮兮的："我这么丑的人，没资格吃饭。"

童谣第一反应是去看点菜员，后者果然也是一脸茫然，然后用谴责的目光看着童谣。

四目相对，一阵尴尬。

童谣迅速把自己要点的东西从一份改为两份一模一样的，把那个不断偷瞟陆思诚、仿佛能看见他口罩下被毁容的脸一般的点菜员打发走，然后伸手越过桌子，一把将陆思诚的口罩摘了下来抢走！

陆思诚："嘶，干什么？"

童谣想骂人来着，但是被那目光一扫她就怂了："行了，好了，我错了还不行？陆思诚你能不能放过我——刚才粉丝在那儿！看见咱们手拉手逛大街像话吗？记得那天给你看的粉丝评论吗？人家不接受你有女朋友！不接受！"

陆思诚皱眉道："我又不在乎。"一边说着，一边伸手，"口罩还我。"

童谣捏着口罩，向后躲了躲，灵活躲过男人伸过来的大手，奈何后者手长，指尖恶作剧似的在她脸上碰来碰去，然后一把捏住她的鼻尖。童谣急得恨不得拍桌子："你不在乎我在乎，我不是怕他们像对待今阳一样对我，也不怕他们说我什么不好好打职业就知道勾搭他们男神，我只知道你打职业到现在从来没有人说过你哪里不好，哪怕是在专门喷人的贴吧也没有！"

陆思诚捏着童谣鼻尖的手一顿，放开了，那双深褐色的眸微微闪烁："所以呢？"

"我不会允许自己成为喷子喷你的突破口。"

陆思诚沉默几秒，稳稳地坐回自己的椅子上："现在说这个迟了吧？"

"啊？"

“你就是啊。任何普通人类都会有其软肋所在，我不是神，所以我也有。”

“……”

“你就是。”

陆思诚说完，默默地换了个坐姿：“我不在乎他们怎么说我，如果他们对我的评价是正面的，那我很高兴，并表示荣幸，但是我的行为并不会被这些正面的评价道德绑架——评价口碑是因我的行为产生，而不是我为了这些东西做出对应的行为——这么复杂你听得懂吗？”

童谣一脸茫然。

男人轻轻叹了口气：“我就是喜欢上了一个小姑娘而已，又没做错什么事，你干吗那么紧张地护着我？”

童谣脸上的茫然稍有龟裂的痕迹。

不是她没听懂陆思诚说的话，而是她被突如其来的连续暴击揍得鼻青脸肿说不出话来——她也不知道自己做了什么，说了什么，何德何能就成了《英雄王座》职业圈的圈中第一男神的“软肋”。然而，这样的定义就自然而然地以一种“我同你讲道理”的口吻从男神本尊嘴里说出来了……

童谣只好拼命地回忆，自己上辈子究竟是不是真的拯救了银河系。

因为言语贫乏，她根本不能用说话的方式来告诉此时此刻坐在她对面的那个人，她确实是很紧张地护着他，生怕他有一点不好或者受了一点委屈。因为只是“在一起”这件事，就已经让她觉得特别特别幸运了。

现在她很惊讶陆思诚也是这么想的。

她一直以为在这段刚刚开始的关系里，地位的天平显而易见向着陆思诚那边倾斜，直到大约一分钟以前，她突然发现原来不是的，他们的天平从未倾斜，不差一分一毫。

于是，最后两个人争执的结果是童谣红着脸把陆思诚的口罩塞回他的口袋里，低头扒饭，其间聊天的内容非常安全，基本是针对冰封王座杯到厦门的行程做出的讨论。

陆思诚用手机翻了翻二队成员的资料还有冰封王座杯出席名单，以队长的口吻道："这次陆岳会上，他是唯一一个在首发替补名单里然后出席冰封王座杯的人，好像是俱乐部希望今年冰封王座杯不拿冠军也争个前三吧。"

童谣用手机翻了翻网上的旅游攻略还有吃货小地图，以吃瓜群众的口吻道："厦门有什么好吃的？凤梨酥？猪肉脯？夜市摊？我们住的酒店离夜市远吗？比赛打完太晚，夜市收摊就不好了。"

童谣："厦门什么天气啊，热不热，穿短袖可以吧？"

陆思诚："童谣。"

童谣："啊？"

陆思诚："我们是去看二队打全国杯赛的，不是去旅游。"

"我没说不给他们加油。"童谣一脸正经地放下手机。

"加油让他们早点打赢比赛，然后好收拾收拾让你去逛夜市是吧？"

童谣撑住自己那张一本正经的面孔，指指陆思诚面前的碗：

“吃你的饭。”

吃完饭之后，两个人想腻歪着又怕在大街上真的被GANK，只好选择钻进黑乎乎的啥都看不见的电影院。

走出餐厅的时候，陆思诚又戴上了他的口罩，童谣皱眉道：“吃完饭又有力气闹脾气了？”

“不是，”陆思诚微微侧过脸扫了眼旁边商店橱窗倒映出的自己的脸，“刚开始是想教育你，后来发现我戴口罩蛮好看的。”

童谣跟在他身后翻了个巨大的白眼。

走进顶层电影院，排队的人不少，童谣和陆思诚继续着冰封王座杯的话题，一边讨论二队的人员实力，一边排队，很快就排到了最前面，选好电影和场次，陆思诚侧着身子掏钱包时，从电影院入口处传来一阵说笑的声音。

童谣越过身后的层层人群看了一眼，是刚才的那些粉丝。

竟然再次与她们偶遇……不过他们中间隔着挺多人的。

童谣和陆思诚交换一个眼神，男人垂下眼递出电影票的钱给出票员，这时候童谣余光瞥见那些妹子围在自助出票机周围，她抬起头看着陆思诚——

陆思诚以为她还是紧张，于是顺手将她的卫衣外套的帽子拉起来遮住她的脸。

这时候他突然听见童谣叫他的名字，一边说“你脸上是什么东西”，一边抬起手似乎想替他弄掉，陆思诚一只手握着钱包弯下腰去——

他感觉到她温暖的手从他耳边滑过取下他的口罩，下一秒她踮起脚，在男人唇边飞快地落下一记轻吻。

像羽毛一样。

她笑嘻嘻地替他将口罩戴上，白皙的面颊上浮起好看的淡红，像只刚刚完成了什么伟大恶作剧的傻狍子。

第二十七章

拿了电影票，童谣拉着陆思诚做贼似的跑进电影院，直到两个人在座位上坐下，一路上陆思诚都没反抗一下——估计是被童谣那一下弄得有些蒙。也可以说是幸福来得太突然，哪怕他是陆思诚，也没能立刻反应过来。

直到周围暗下来，黑灯瞎火的谁也看不见谁，借着前面银幕的灯光，童谣用余光瞥见坐在她身边的人将口罩摘了下来，想了想，脑袋往她这边偏转后，面无表情地问："刚才那是什么意思？"

"又看见了咱们战队的粉丝。"

"嗯？"

"于是冒着被发现的危险，干了那样的事。"

"为什么？"

"用行动证明我不是嫌弃你，你很好，还很帅。"黑暗之中童谣掰着手指，同时因为发现看不见脸，所以她的脸皮也变得特别厚，"然后，我不是怂，偶尔也有伟大又浪漫的冒险精神。"

对于她的回答，陆思诚没说满不满意，只是在沉默了片刻后，言简意赅地点评：“很好。”

童谣心想“很好”就行，别问了，放过我——就是突然发现你戴口罩确实很帅，色迷心窍地干出了那样的事而已，还能是为什么？

这时候电影开始了，陆思诚认真地看了一会儿，看着看着越坐越歪，最后脑袋就放在童谣肩膀上了——童谣心想不对啊，这样的动作难道不是应该我来做吗？结果低头一看，旁边那人的眼睛已经闭上了，于是颠颠肩膀，见他慢吞吞睁开眼，问：“昨晚你几点睡的？”

陆思诚想了下，回答道：“四点。”

童谣：“你后来又爬起来下楼打RANK了？”

陆思诚打了个哈欠：“小胖哭着求着让我带他离开钻二地狱。”

“于是你带着你的辅助上了一晚的分，然后今天和我约会的时候堂而皇之地走神打瞌睡？厉害了我的队长！”童谣又颠了下肩膀，“起来，不给你靠。”

“你都亲我了，肩膀还不让我靠？”

“亲你一下怎么了？”

“没怎么，”电影的光稍稍变亮时，童谣肩膀上的脑袋动了动，靠在她身上的人稍稍抬起头，从稍低的方向用那双深褐色的瞳眸盯着她，“刚才那下太快了，我没反应过来，再来一次？”

他的眼睛哪怕在黑暗的电影院里也显得非常明亮。

而童谣的回答是掀起他的卫衣外套的帽子，将帽子扣在他的脸上。

至于那场电影说了什么，童谣似乎一句都想不起来了，只记得黑暗中男人盯着她盯了很久，最后才放弃似的稳稳靠在她的肩膀上，浅浅睡去。

直到电影快散场时他醒了。

醒了之后也没说话，就是睁开眼，透过半盖在头上的帽子边缘目光平静地看着童谣。此时大屏幕里的女主角拥抱着飘浮在天空中的大鱼，光线稍稍变亮，童谣低下头对视上陆思诚。

三秒后，少女突然掀起靠在自己肩膀上的男人的帽子，俯身吻在他的薄唇之上——当电影中的背景音乐响起，她感觉到男人动了动稍稍坐起来，舌尖在她的唇上一扫而过，轻啄了一下，正想要深入，童谣已经直起了腰。

陆思诚:“咦。”

童谣:“咦什么咦？”

陆思诚:“表达失望之情。”

童谣抽抽嘴角，伸手将那个快把她肩膀压麻的脑袋推开。

第二十八章

看完电影之后，两个人原本还准备吃个晚饭再回去，没想到刚走出电影院，陆思诚的手机就疯狂地振动起来，他接起来的时候，童谣都能听见电话那边小胖的大嗓门——

“喂？诚哥？你们买东西买到拉斯维加斯登记结婚去了？还能不能回来了？二队下午搬到一楼啦，晚上八点约了和黑曜战队的训练赛哎，明神让你回来看着那群小孩啊！”

陆思诚电话贴着耳朵没回答，只是简单地说了一句“等下”，低下头下意识地看了一眼童谣。童谣耸耸肩：“那就回去喽，能怎么办？”

ZGDX战队的HOL二队是从各个战队的青年训练营选出来的小孩，年纪大多在十六到十九岁之间，平常他们就坐在基地二楼和次级联赛还有城市联盟的战队打训练赛。二队的人真的是一群小孩，所以也被看作是ZGDX战队的后备军——理所当然，这些小孩之中，大多数是在普通学校里的逆鳞担当，“中二”起来谁也不服，所以管教起来也比一般的队员更难教导。明神、小胖、老猫当年也是从以前的二队升上来的，而明神又是个老前辈，所以他说话很有分量，也很受尊敬。除了他，唯一能让这些小孩信服的，还有一队队长陆思诚，理由很简单，因为他够强，凶起来也比教导主任还凶。

所以，小瑞他们急着要把陆思诚搬回去稳住阵脚，以免基地被二队的小孩一个激动给砸了。

陆思诚显然对回去当“猴子饲养员”的任务并不感冒，于是捂着电话对童谣说:“其实不回去也可以的，那群小猴子明神也看得住。”

“队长，胖爷听得见！你以为演电视剧啊？捂住话筒就真的听不见你在说什么啊！”

陆思诚老老实实挂了电话，和童谣坐车回基地。坐上车时，童谣系上安全带想了想，笑着道:“感觉和大明星谈恋爱一样，遮遮掩掩躲粉丝，晚饭还没吃又被心急火燎地叫走。”

“不高兴？”

“没有，”童谣连忙摆手，“下次啊，还有机会。”

驾驶座上的男人听见“下次”以及“还有机会”，眼一亮坐直了些，目光仿佛不经意地从身边副驾驶座那人的唇上一扫而过，他低低地“嗯”了声，将车发动开离停车场。

回到基地，童谣脱鞋时就看见小胖、老K、老猫三个人挤在沙发上，老K和老猫一人抱着一只猫在撸猫，小胖一脸羡慕地看着他们。

二队的队员果然都已经坐在一楼了，对于这次能下一楼坐着的机会大家都很兴奋，坐在对应的位置上说说笑笑的。只有童谣的椅子空着，因为陆岳这个老油条前段时间闹着要个位置的阴谋得逞，所以他本来在一楼就有自己的一席之地。

童谣旁边陆思诚的位置上坐了人，游戏ID贪狼，今年才十六岁，打联赛和国际赛刚到官方指定年龄，但是童谣早就听队友聊天时提过他：年纪轻轻就已锋芒初显，是二队队伍中重要的核心Carry位，打比赛时激进、够凶且走位灵活，隐约有陆思诚当年的风范在。

有人叫他“小Chessman”，旁人大概觉得这是夸赞，但童谣觉得贪狼本人可能并不算喜欢这样的称呼，就像当年陆思诚不甘于做教皇李君赫的“影子”一样。

“小狼，晚上准备拿什么打黑曜战队啊？”

童谣走到位置上放下包，抬头和坐在陆思诚位置上的小孩打了个招呼——后者这时正端着杯子喝水，童谣突然出声不知道是不是吓着他了，手一抖，水洒一地，杯子差点落到地上。

还是童谣眼疾手快伸手接住它。

这时候二队辅助破军叫了声“房间建好啦”，贪狼显得有些狼狈地从位置上站起来，飞快地抬起眼看了童谣一眼，小声道：“童谣姐你替我选下人啊？”

童谣挥挥手示意他赶紧的，于是他转身兜着一身水一溜烟地跑了。这时候，陆思诚拿着块记录板走过来，用手中的笔敲了敲坐在他座位上的人的脑袋："你在这儿浑水摸鱼什么？贪狼那个小鬼呢？"

"水洒了，我替他拿个人。"童谣"咔嚓咔嚓"点着鼠标，头也不回地问旁边的二队上单，"小狼有没有说今晚他要拿什么？"

话音刚落就听见身后的人用只有她能听见的声音嘟囔了声"小狼"，并附带嗤之以鼻的语气。

她回过头，与面瘫着脸的男人对视三秒。

童谣："别站我后面，挡光了。"

二队其余三个人对童谣投来羡慕的视线，二队打野阿月伸长了脖子问陆岳："哎，阿律，一队的人都敢这么跟诚哥说话吗？"

陆岳眼珠在眼眶里转了一圈："你看看你胖哥他们，都像smiling一样长着一张活得不耐烦的脸了吗？"

阿月摇摇头。

陆岳冷笑一声，顺手拿了个时间猎人。

这时候中单选完到AD位置选英雄，童谣看了眼阵容，自己这边拿了个牛首酋长，禁用英雄时版本AD又被禁用得差不多了，就提高声音问了句"小狼灵魂射手卡莉会不会啊"，正想替他拿，这时候从她身后贪狼慌慌张张的声音响起："不要灵魂射手卡莉！"

童谣正要锁英雄的手一顿，和陆思诚双双回过头看着从厕所慌张跑出来的小孩。

"拿小丑女可以的，"他脸微微涨红，"最近我练过小丑女。"

童谣"哦"了一声，陆思诚也没有开口阻止。童谣替他锁了小丑女以后站起来给他让了位置，贪狼小声道谢后坐到了自己的位置上。

这时候BAN&PICK环节基本结束,ZGDX战队二队和黑曜战队的训练赛开始了。

其实，这个赛季的ZGDX战队二队战力是次级职业联赛的强队之一，中单是新人，在经验不足的情况下换上陆岳，整支队伍实力果断大增，不要说打次级联赛的队伍，哪怕是打黑曜战队这样HPL实力稍弱的队伍，那也应该是赢面比较大的——所以在比赛开始之前，大家都比较有信心，可以顺利拿下这场比赛，但是没想到，结果却不如人愿。

童谣跟着明神、陆思诚他们站在二队队员身后，发现除去陆岳能保持水平，摁着对方的中单在塔下出不来，下路的表现却大失水准!

“退,退,辅助饰品眼CD看见没？河道视野都没有还压那么深，等着被抓？刚才他们打野来你们就死了，两个人头开局大礼包？”

“这波一起上了对方就死了，和辅助的沟通呢？”

“漏刀。”

“又漏。”

“打开面板，看看自己被压了几刀？”

“往前站一点，说一句又怂，要怂你让破军选什么牛首酋长，你让他拿奶妈给你加血多好？”

陆思诚的声音成了基地里除了二队指挥破军之外的唯一声音，那冷漠又强硬的质问声成功地让基地里包括两只猫在内的所有生物将同情的目光投向了贪狼。

而此时顶着身后陆思诚的冰冷目光，贪狼被黑曜战队的AD压在塔下只能补塔兵，而且不知道为什么，他好像对小丑女的普攻伤害计算并不是那么准确，经常有漏掉的补刀。

童谣扯了扯陆思诚的袖子，后者往她那一侧弯了弯腰，眼睛却始终盯着贪狼的电脑屏幕。

童谣:“你凶得人家兵都不会补了。”

陆思诚沉默了一下，却用整个基地所有人都能听见的声音说:“他这半个月以来不论是RANK还是训练赛从来没有拿过小丑女，不会还撒谎说最近练过，强行拿给谁看？”

贪狼补兵的手一顿，鼠标碰撞到桌面轻响了一声。

童谣僵着爪子放开陆思诚的衣袖。

陆思诚:“这是训练赛，输赢无所谓是吧？是不是冰封王座杯赛也准备这样给自己的队友一波惊喜？”

贪狼背部僵直，然后稍稍坐正，一言不发地将这一波兵补完，回城。

童谣原地后退三步，然后“嗖”地一溜烟蹿回沙发上，蹲在小胖身边瑟瑟发抖:“队长为啥那么凶？”

“队长一直这么凶。”小胖瞥了童谣一眼,“昨晚让他带上分，胖爷玩了一晚的吹笛神，你感受下，一晚的吹笛神啊。”

小胖的吹笛神一直很水，大招瞎丢，要么放空，要么放到对方残血目标上，操作相当辣眼睛，他自己上分时是打死不会用这英雄的……

小胖:“要不是诚哥带着赢，要不是我这号是蓝脑公司自己发给选手的号，估计昨晚我已经被举报无数次‘水平与本段位实力不符合’封号了。”

小胖："现在是不是觉得抢过队长红Buff以后，还能活蹦乱跳至今的自己简直是被分外宠溺，仿佛身披金光护体，开了金手指一般？”

童谣："别，我也是被堵在小黑屋里素质教育过的人。"

小胖："但是队长是为了咱们好，你知道的吧？你看小狼，因为灵魂射手卡莉是队长的招牌英雄，所以就特别抵制这个，这不好，刚才那样的阵容，拿灵魂射手卡莉是很合适的，打比赛，别的不重要，赢最重要。"

童谣一脸凝重地点点头。

最后，训练赛因为下路表现不太好，所以输给了黑曜战队，大家看上去有些沮丧——他们也清楚黑曜战队在HPL里基本算是弱队了，训练赛找他们打原本也是想要让二队的人增强下信心，结果却输掉了比赛。

比赛一结束，老猫他们就站在各自的位置后面，根据战后数据图跟二队的小队员们分别讲解哪里做得不好，但是贪狼没等陆思诚走上前说什么，就站起来自己走出了基地。陆思诚放下手里乱七八糟记了一堆的手写板，看了眼他离开的背影，没说什么，只是皱皱眉。

童谣凑过去看了眼，发现陆思诚的手写板上密密麻麻记录的全是刚才贪狼的比赛表现以及当时应该做出的正确处理方式——

×分×秒，走位判断失误，此时应该往×××走，可以不中技能，不被率先开团；

×分×秒，技能伤害计算失误，此时人物等级六级，小丑女初始伤害为×××，身上拥有装备××，×××的情况下，Q技能伤害应为×××；

×分×秒，漏刀，对英雄伤害掌握不够熟练，应加强自我补刀训练；

×分×秒，这时对方上单传送技能好，在身后辅助照出有眼位的情况下贸然压线，鲁莽；

×分×秒……

童谣一路看下来，整整一张板子上，前面大概是因为他们队长大人心情烦躁，字体龙飞凤舞，后面位置不够写了，字体越来越小，越来越老实，到了最后，委屈成了蝇头小楷，而且记录内容越来越详细，看上去恨不得抢了鼠标自己上。

这……保姆啊！

童谣万分感慨之间，手中的写字板被人从后面一把抽走，她"嘶"了声回过头去，对视上一双目无情绪的深褐色的眸。

童谣眨眨眼："干吗？"

陆思诚露出纠结的表情——只是一秒——一秒后他恢复了面瘫，命令道："你去把他叫回来。"

童谣："啊？"

陆思诚："贪狼。"

童谣："是你把人家凶走的。"

陆思诚假装自己没听见，自顾自碎碎念：“做战后总结了往外跑什么？他听不听？爱听不听，不听板子我扔了。”

童谣盯着男人半天，从牙缝里挤出一句：“傲娇什么？把人挤对走了就会找我擦屁股。”

“听不懂你在说什么，”陆思诚一脸正义，“反正陆岳不要你做总结，你去把贪狼叫回来，你不是他姐吗？他就听你的。”

童谣回头看了眼贪狼离开的方向，冲着陆思诚做了个鬼脸，踩着拖鞋急急忙忙追了出去。

第二十九章

童谣临走之前把陆思诚那个手写板也抢回来带上了。

追出去的路上她自己也有点虚——其实她和贪狼也不算熟，只是偶尔说过几句话，平时二队这些小孩都待在训练室，二队训练室在基地二楼，就是童谣他们房间对面那一块很小的开阔区域，平常除了一周两天有安排的对练，他们和一队的交流并不算多。

偶尔停电或者掉线，小胖会吼一嗓子："楼上的小鬼，你们掉线了没？"

除此之外，就是他们从房间走出来时，少数情况会正巧遇见与坐在自己房间正对面位置上的二队队员四目相对的情况……

童谣和贪狼就属于这种情况。

一来二去，两个人隔空微笑打招呼也算有点熟悉，贪狼的游戏段位大概是韩服钻一到大师之间，童谣打排位的时候偶尔也在游戏里遇见过他，所以童谣知道其实他的灵魂射手卡莉玩得不错，只是很少拿。

这会儿追出去，没走两步童谣就看见蹲在基地院子外面的贪狼，这大热天的，外面又刚下过雨，基地外又闷又热，蚊子还很多，他就在那里蹲下了。

童谣也有个弟弟，虽然没小她几岁，但是“中二少年”是个什么模样她也不是没见过。

她走上前喊了贪狼一声。

贪狼愣了愣，回过头看了她一眼，黑暗之中倒是看不清楚他的眼神，只听见他用那似乎处于变声期的声音说：“是你啊。”

那声音听上去有些懒散，和刚才在训练室里那个因为打招呼就脸红还打翻水的情况完全不同——

他心情不好。

童谣把写字板夹在腋下，和他并排蹲下来，想了想说：“训练赛有输有赢挺正常的，黑曜战队再怎么差也是春季赛打了保级赛、赢了次级联赛留在HPL行列的队伍……输也正常，别沮丧。”

贪狼“哦”了声：“今天训练赛前……那时候你和诚哥没回来，明神说阿律替换掉中单新人位置以后，我们队伍应该是HPL中游实力。是我没打好，所以才输了比赛——我知道的，不用安慰我。我也知道刚才那局拿灵魂射手卡莉我们就赢了。”

童谣将夹在腋下的写字板拿下来。

贪狼皱起眉，声音变得有些抗拒：“但是我就是不想拿。”

童谣将已经准备递出去的写字板又稳稳地收了回来。

她抱着膝盖：“我知道你很不甘心被人叫小Chessman的。”

贪狼没说话。

童谣想了想："就像是当年诚哥刚打职业的时候，在韩国当练习生，打替补，被人当作教皇的影子——当时他也不爽，而且周围都是韩国人，很有可能刚开始所谓'教皇的影子'这样的称呼根本不像是国内叫你'小Chessman'一样，后者在大多数人看来，至少是褒义的。"

贪狼轻笑了声，声音听上去有些不屑。

"后来是诚哥凭借自己的努力把'教皇的影子'这样的说法变成了'看，那是可以和教皇平起平坐的男人''可以掩盖住光的锋芒的影'——灵魂射手卡莉是他和教皇都擅长的招牌英雄，但是他从来没有因此逃避使用灵魂射手卡莉。"童谣将手写板抽出来，借着身后昏暗的走廊灯看了眼，然后念，"11分12秒，技能伤害计算失误，此时人物等级六级，小丑女初始伤害为79（包括符文伤害），正确计算伤害可抓对方AD双招；12分13秒，漏刀，对英雄伤害掌握不够熟练，应加强自我补刀训练……"

贪狼转过头看了眼童谣，童谣将板子递给他："虽然诚哥刻薄还很凶，但是至少他是真的想培养你当接班人……想想他当年在韩国，大概不会有这么好的待遇。"

"这些我管不了，我只知道如果他在，我永远上不了比赛。"

"你可以自己带着队伍从次级联赛打上来。"

"不可能的，现在的那个新人中单跟不上我们，除非有陆岳在，或者诚哥退役，我进一队。"贪狼接过板子看了眼，"啧"了声道，"所以他什么时候退役啊？"

童谣还是保持蹲在地上的姿势，她抬起头看了眼身边的人：

“小狼，你是不是有点太心急了？”

贪狼低下头深深地看了童谣一眼，没说话，良久才缓缓道：“和你一起打RANK总是赢，打得很舒服。”

童谣：“是啊？谢——”

贪狼：“我也想要拥有你这么强的中单，而不是现在队伍里那个只会躺赢的。”

童谣站起来，拍拍膝盖上并不存在的灰，不知道该说什么好——她被夸奖其实应该开心的，但是她开心不起来，身边这小孩想要赢、想要上位的欲望太强烈了，每一个字，每一个表情，那种急躁的气息都能让身边的人感受到……

童谣皱起眉。

贪狼却只是笑了笑，道：“真羡慕诚哥，名誉、金钱、好的队友——我想要的他都有。”

基地里，小瑞撅着屁股趴在沙发上脸贴在窗户上往外看，一边看，一边嘟囔：“诚哥，我突然觉得我们平常是不是对二队的关照太少了？”

坐在沙发上复盘刚才训练赛录像的人没说话。

“小狼跟童谣就能有说有笑的，但是平时队友跟他说话他就不这样，甚至管理层跟他说话他都不这样，为啥？”小瑞的脸整个在窗户上挤成了大饼，良久得出个脑洞突破天际的结论，“难不成他俩有什么？”

坐在沙发上复盘刚才训练赛录像的人依然没说话，只是拿起笔在旁边的手写板上记录下一些数据，过了很久，小瑞的屁股都快撅上天了，他这才头也不抬道：“有什么？”

“童谣的房间正对面就是小狼的电脑，少女每天打开房门第一眼，就是与电脑后面那双眼四目相对，两个人羞涩微笑，问好，最终因同一屋檐下日久生情，开启一段小狼狗与呆少女的年下地下恋之旅。”

陆思诚“哦”了声，低头“唰唰”在写字板上写字。

小瑞：“他俩看着也挺配，小狼现在一米七多，还有的长呢，以后估计和你五五开。”

小瑞：“你又老了，以后退役，小狼顶替你成为队伍首发ADC，和童谣双C位凑个郎才女貌。”

小瑞：“哎哟，我这脑洞收不回来了——之前说队伍不允许内部消化，你也知道是假的了，毕竟一群雄性生物消化什么消化，你们非要这么喜闻乐见地同性消化我也拦不住你们……”

小瑞：“但是身为队长，你还是看着点这两个小孩吧，别光顾着谈恋爱，耽误了训练和成绩。”

陆思诚伸手摁下平板电脑上的暂停键，放下笔，微笑着答道：“好的。”

晚上睡觉前，童谣简单收拾了桌面的东西让位给二队中单（虽然他不打比赛，但也还是坐下来了），同坐在自己旁边的二队小伙子们道别后，她“噔噔噔”跑上楼，看了眼这会儿蜗居在二楼委委屈屈的一队众人，然后走到二队中单的位置上放下东西。

“对，被赶来二楼了，因为没有比赛就没有人权。”小胖在直播，正和粉丝聊天，“二楼光线比较暗……什么今天的美颜摄像头开太大？这是破军小弟弟的摄像头，你们去嘲笑他吧，这锅胖爷不背。”

童谣路过小胖身后时看见他电脑上被弹幕大军占据。

“腿都伸不开，”老K说，“二楼是有点挤。”

“这辈子没想到能离你这么近，”贴着老K坐的老猫说，“仿佛在你只知道隐身野区刷F4的时候，抬起手就能打爆你的头。”

陆思诚在低头调试游戏，把贪狼的游戏设置弄成自己习惯的。

童谣放下东西，看了下时间，快十二点了，想索性跟队长打了个招呼就回自己房间洗澡睡觉——结果转身的时候看见陆思诚关掉游戏；再往外走两步，发现陆思诚的椅子往后挪了挪；走到房间门口时，陆思诚从自己的位置上站了起来。

童谣关上门。

大概是一分半钟以后，她的门被人从外面直接打开。当时童谣就像是猜到什么一样站在门背后，于是从房门外走进来的人先塞给她一瓶矿泉水，然后什么也没说，直接将她连带着那瓶水抱起来摁墙上了。

童谣：“干吗你？”

男人的手臂缠绕在她腰间，另外一只手垫在她脑袋与墙之间，他弯着腰，略微冰凉的唇瓣挨着她的耳垂——每一次说话，似乎会有不经意般的触碰，温热的气息扑打在她的耳廓。

“今天战队经理说，我们队伍的首发中单好像和二队AD那个小孩有了超越队友情谊的关系。”陆思诚的声音听上去又沉又稳，

“战队经理叮嘱我，身为队长，应当对这种事严加看管，不能让你们这些小鬼光顾着恋爱，影响成绩。”

当男人的唇毫不掩饰地贴上她的脖子，童谣的腰软了软。

“小瑞的脑洞大得都快漏了……”

感觉到那唇瓣由最开始的只是轻轻压在脖子上，渐渐有了新的动作，男人越发沉重的呼吸的温度几乎要将人灼伤……

童谣的背完全压在墙壁上，此时，她感觉到缠绕在腰间的大手开始有意无意地摩挲移动，男人的一根手指下滑，扣住她腰间的同时，小拇指勾起她的衣服下摆……

那一小片皮肤贴着她的皮肤时，双方传递的灼热令童谣下意识屏住呼吸。

她紧紧地抓着面前男人的手臂，目光因为紧张而闪烁，停顿了一下又抬起手去推他：“别闹，别闹……小狼那孩子就是好胜心太强——啊！”

童谣猝不及防地被咬了一口，她狠狠拍了下压在自己身上那人的肩膀，捂着脖子瞪着他：“干吗你？”

“遵循经理叮嘱的话，严加看管队员生活作风。”

那双深褐色的瞳眸因为掺杂了些别的东西，变得比平日更加深邃。

“就这么看管的？”

“对！”陆思诚低笑，拉开童谣的手看了眼她脖子上自己弄出来的红印子，笑了笑，用得意的口吻说，“顺便监守自盗。”

第三十章

“监守自盗”这个词不是这么用的。

“你都知道小瑞在胡说八道了，瞎吃什么醋？”童谣小声道，“小狼就是对现在的中单不太满意，太羡慕你，有好的中单……”说着觉得夸自己不好意思。

“我不止有好的中单。”

陆思诚嘴角勾起，意味深长。

童谣红着脸，想要骂陆思诚厚颜无耻，但是后者却没有给她这个机会，他低下头在童谣耳边“喂”了声，童谣抬起头正想问他又干什么，这时候，却被同时低下头的男人准确地咬住了唇。

与之前在电影院蜻蜓点水的两次不一样，唇被轻轻含住，那一瞬间，鼻息之间都是陆思诚身上的气息，就好像自己已经被那样的气息吞噬，被动地跟随着对方的节奏，就这样被轻而易举地攻占城池。

童谣小小地“哼”了一声，脑袋里好像“轰”的一下炸开了，脚尖踮了起来，想要后退却被一把摁住不得逃避，她只能被迫地稍稍仰起头，被动地接受男人的索吻。

大脑放空。

心跳加速。

身体僵直。

呼吸紊乱。

她被陆思诚的手和胸膛牢牢固定在墙壁和他的怀抱之间。她生涩地躲藏或者试探性地回应，仿佛随便怎么做，都能轻而易举地让他变得更加兴奋。

两个人谁也没有说话，只是鼻尖碰着鼻尖这样靠近而已，那温暖干燥、带着薄茧的大手贴合着她，暖洋洋的。

童谣“唔”了声，双手抬起抵住男人宽阔的肩，她听见他在她耳边如野兽一般不知是满足还是意味着其他什么的叹息——

“手，”童谣含糊地道，“手……”

与此同时，他低下头，像是野兽一样喷出一股灼热的气息，一口咬住童谣颈上方才已经被他咬红的地方——

“啊！”

童谣低低叫了声，随后感觉到他的动作一顿，稍稍抬起头，用那令人头皮发麻的目光盯着她看了一眼，压低声音“嘘”了一声，示意她噤声。童谣眨眨眼，还没反应过来他这是做什么，这时候，原本在她背部的手转到她腰间——

暖洋洋的。

男人修长的手指，平日里总是修剪得干干净净的指尖，这只大手——

曾经摸过她的脑袋。

曾经捂过她哭泣的眼睛。

曾经在键盘上灵活飞舞，将比赛的敌手支配得瑟瑟发抖，再取他们项上狗头。

曾经带着她走向胜利，也曾经——

将她的手牢牢地握在自己的手心。

童谣背部抵着冰冷的墙，双手紧张又无措地抓着他的肩。当她抬起头用茫然、紧张又沾染着小小战栗的目光看向他时，他停顿了一下，随后仿佛再也无法忍受一般，低下头重新深深地吻住了她……

“唔，陆思诚，你等……”

“等不了。”

男人嗓音喑哑，听上去充满了让人不安的压抑。他轻易将被自己压在墙上的少女拎起来往床那边走，童谣猝不及防脚下腾空，短暂地“哎”了一声，却没能让陆思诚稍稍停下他的动作，他甚至因为某些急迫的原因粗心地没注意脚下，于是童谣刚才顺手放在他们脚边的矿泉水瓶被他踢飞，发出“哐”的一声巨响！

下一秒，砸门声响了起来。

“喂，诚哥？童谣？你们没事吧？”

小胖的大嗓门在外面响起来。

童谣气息不稳，差点被突如其来的砸门声吓得魂飞魄散，她瞪着眼一脸无辜地看着他——只见男人面色一僵，脱口而出骂了声，然后低下头——

童谣闭上眼，随后听见“吧唧”一下并感觉到自己的额头被重重地亲了下。

下一秒，她就被掀起来的被子盖在了身上。童谣蜷缩在被子里，感觉到陆思诚站起来离开了床，三两步走到门那边打开门，冷静又冷漠的低沉男声响起：“干什么？”

“你送个水那么久，我以为干吗了。”小胖听着挺好奇的，“怎么了？咱们中单呢？睡了？”

童谣缩在被子下，一动也不敢动，心中狂跳，瞪着眼满脑子都是刚才的一幕幕……

要淡定。

大家都是成年人了。

要淡定。

淡定。

耳边听着陆思诚用“我进来发现她在流鼻血，所以照顾下”这种鬼话打发走小胖，耿直的辅助并没有怀疑他的队长的为人正直程度，轻易相信然后离去，走之前扔下一句：“诚哥，等一会儿你带我上分，么么哒，我用吹笛神。”

一分钟后，房门被“砰”的一下关上。

童谣猛地掀开被子，白皙的脸不知道是热的还是憋的，满脸通红地从被子里爬出来，她看着站在门边没动弹，只是看着她的她家队长——此时他脸上的神情看上去已经冷静下来。

陆思诚：“干吗，想报警吗？”

童谣:“解释解释刚才的流氓行为。”

陆思诚不知道小声说了句什么。

童谣:“说什么? 大声点。”

陆思诚:“你太可爱，看谁都像在惦记你，先占个地盘。”

童谣抓过床头摆着的一只垂耳兔玩偶砸过去，男人轻笑，轻而易举地张开手接住它，抓稳后看了眼，伸手揪了下它的耳朵，对坐在床上面红耳赤得像是煮熟的虾似的少女扔下一句“我去带小胖上分，你睡吧”，随后拉开门走出去。

房间门被拉开，又关上。

当房间里只剩下童谣一个人时，她“嗖”的一下抓过摆在床头的皮卡丘抱在怀里，瞪着紧紧关闭的门，像是门后随时会有猛兽入侵。

三秒后，她反应过来皮卡丘也是某个人给的，抱着皮卡丘的手臂瞬间僵硬了。随后，她整个人都像是一尊雕像一样，直直倒向一侧,“噗”地陷入床中。

“不要脸，臭流氓，衣冠禽兽……”

第三十一章

“手牵手一步两步三步四步爬RANK，看RANK一分两分三分四分加上天，背对背默默许下心愿，看这月月薪，是否拿得全？它一定实现！”小胖哼着歌，撅着屁股趴在二楼栏杆上，“楼下的，谁的号现在在钻二钻一地狱？账号密码给你诚哥发发，让他带你们小胖哥哥上上分。”

一秒后，楼下众人除了戴着耳机的贪狼，可谓是一呼百应。

“我开童谣小号吧！”陆思诚在自己的位置坐下，点了点鼠标，然后拿起手机在微信里翻了翻，登录了个新账号，游戏读取过程中他掀起眼皮看了眼小胖，“胖子，你心情很好啊？”

“我吗？”嘴巴都快咧成哈士奇的胖子回头说，“没有呀。”

他跳着芭蕾舞步蹦跶回自己的位置上，弯腰点击鼠标同意来自“Superman”的好友申请，并邀请他开始排位竞赛。

拉开椅子坐下的那一瞬间，小胖感觉到身边的人沉默了一下，突然开口问：“你故意的？”

“什么故意的？”

陆思诚点开符文页开始给自己配AD符文，头也不抬道：“没什么。”

然后两个人开始打游戏。

第一局陆思诚在还有暗夜弩手、轮子妈、大嘴、老鼠等一堆AD还在外面的情况下拿了个刀斧手，小胖天真地以为这是陆思诚为了带他上分掏出的黑科技，直到游戏开始十五分钟后，他切开面板看了眼陆思诚的补刀。

小胖：“诚哥，你到底会不会刀斧手？”

陆思诚顺手屏蔽了韩国队友发疯似的韩语一秒五喷，语气淡定道：“不会。”

第二局，小胖分在一楼，看见一进游戏，陆思诚就先预选刀斧手，队友敲了个问号，小胖直接面无表情地把刀斧手BAN掉了……相信此时此刻对方的五个人也是一头问号。

陆思诚：“干吗BAN我刀斧手？”

小胖：“因为你不会，而我要上分。”

这局陆思诚选了个爱神射手，一箭实力送小胖钻二到钻一晋级赛归西。

第三局，陆思诚掏出了个螃蟹。

这种大概连《英雄王座》游戏设计师自己都快忘记还存活于这个世界上的落灰AD英雄，也不知道陆思诚从哪个角落里翻出来的，并且对此选择他还振振有词：“对方打野是李恒硕，这局死蹲下路，螃蟹不怕GANK。”

小胖问你怎么知道的，陆思诚点开自己左下角一个不停在闪烁的聊天框给小胖看——聊天框上的ID确实是昆选手在韩服的ID，这小鬼发来一大堆韩语，也不知道在激动什么。

小胖：“他说啥？”

陆思诚：“一开始是给咱们中单的日常表白。”

小胖：“说的明明是韩语。”

陆思诚：“后来我说‘我是Chessman，请闭嘴’。”

小胖：“然后呢？”

陆思诚：“然后是无穷无尽地逼问，问我为什么可以上我们中单的号。”

小胖：“为什么？”

陆思诚顺手删了还在说个不停的李恒硕，淡淡一笑，反问道：“你说呢？”

小胖不敢继续追问，因为他觉得陆思诚的笑里有毒，还是鹤顶红的那种级别。而这一局游戏，小胖终于赢了，大概是因为相比小胖，吵吵嚷嚷的李恒硕更让陆思诚觉得碍眼。

当然，小胖是不知道事情原委的。

所以这一天晚上，他和陆思诚双排了一晚，把《英雄王座》能选的非版本、非常规AD辅助了个遍，最后到凌晨一点的时候，他的分停留在钻二零胜点，距离他今晚拉陆思诚上车的时候，前进分数：-100。

陆思诚扔了鼠标揉揉手腕:“看来今晚不适合上分啊。”

小胖:“上分?你管今晚这一系列的活动叫上分?我看是上坟吧,清明节刚过。”

“过了三个月了,”陆思诚关了游戏淡淡道,“睡觉吧。”

小胖:“你去吧,今晚我通宵,怕回房间就抑制不住自己想把被子捂在你脸上送你永久长眠的冲动……钻三,我要掉钻三了,第一战队第一辅助的穷途末路——”

陆思诚站了起来:“晚安。”

小胖点点头:“去死吧。”

第二天清早,大家被小瑞弄起来收拾行李,准备坐下午的飞机滚去厦门参加冰封王座杯。

首发阵容五人没有比赛,纯属围观,只当这是短暂的休假,除了陆思诚依旧一脸面瘫严肃,个个都是一脸喜洋洋的。二队的小孩们就显得有些紧张,因为昨天训练赛被黑曜战队吊打的阴影还在心中挥之不去。

童谣楼上楼下地拿东西,收拾好了箱子从房间里拖出来,正想往楼下搬,在楼梯口被他们的队长一把拦住了——

手里还拿着瓶矿泉水。

童谣现在看见矿泉水就头疼,还伴有十八禁的不良幻想——全世界对矿泉水有这种神奇反应的大概就她独一份,看了看都站在下面的众人,童谣提高声音说:“麻烦队长了,又给我拿水!”

“下次自己拿。”

陆思诚一边说着，一边往她房间里走。

为了防止被怀疑，童谣没关房门，只是迈着自然的步伐跟着陆思诚走进房里，抬头就看见陆思诚把矿泉水顺手往床上一扔，缩在床上互相舔毛的两只猫被吓了一跳，爬起来“喵喵”叫了两声，一前一后跑出房间，然后猫的主人就被陆思诚端着放床上了。

男人上来的第一件事就是先弯腰在她唇上蹭了蹭，顺手撩起她的头发在她颈上扫了眼——原本就是随便一瞥，结果一看他就挪不开眼睛了，另外一只手也上来撩开童谣的另一侧头发，他又往另外一边看了看……

“干吗？”童谣扣住那抓着她的脑袋摆来摆去的大手，“找什么呢？”

陆思诚放下她的头发，面无表情地问：“我昨晚留下的东西哪儿去了？”

“什么东西？”童谣抬起手抓了下被男人弄乱的短发。

陆思诚伸出一根手指，在记忆中大概的地方戳了下：“你说什么东西？”

那表情就好像陆思诚把自己重视的红Buff让给了她，她转身被对方AD单杀又把红Buff掉给了人家似的，非常不满。

有毛病吧？

童谣抬起手摸了摸脖子，想了下，“哦”了一声：“那东西我当然是用遮瑕膏遮住了啊！留着等着被人问那是什么吗？”

“我就等着你被人问，”陆思诚挨着童谣坐下来，“看你红着脸说被虫咬了，或者是贴个创可贴在上面欲盖弥彰——”

“少看点幼稚电视剧吧队长。”

“遮瑕膏是什么？”

陆思诚一边说着，一边手贱去蹭童谣的脖子，蹭掉一层粉底后找到了自己的牙印，他松开手欣赏了一下，像个变态。

童谣拍开他的手站起来，走到化妆台前抓起一个像口红一样的东西，把里面粉底液颜色的小棒推出来——

“就这个，平常用来遮下痘痘、红血丝啥的，来我给你试试……”童谣走到陆思诚跟前，一只手勾起他的脸，看着男人乖乖抬起脸让她摆弄，她特别满足似的勾起唇笑了，结果举着遮瑕膏找了半天，一脸失望道，“哦，你没痘痘。”

正想拿开手又被一把扣住，她顺着那扣在手腕上的力道弯下腰，接受了坐在她床上的那人就着仰脸的姿势吻住了她微微勾起的嘴角……

阳光从床后的窗户洒入，照在两个人的侧脸上。

与昨晚墙边有些急躁鲁莽的索吻并不相同，他就像是一只懒洋洋的猫科动物，不急不缓的。

两个人极其接近的鼻息之间，她嗅到了薄荷味的刮胡泡沫的味道，那气息相当适合清晨的阳光。她微微眯起眼，稍稍离开他，用鼻尖蹭了蹭他的鼻尖。

“冰封王座杯我们明明不用上台打比赛，你居然舍得主动刮胡子。”

“小瑞让的，”陆思诚嗓音低沉，抬起手捏弄她的耳垂，“说是虽然不在台上打比赛，但是我们坐在下面看的时候可能会被摄像头扫到。”

童谣“哦”了一声，也没放在心上，回头看了眼镜子里的自己，她停顿了一下，转身扑到化妆台旁边给自己涂口红。

陆思诚跷着腿坐在她的床上，看着她镜子里的倒影：“你抹那玩意儿的意思是让我别亲你？”

童谣抹唇釉的动作一顿：“亲吧，没毒的，就是有点贵。”

陆思诚微微眯起眼，不说话了。

安静地看着童谣涂完口红，然后再用遮瑕膏把之前脖子上被他重新“挖掘”出来的红痕遮掉，停顿了下，他突然开口惊人道：“现在下去跟他们宣布真相还来得及在厦门住一间房。”

童谣一惊，正往脖子上抹的遮瑕棒狠狠地怼了下自己，她转过头看了眼陆思诚：“谁要和你住一间房啦？”

“我想。”

“流氓。”

“地下恋太辛苦了，我怕你退役以后能开个专门卖矿泉水的小卖部。”

童谣从鼻子里“哼”了一声，重新转身一边抹脖子，一边调侃道：“想想你那些粉丝啊，队长同志，零绯闻、零负面新闻的电竞门面先生，你不要你的粉丝啦？”

身后的人沉默了下，童谣好奇地从镜子里去看他，随后便看见他皱起眉，认真道：“不要粉丝了，我只要你。”

童谣抹脖子的动作停顿了下，一阵尴尬后，她眨眨眼，嗤笑道：“滚下楼去。”

陆思诚叹了口气，站起来往外走。

“哎，带上我的箱子啊。”

走到门口的人又倒退回来，一脸无奈地拎上她的箱子，走出去，关上门。

房间里一下安静下来，童谣放下手中的化妆品，她盯着镜子中的自己，看着唇边的笑容微微收敛，良久仿佛自言自语低声道：“怎么能不要粉丝，我能当饭吃？真的是个笨蛋来的。”

她抬起手抹了把镜子。

“笨蛋。”

第三十二章

童谣下楼的时候听见小胖在嚷嚷肚子饿，并说着自己都要被饿瘦了这样的疯话。童谣蹲在鞋柜前找鞋子，头也不抬地问："小胖，昨天诚哥带你回大师了吗？"

身后回答她的是一片死寂。

她回过头，见小胖指着自己眼皮底下的黑眼圈："你觉得这是大师会拥有的忧郁黑眼圈吗？"

童谣又转头去看正站在厨房给自己冲咖啡的陆思诚，顺口问了句"诚哥你为啥搞我们小胖"，陆思诚顺口答了句"我没有"，并走近玄关，将一盒泡面塞进小胖怀里："到机场乞讨点热水泡面，别嚷嚷了。"

小胖抱紧泡面，与此同时，小瑞站在门外大声告诉他们车到了，赶紧滚出来别磨叽，童谣应了声赶紧穿好鞋，伸手要拿行李箱的时候陆思诚已经顺手拎了起来。

"我自己可以……"

“走你的。”陆思诚扬扬下巴。

童谣只好两手空空地转身往外走，又被陆思诚一把揪住：“慢点，最后上。”

童谣莫名其妙地回头看他，等他们两个人拉拉扯扯走出基地，这时候二队的那些小孩已经陆陆续续爬上车了，一队的人跟在他们屁股后面，然后是小瑞、明神以及工作人员，童谣和陆思诚落在最后。

一队和二队的人加起来，俱乐部这辆大巴车头一次塞得这么满，童谣爬上车的时候前面的座位都坐满了，只有最后一排陆思诚的专属座空着。小胖和陆岳坐在第一排，小胖笑嘻嘻地和童谣说：“委屈你和我们队长挤挤了。”

童谣张嘴想说什么，这时候身后被人用手指戳了下，她闭上嘴，给小胖扔下一句“你队长能吃人啊”就往后排走去，一屁股坐下，陆思诚挨着她坐下来，童谣抬头看了他一眼。

没一会儿他看见童谣掏出手机开始打字，再没一会儿他感觉自己放在口袋里的手机振动起来——

兔子抱紧胡萝卜：“你过去点，挨我那么近干吗？”

fhdjwhdb2333：“空调冷。”

兔子抱紧胡萝卜：“关了。”

fhdjwhdb2333：“我不。”

兔子抱紧胡萝卜：“你不什么不？那么长一条空位你挨着我坐像什么话？”

fhdjwhdb2333：“又没人看我们，抬头。”

童谣抬头看了眼，发现果然没人注意到他们，大家打游戏的打游戏，听歌睡觉的听歌睡觉，剩下的人在低头研究训练赛复盘笔记，每个人都在忙自己的事，确实没有人注意到他们。

童谣舒了一口气，与此同时，她余光瞥见身边的人身体下滑了一些，跷起腿并拉起自己的外套帽子遮住半张脸，摆出ZGDX战队队长一贯的“葛优瘫”姿势。

只是这一次他把手臂伸向童谣身后，无声地揽住她的腰。

童谣舒出的那口气又咽回了肚子里，她背部稍稍紧绷，坐直了些，这时候感觉到男人用修长的指尖捏了下她的腰，并用低沉慵懒的声音不负责任地说：“放轻松。”

放个屁。

童谣伸手去扳陆思诚的手，奈何那略微冰凉的指尖无论如何都死死扣在她腰间动都不动，直到童谣伸出食指去撬他的手指，男人终于松开扣在她腰间的手，无声地一把捉住她的食指。

陆思诚拉扯了下她的手指，又捏玩了下，扔下一个“软”字的言简意赅评价，然后保持半倚靠住童谣的姿势，满意地睡了。

剩下童谣一个孤零零地独自面对恐慌，生怕坐在他们前面的贪狼或者破军回过头——就这样心惊胆战整整两个小时，等到了机场，陆思诚迷迷糊糊将脑袋从身边浑身似乎都软绵绵的人身上拿起来时，被他当靠枕的人整个被压在最后一排座位的角落里，被挤得委屈得很，缩成一团。

陆思诚坐起来，掀开帽子，弯腰躲在座椅靠背后，抓起童谣的手亲了下，神清气爽道：“辛苦了。”

腰都快被压断的童谣抽回自己的手，丝毫不心动道：“闭嘴，你闭嘴，再也不会和你坐一排了，下次我宁愿坐地上。”

陆思诚：“咦。”

童谣：“咦什么咦？”

陆思诚：“表达失望之情，很想和你坐的。”

面对前面两个二队的小鬼双双回头并投来的惊悚目光，童谣最终选择以沉默应对。

ZGDX战队定下的行程是提前比赛日四天到厦门，现在不得不说这个决定真的很机智，因为到了机场领了登机牌以后，他们发现飞机延误了。

刚开始还有人围着工作人员问，问到后面工作人员不耐烦了，直接回答：“飞机出故障了嘛，还在修，坏掉的飞机你要不要坐？”

一群人安静下来，然后老老实实地坐回自己的位置上，众人坐在贵宾休息室里等了一会儿。一个小时后，童谣不耐烦地站起来，扔下一句“我去逛下”便往外走，当时陆思诚正忙着给二队的人讲战术，听见她的声音抬起头看了眼，淡淡道：“别走太远，带上手机，别和陌生人搭话。”

休息室陷入短暂的沉默。

童谣双手塞在口袋里面无表情地看着陆思诚，小胖想了想，打破了沉默：“队长，你知道我们中单成年了吧？”

陆思诚深深地看了童谣一眼，缓缓答道：“我知道啊。”

童谣将这一眼归为“流氓行为”，瞪了他一眼，转身走出休息室。

机场里人来人往，每个人都行色匆匆，童谣原本惦记着在这种地方被电竞圈的粉丝撞见的概率小于百分之五，所以没戴明星同款口罩，也没戴帽檐压得很低的明星同款鸭舌帽，于是二十分钟后在机场她成功被粉丝GANK——

当时她正弯腰研究某护肤品，这时候感觉衣角被人拉扯了下，一个胆怯的声音响起：“你是……smiling吗？”

童谣回过头，发现身后站着一个十三四岁的小孩，两个人对视上时后者眼神一亮，结结巴巴抢着道：“真的是你！哎，我是你的粉丝，粉丝啊！你打职业之前我就特别爱看你直播，我也打中单，跟你学了好多技术——我现在电一艾欧大陆钻一，再往上打估计就能碰见你了，我的梦想就是能和你一起打一局游戏！”

小孩絮絮叨叨说了一堆，童谣接不上话，见他小脸憋得通红一脸高兴，她也跟着傻乐，乐呵呵地看着小粉丝掏出纸笔要签名，然后又在周围来往人群诡异的目光中和他合影。

路人的脸上明明白白写着：谁啊？明星？演过啥电视剧吗？

照完相，那小孩又意犹未尽似的拉着童谣小声问：“我现在十三岁，电一钻一，等放暑假还能上大师，smiling你觉得我能打职业吗？”

“那么小就电一钻一，努力一把肯定可以，只是打职业的话大概还是要家里——”

话音还未落，这时候在他们身后有个打扮讲究的中年女人匆匆走来，不等那个跟童谣搭话的小粉丝回头，她一个箭步冲到他身后一把拉住他，责备道："一下子看不住就乱跑了你，还到处跟不认识的人说话，飞机都快登机了我到处找你，你这小孩能不能让人省点心？"

那小孩脸上的笑一下子收敛了，瞥了童谣一眼，大概是觉得这么在偶像面前被训斥特别没面子，蔫蔫道："我没乱跑，也没和不认识的人搭话，这个小姐姐是我喜欢的电竞选手——"

"什么选手？"

"电竞。"

"电什么竞，不就是打游戏吗？"那中年女人推了他一把，"你们这些小孩沉迷游戏耽误学习，还要给自己找个冠冕堂皇的借口，什么电竞——"

"你说什么啦，才没有什么沉迷游戏，电子竞技是国家体育总局认同的第九十九项正规体育项目！"

"哦，体育项目？骗鬼啊你，真是正规体育项目那奥运会怎么没有？行了行了，别废话了，快走，登机了！"

那小孩被中年女人推搡着往相反的方向走，童谣一脸无语外加觉得有些有趣，这时候被推远的小孩突然回过头冲着她摆摆手："smiling！我也想打职业！拿冠军！但是今年的世界总决赛冠军就先拜托你了！"

说完就被他妈狠狠拍了下脑袋。

童谣一愣，心中的无奈稍稍散去，捂嘴笑了起来，她冲着那小孩点点头摆摆手，做了个加油的手势，目送他离开。

当那小孩和他妈拉拉扯扯地消失在人群里，童谣身后响起冷漠的声音："又在耍什么白痴？"

嗯，这次是她的家长来了。

童谣回过头，看着站在自己身后的男人："你怎么来了？"

陆思诚低下头看了眼自己的手表，面无表情地说道："你消失了整整三十分钟，我以为你被人绑架了。"

"我又没钱，"童谣笑眯眯地伸出双手一把抱住男人的腰，蹭了蹭，"打职业三个月还没满就先被扣了两个月工资的人，资产是负数。"

"我有钱，绑架你跟我要钱怎么办？管我要五百万我也得给……"陆思诚一把接住赖在自己怀里的人，"刚才那小鬼是谁？"

"路人粉丝。"

童谣说着就像是突然想起来什么似的，犹豫了下把脸从男人怀里抬起来，正想退后，这时候她抱着的人就像是猜到了她的意图，伸出手一把摁住她的脑袋："说什么了？"

"签名，合影，也想打职业——"听见脑袋顶上的人发出嗤笑，她拍了一下他的腰，笑声停下，她才继续道，"但是职业道路上被老妈GANK了，阿姨理直气壮地反问，电竞如果是体育项目，为啥奥运会没有？"

"高尔夫今年才获批加入奥运会项目，你能说它不是正规体育项目吗？"

"多读书，多看报，"陆思诚用怜悯的语气说着，想了想又道，"但是如果不学无术能多换几个主动投怀送抱的话，我倒是没什么意见，你就这么继续智障下去也无妨。"

“你说什么？我被人家当成游戏少女了。”

“你就是游戏少女啊……我不嫌弃。”

陆思诚说着低下头去看怀里赖着的人，后者大概还是怕被人发现，脸蛋红扑扑的，小心翼翼地埋在他怀里——男人眼神微动，低下头，与此同时，童谣抬起头，与他对视两秒。

陆思诚：“问你个问题。”

童谣：“什么？”

陆思诚：“我试用期结束了没？”

三秒的沉默。

童谣拉着男人的衣服，让他弯下腰，同时自己踮起脚在其唇瓣上飞快地落下一吻。蜻蜓点水一般的轻吻之后，她脚跟落下就要后退，男人抓着她正想要乘胜追击，直推高地，就在这时，童谣突然感觉放在自己腰上的手停顿了下。

她疑惑地抬起头看了眼陆思诚，然后顺着他沉默的目光回过头，然后就看见了人来人往之间，嘴里叼着塑料叉子，一只手举着刚泡好的杯面，一脸沉默、面部瘫痪看着他俩的小胖。

第三十三章

那一刻明白了为什么有人抢了Chessman的红Buff她还能活蹦乱跳地活在这世界上；

那一刻明白了为什么有人能指挥得动正在打RANK的Chessman扔下游戏站起身，只为了给她拿一瓶矿泉水上楼；

那一刻明白了为什么有人的猫装了熊心豹子胆，吃了不该吃的鱼，还能臭不要脸地蹭着鱼主人的腿让他给自己开罐头；

那一刻明白了为什么一辆好歹七位数的车，谈笑风生之间就变成了“你要啊？送给你”；

那一刻明白了为什么这两个月陆思诚的工资就没怎么因为犯规抽烟被罚；

那一刻明白了为什么送个矿泉水全程不到三秒的动作却能让陆思诚在她的房间磨磨叽叽三十分钟……

小胖就是出来泡个面而已，但是他却在毫无心理准备的情况下撞破了各种世纪之谜。此时此刻，ZGDX战队的辅助一只手端着面，脑子里飞过的弹幕内容非常丰富，大概的种类是这样的——

“我穿越了。”

“他俩在一起了？Excuse me？这两个人？配？”

“我面要糊了。”

“然而这才不是重点。”

“都没人通知我一声，AD跟中路跑了，留下我一个辅助。下路河道的水为什么绿得把河蟹都染绿了？因为胖爷在上游洗头。”

“辣眼睛。”

“等等，他俩昨天在房间干吗来着？”

“等等，我敲门打断了什么来着？”

“突然明白了自己为什么辛苦一晚和队长双排却遭遇一波反向上分，这王八蛋早就准备好的，他甚至都没用自己的号啊！”

“Superman和Chessman，可以，这很情侣ID。”

“王八蛋。”

“王八蛋。”

“王八蛋。”

小胖将嘴巴里叼着的塑料叉拿下来，张口说了句“你们”，停顿了一下后，大概是觉得“此时无声胜有声”，于是，他又把塑料叉塞了回去，重新恢复成一开始叼着叉端着面的姿势——他默默地看着陆思诚和童谣，然后目光下移，发现陆思诚的手还放在童谣的腰上。

童谣憋红了脸，反应过来以后慌张地抬起手，拼命想要把陆思诚的手从自己的腰间拿开，但是男人的手却十分坚固地固定在她腰间，纹丝不动。童谣急了，抬起头用口型对他说“你撒手”。陆思诚见她急得眼都瞪圆了，看起来黑亮黑亮的，嘴角一挑，用口型回答“我不撒”。

童谣翻了个大白眼，气得差点晕厥。

直到小胖清了清嗓子，拉扯中的两个人动作一顿，整齐划一地抬起头看向小胖。小胖将杯面换了只手，强忍下将泡面像手榴弹一样扔向两个人的冲动，想了想，问:“你俩这样多久了？”

“有段时间了。”陆思诚淡淡地回答。

哦，有段时间了。

“捂得挺好啊，谁都没看出来，昨天小瑞还在说童谣和贪狼呢，”小胖又问，“谁先犯罪率先打破纯纯的队友友谊的？”

“我，”陆思诚对答如流，“我威胁她，不就范就把她的猫扔了……”

童谣皱眉拍了他的手背一巴掌，陆思诚任由她打，只是放在她腰间的手来到她的肩膀上，将人往自己怀中一摁，拍拍她的头，好像很得意道:“她就乖乖跟我走了。”

小胖满脑子的弹幕瞬间统一变成了“这也行”。

而此时此刻，鉴于陆思诚满脸坦然，一副“被你撞见了啊，好巧”的平静状，小胖端着面，反而有种千言万语却一个字都说不出来的憋屈。

五分钟后，三个人随便找了个空位坐下，童谣坐在陆思诚的右手边，低着头玩手指，一副“对不起，本木兰一不小心跟你们的将军好上了”无颜面对江东父老的模样。

陆思诚坐在中间，好心提醒小胖:“你面要糊了。”

小胖坐在最左边，打开面，吃了一口，一不小心想到方才自己透过人群看见童谣踮起脚红着脸拽着他们队长的衣襟让他弯腰并亲吻他的画面，海鲜味的泡面顿时变成了狗粮味，吃在嘴里，尽是单身汉的苦涩。

“你们这样不对，”小胖放下面，痛心疾首道，“队里就这么一个小姑娘，大家哄着护着捧着……队长，你身为队长，一言不合就背着我们自己先拱了……”

陆思诚：“不先拱难道还留着给你们拱？”

陆思诚：“我是队长，不是慈善家。”

小胖觉得陆思诚说得理直气壮且又有点道理，于是只好转向看上去稍微心虚且有羞耻心的他家中单：“还有童谣，你也是，说好的要好好打职业，不和职业选手谈恋爱，职业选手都是渣男呢？你就这么打自己的脸？”

童谣低下头，下巴都快消失在衣领里了，小声道：“队长又不是简阳，他不乱搞，也不骗人，平常就打下RANK、看下比赛视频，那天我在他旁边打个喷嚏，他烟都不抽了……”

她说着，声音越来越小，头越来越低，相反，坐在她身边的陆思诚反而嘴角的笑容变得越来越清晰，他伸出手拍拍她的脑袋，脸上那个得意啊……当年把教皇李君赫摁死在替补席上，亲手拿下HCK奖杯时，大概也就这样了。

小胖觉得自己面前的泡面越发散发着迷人的狗粮的香味。

“你俩咋对上眼的啊？”小胖问。

童谣想了想，回答道：“不知道，被他凶着凶着就凶出味道了。”

陆思诚则想都没想，回答得一本正经："踮起脚在超市藏水时特别可爱；打游戏的时候特别可爱；被阿太用妖姬欺负得躲在位置上一边偷偷哭，一边通宵练皇帝的样子特别可爱；赢了比赛不知天高地厚且没礼貌地对阳神放话时特别可爱；solo赛里赢了我时嚣张的样子也特别可爱……"

童谣举起双手捂住自己的脸，指缝之间露出的脸红得能滴血。

小胖面无表情道："我就随便问问。"

陆思诚也面无表情："我还能再数几条。"

小胖持续面无表情："留着去跟你们的主婚人数。"

陆思诚转过头看着他一脸可惜："你不要听了吗？"

小胖用塑料叉子插了插已经泡软的面，露出万分纠结的表情，犹豫再三之后，战战兢兢地问出他眼下最想知道也最怕知道的问题："最后一个问题，你俩……到哪一步了？"

陆思诚当时就笑了，轻笑出声的那种——童谣"哎"了声，捂在脸上的手放了下来，在桌子底下踢了他一脚，急急忙忙对小胖撇清关系："就你看见的那样！没别的了！"

"你昨晚不嚷嚷着让我带你俯冲钻三，应该会是另外一个答案。"陆思诚不急不缓地转过身，弯腰替童谣将她刚才乱动乱蹭弄乱的头发别至耳后，后者红着脸拍开他的手。他慢吞吞地将被拍红的手收回来："现在是不是觉得自己那一百分掉得很有道理？"

小胖："屁！"

陆思诚挑起嘴角："还想问什么？"

童谣急了，小声叫道："陆思诚！"

小胖挥挥手:“我现在只想安静地吃口泡面，你们走，快走！”

陆思诚拉着童谣站了起来，顺口说了句:“刚才逛那么久看中什么没？我去给你买。”

小胖塞了口泡面，也顺口说了句:“我给你辅助了两年，你连支洗面奶都没给我买过。”

童谣拉着陆思诚落荒而逃，然后在所有的化妆品专柜里选了个最贵的牌子，给小胖买了最贵的洗面奶。

看着白皙的面颊上浮着红晕，掏出自己的银行卡递给柜姐刷卡的少女，男人站在她身后像是一座门神一般，面瘫着一张俊脸说着风凉话:“你不用那么心虚的，他就随便说说。”

“他跟你在一起两年了！”童谣抓着圆珠笔飞快地在银行账单上签字，头也不抬地说道,“你连支洗面奶都没给他买过！太可怜了！”

陆思诚沉默了，直到他们拿了东西走人，他难得慈悲地并没有告诉童谣，在她签字时，听了他们对话的柜姐向她投去的目光要多复杂有多复杂。

最后童谣他们在机场滞留到晚上九点才登机。

登机的时候童谣整个人都已经困得神志不清，看了眼自己的位置是靠窗，惦记着上飞机好好睡，结果刚在位置上坐稳，眼前黑影一晃，就看见她家队长挨着她坐了下来。

童谣的瞌睡瞬间清醒了一半:“我旁边不是小胖吗？”

“他胖，坐在靠走道的位置没那么憋屈，所以和我换了。”陆思诚脱下自己的外套顺手扔给童谣,“睡吧，打十个哈欠了。”

外套上有陆思诚身上的气息，还有他的温度。

童谣抱着他的外套，眨眨眼:“他同意咱们在一起了吗？”

“你有病吧？他说不同意你还准备踹了我，嗯？”男人伸出手摁了摁身边人的脑袋,“关他屁事？”

童谣掀起陆思诚的外套挡住自己半张脸，嘻嘻笑道:“没有，只是得到队友的支持特别开心，嘿嘿，你凶什么？”

陆思诚坐直了，垂下眼想了想。

“因为有人今天说我过了试用期了，我没准备再倒退回去。”

童谣傻笑的动作一顿。

“我记得的——我又不是简阳，不乱搞，也不骗人，平常就打下RANK、看下比赛视频，那天你在我旁边打个喷嚏，我就不抽烟了——小瑞求了我两年，我没理他，你一个喷嚏，我戒烟了。”

“所以呢？”捂在外套后露出半张脸的少女看上去有些紧张。

“没什么,”男人转过头，向着满脸紧张的少女露出一个清晰的微笑，那双深褐色的瞳眸异常明亮,“非常好的表白，让我觉得自己大概是守得云开见月明了，我很高兴，谢谢。”

童谣的第一反应是脸红、心跳加速，心想:天啊，这个老男人一本正经在跟我说谢谢耶!

几秒后，她稍微冷静下来，没有让自己迷失在这家伙的糖衣炮弹里:“理智告诉我，你的话还没说完，你想干吗？”

“没干吗，就是提醒你,”陆思诚的笑容收敛起来，换了个舒服的坐姿，放松下来后用懒洋洋的语气道,“改变一个男人，你就要对他负责。”

陆思诚：“按照你以前承诺粉丝的，冰封王座杯开幕式给你个喇叭，你上去跟所有人宣布——我是smiling，我的身心属于我队队长。”

童谣：“呸！”

童谣抬手将陆思诚的外套往他脸上捂，男人抬起手轻易招架住她，这时候，小瑞的声音从后面传来“闹什么呢”，与此同时，他在他们身边空着的连排座位上坐下。童谣身子一歪，陆思诚眼疾手快地把她接在自己怀里。

小瑞：“干吗你们？幼儿园小孩精力那么旺盛？在机场傻坐一天了还有力气扑腾？队长，手放哪儿呢？从人家小姐姐腰上拿开，流氓似的，是你的人吗？随随便便就乱摸？”

陆思诚闻言，估计是不爽了，手在小瑞看不见的角落狠狠摸了一把，摸得童谣背上汗毛都竖起来了，这才摁着童谣的脸将她摆回位置上，男人语气自然平静：“我让她做点事，把她高兴坏了。”

小瑞打了个哈欠：“什么事？”

陆思诚一本正经地说道：“拿着喇叭向全国观众宣布她的身心属于我——”

小胖在他们后排拼命咳嗽。

陆思诚：“——们战队。”

小瑞点点头，评价道：“相当有病的决定，快吃药。”

童谣帮腔：“吃药！”

小瑞：“你俩一起吃。”

第三十四章

到了厦门时已经是半夜，众人分好房间就各自回房睡了，童谣洗漱完上床，在微信和陆思诚说了几句话，说着说着抱着手机就昏睡了过去。

陆思诚对她说的最后一句话是让她锁好门，当时洗好澡正擦头的小胖从他背后飘过，伸脑袋看了眼，顺口问了句："锁门防贼还是防你？"

陆思诚放下手机，回过头看抖着肚子爬上床的自家辅助："你有完没完？"

"想想今天在机场那惊动胖爷少女心的一幕，心情久久不能平息，只好拿你撒撒气。"小胖拉好被子瞪着天花板，"我把童谣当队友，你却想让她当老婆。"

小胖翻了个身："诚哥，童谣很好啊。"

陆思诚挑挑眉。

小胖一只手支起脑袋："你看看阳神，看看阿光，看看李恒硕……个个都是向着我们中单的，打比赛都舍不得去中路GANK她，你要是对她有个渣男情节，HPL十二支队伍一半的打野从此就住在咱们下路了——你害了自己不要紧，别忘记下路还有个萌萌的我，一失两命啊！”

陆思诚嗤了声，也掀开被子爬上床，问：“你到底想说什么？”

小胖叹了口气：“你竞争对手也蛮多的，别老觉得自己是男神就端着。”

陆思诚钻进被子里的动作一顿：“没端着，在一起那天我就想昭告全天下朕的后位有人，是她不让。”

“为啥不让？”

“刚开始我觉得不说好，会影响她比赛，后来发现她的实力已经得到认可，现在谁再跳出来说她不行或者其他有的没的，那就是打自己的脸——小组目前的全胜纪录，就问ZGDX建队这么久，什么时候像现在这样是个那么彻底的三核队伍——结果正琢磨怎么把事说出来，又出了隔壁队艾佳和他家那个的事，闹得厉害，闹完我粉丝也跟着去贴吧凑热闹，叫她看见了，”陆思诚想了想，无奈道，“她现在老觉得我宣布和她在一起我就没粉丝了。”

小胖捂在被子里噗噗笑，跟放屁似的，他美滋滋地摸了把自己的脸：“小姑娘就是爱瞎操心。”

“是，”陆思诚面无表情地瞥了胖子一眼，“洗面奶好用吗？”

“洗面奶你也嫉妒，你个妒夫。”小胖一脸心满意足地嘿嘿笑，笑够了，问他，“那你到底喜欢她啥啊？别说虚的结婚证词那一套——说实话，童谣长得也就挺一般的，对你那些能拉出去自成一个连的美女小姐姐粉丝来说。”

陆思诚关了灯，房间陷入黑暗。

良久，小胖听到旁边的床传来翻身的声音，自旁边响起男人低沉的带着一丝丝困倦的声音——

“她很强啊。”

小胖:“屁话。”

“哭起来也很可爱。”

小胖:“变态。”

小胖:“还有吗？”

“有。”

小胖:“啥？”

“情不知所起，一往而深。”

小胖:“可以，这很可以。”

第二天，职业联赛的其他队伍陆陆续续到达厦门，小瑞大清早就去给二队联系接下来几天的训练赛，剩下一队和二队被各自教练带着，坐在酒店附近之前订好的网咖里做训练。

训练的方式还是和以前在基地一样，一队队员坐在二队队员身后，通过他们在训练赛中的表现，来告诉他们每个时间点更好的处理方式是什么，什么时候该交技能，什么时候该怂，什么时候该上。

这时候，贪狼他们正在和一支名叫“RMB”的次级联赛队伍打训练赛,ZGDX的二队在次级联赛表现不俗，今年很有希望作为升班马杀入HPL，所以打次级联赛的队伍对他们来说还是不难，而且RMB属于次级联赛的二流战队。

“对方红Buff插个眼，他们打野在上路冒头至今过去十几秒了，要是想来下路，肯定先去把Buff收了，你先做个视野，免得压太近被抓。”

小胖的声音从隔壁传来，破军“哦哦”地应着。

“下路准备抢六级了吗？看看补刀，看看小地图，队友AD补刀领先的话，就要计算好时间，不要等队友叫了你才TP支援，要主动找时间TP。如果自家AD正在抗压，那么你就要防止对方上单率先TP……”

老猫的声音从隔壁传来，二队上单默默点头。

“别看了，下路抗压，对面速星，拿了小丑女，打不过。”

陆思诚的声音不咸不淡地响起，贪狼毫无反应，只是砸鼠标的声音变大了些。

童谣扭脑袋看了眼那水火不容的AD二人组，然后又把脑袋扭回来，伸手摁了下前面的人的键盘，在他“嘶”的一声抗议中看了眼战绩：比赛开始十分钟，下路果然被压了二十刀，情况惨烈。

于是童谣戳戳坐在她前面的人的背：“速星是谁？你哥怎么对次级联赛的二流战队AD还有研究？”

陆岳沉默了一下：“你除了讲八卦，是不是没有一点技术性的发言要同我讲？”

童谣：“有。”

陆岳：“什么？”

童谣:“对方的中单明显怕你，然后你也这么怂，你俩是准备抱着自己的防御塔各自过日子，誓死不过河界线？这局游戏中路没有对线期，我看了十分钟，连对方中单妖姬今天用的什么英雄皮肤都不知道，能把游戏玩成这样，你们真的厉害了。”

陆岳:“速星不是什么二流AD，前两年我哥刚回HPL的时候，他是CK战队的首发AD，很强，真的强，尤其是他的小丑女和冰原，大招奇准，至少当时和我哥绝对是五五开的。”

童谣瞪大眼:“咦咦咦？”

陆岳操控着英雄走出防御塔，往对面走了走，对方中单冒了个头:“看，长者之森皮肤，看到了吗？看到就别啰嗦了，我回去继续怂，稳定发育就是打赢比赛成功的一半——继续八卦——后来,CK战队在S4世界赛比赛表现不好，速星背大锅，团战秒躺，走位成谜，线上天然抗压谁都打不过，国内观众很失望，当时贴吧都快爆炸了。”

“怎么炸？”

“大家都嚷嚷着让他滚回国，别丢人，让他自己游着回来，这种人不配浪费机票钱，”陆岳皱起眉想了想,“还有诅咒他坠机的，哎呀，反正骂得很惨——回来以后,CK俱乐部顶不住压力，第二年春季赛换了蝴蝶，也就是现在CK战队的AD首发，原本是让速星替补，避避风头，但是他哪受得了这个？直接换到了次级联赛的俱乐部……”

“理由呢？”

“憋着一口气，要亲自带着一个次级联赛队伍重回HPL，狠狠地打那些喷子的脸。”

“结果呢？”

“结果就是现在连你一个职业选手都不知道速星是谁。这种情况很多见啊，不一定是争口气，或者是不服输，或者是为了钱什么的，自己降到次级联赛，总以为自己还那么Carry，肯定能打回HPL……”

又一波兵线推过来，陆岳看了眼对方打野在上路，直接跟着兵线过了河道，然后一个转弯开始往下路走。走到下路，皇帝放大，将对方想要后撤的下路二人组推了一个辅助回来——原本可以推两个人的，但是速星操作是真的还不错，腰一扭，被他躲掉了皇帝的大。陆岳点了对方辅助两下，把人头让给贪狼，转身回草丛蹲着回城。

“这些人基本上就这样活生生从巅峰淡出历史舞台，”陆岳说，“很无奈，但是次级联赛和HPL联赛就是有差距的，队友实力，团队氛围……”

童谣似懂非懂地点点头，抬起头略微担忧地看了眼旁边的贪狼——后者面色从容，一双眼专注于眼前的游戏，拿了个人头后，他的经济勉强与速星重新持平，日子好过了许多，打得也没那么束手束脚了。

童谣收回目光，压低声音趴在椅子靠背上对陆岳说：“你刚才那些话是说给谁听的？”

陆岳手中的鼠标“咔嚓咔嚓”的声音一顿，他回过头瞥了一眼童谣，淡淡笑了下，答非所问道：“贪狼挺强的，不知道他能不能熬到当年CK战队蝴蝶的那时候。”

童谣“哦”了声，点点头，想想好像又有哪里不对:“你咒你哥退役？”

“他老了啊，虽然还是很强，但是在我们年轻人看来还是有点碍眼的，老年人，不合群。”

童谣抬起手，撸起袖子狠狠地摁了下陆岳的脑袋。

打完训练赛，二队理所当然地赢了，大家脸上的表情相比昨天来说简直天差地别。

训练赛结束后就是大家自由总结外加RANK训练的时间，童谣看了眼陆思诚，发现他正拿着记满东西的记录板跟贪狼开小会。贪狼低头玩手指，也不知道听没听进去。

看着好像还要说很久的样子，童谣抬起手，给陆思诚发了个微信:“宝宝饿了。”

然后她收起手机，在周围所有人都在一对一开小会的气氛中，转头面无表情地跟陆岳尴尬对视了几秒，陆岳也面无表情道:“风格不同别硬融，你知道你说什么我都不会理你的，对吧？”

“正有此意，替补先生，”童谣一撩头发，“祝你旗开得胜，HPL夏季赛奖杯你蹭蹭我的光就行，冰封王座杯就自己捧回去吧。”

陆岳盯着她看了一会儿，而后突然笑着推了她一把，坐回自己的位置上打RANK去了。

童谣双手塞在口袋里在网咖里兜了一圈，看了眼陆思诚还在跟贪狼继续唠叨，心里嘟囔着真能说啊，你一天跟我说的话还没这会儿十分钟多，于是转身独自又坐在沙发上，看了看附近有什么好吃的。

过了一会儿有人来找她——

是小胖。

一抬头看见小胖，童谣还有点紧张，生怕小胖抓着她说些“你们恋爱但是别耽误诚哥训练”“S系大家都很想一展拳脚，不能因为你们而半路掉链子”之类的话，本来就很怂，听了这些话她大概会变得更怂……说实在的，她挺希望队友至少是支持她的。

被小胖叫出去的时候童谣心中挺忐忑的，满脑子都是“小胖昨天也没说不行啊”“看着也没觉得不好”“难道是装的”“我还以为他并不反对啊”之类的猜想。

两个人在网咖外面站稳，童谣都准备好迎接暴风雨了，没想到小胖“唰”地掏出手机，交给童谣，用手肘捅了捅她，说：“你听这个。”

童谣莫名其妙地看他一眼，然后点开已经准备好的音频——

“那你到底喜欢她啥啊？别说虚的结婚证词那一套——说实话，童谣长得也就挺一般的，对你那些能拉出去自成一个连的美女小姐姐粉丝来说。”

沙沙的背景嘈杂声中，响起来的是小胖的声音。

童谣愣了愣，抬起头看小胖，后者咧开嘴，指指手机，点点头示意她往下听：“继续听。”

“她很强啊。”

陆思诚的声音响起的时候，童谣的脸直接红了。

“哭起来也很可爱。”

童谣都快窒息了，心想这个死变态，还一本正经给小胖说这个啊？

这时候录音里，小胖追问“还有吗”，陆思诚沉默了，正当童谣以为录音到此结束时，她却听见手机里传来男人低沉而缓慢的声音——

“情不知所起，一往而深。”

童谣抓着手机，脸红得像番茄，手足无措地回头看小胖。小胖扶着街边的栏杆笑得捶胸顿足，问童谣她家男人骚不骚，童谣舌头打结，回答不上来，慌张地将手机塞进口袋里，几秒后才想起手机是小胖的，又红着脸掏出来还给他。

“你想要我给你发一份。”小胖笑得眼睛都没了。

这时候，他们身后的网咖门被拉开，ZGDX战队队长顶着他一贯的面瘫脸走出来，先是问了句“去不去吃东西”，站稳了一看，自家辅助和自家中单之间的气氛不怎么对，他低头看了眼童谣手上抓着小胖的手机，挑眉问：“你们在说什么？”

话音刚落，便见他家中单像只小鸟似的扑腾着翅膀摇摇晃晃一脑袋扑进他怀里。

男人举起双臂接受这个意外的拥抱，低下头莫名其妙地看着怀里的人，她抬起那张被红晕染色的小脸望着他：“吃饭吃饭，饿了啊，你怎么才出来？”

陆思诚摸了下她的脑袋，想了想总觉得好像有哪里不太对，于是男人抬起头瞪了眼小胖，一本正经地警告道：“你离她远点，少成天琢磨些怪操作。”

小胖收敛起笑，立正站好：“哦。”

接受警告。

可惜晚了。

第三十五章

陆思诚带着童谣去吃饭，小胖原本还想跟着当电灯泡，结果陆思诚掏出手机看了眼饭店位置，说要步行十五分钟，小胖二话不说就开门进网咖了，走之前只留下一句："我要吃肉，记得给我买肉。"

陆思诚作为队长，就顺便担下了给队里其他人叫外卖的责任。

小胖回到网咖坐下，小瑞看了眼他，问："咱们队的队长和咱们队的闺女呢？"

小胖摆弄着鼠标，面色淡定，演技一流："吃饭去了。"

"哦，"小瑞想了想，总觉得哪里不对，"最近他俩怎么老单独行动啊？以前还水火不容你死我活的，现在倒是和谐？"

小胖没回答，倒是旁边头也不抬地打游戏的陆岳，突然冷不丁冒出一句："我要当叔叔了？"

小瑞一脸被雷劈的模样："不好吧？逛街也能怀孕啊？"

陆岳："你想想，能看上童谣那种乳臭未干的小姑娘的能是什么好东西？我哥是禽兽，人面兽心的。”

陆岳话音一落，周围的ZGDX众人开始狂笑，每个人都充满了一种“队长不在讲他坏话好开心”的愉悦感，只有稍微正义的明神抬脚踢了下陆岳的凳子，提醒道：“你和童谣一样大啊。”

陆岳闻言终于抬起了头，轻描淡写似的瞥了明神一眼：“我比较大。”

此时旁边的小胖已经像只鸭子似的笑了起来，老猫摇摇头，表示你们这群“老污师”，明神用了五秒才反应过来陆岳这是在开黄腔，一个记录板拍在他头上，将他微微偏转的脑袋拍了回去：“扣工资。”

网咖内一片和谐，从头到尾只有贪狼缩在角落里，也没打游戏，只是拿着手机不知道在和谁发微信，每发完一句就删掉聊天记录。

陆思诚牵着童谣，时不时琢磨着一件事：他总觉得就在刚才他认真工作，暂时没看住他家中单的那短短半个小时里，他家中单好像发生了一点微妙的变化，至少放在之前，两个人走在大街上让童谣主动把自己的手塞进他手里这种事，就难得一见。

童谣刚才在网咖外面那人来人往的地方突然往他怀里钻已经算是突如其来的惊喜，结果后脚送走胖子，两个人刚往外走两步，他感觉到自己的手被一只小手捏住，软得像是没骨头似的手指拼命往他指缝里挤……

陆思诚当时有点蒙，还以为自己会错意，低下头正想问童谣你搞什么，结果还没来得及说话，就对视上一双黑亮的眼，他家中单眼巴巴地看着他小声问:“你不要牵手吗？”

陆思诚当时只觉得呼吸一窒，腿有些站不住，满脑子都是想当街犯罪。

他要。

当然要。

大马路上他内心几乎是喜极而泣的，恨不得当场哭成个一米八五的孩子。

而陆思诚也是贱，见身边那人乖乖任由自己牵着，就忍不住地想要逗她:“大白天的在大街上，你就这么牵着我，不怕被人看见了？”

童谣原本正埋头快走，拼命跟上陆思诚的步伐，连喘气都得抓紧时间，这会儿听见他说话，也没心思跟他瞎扯，抬起头理直气壮地说:“这是厦门，又不是上海，被看见的概率能有多高？”

“选手基本都到了，也都住在这附近，”陆思诚说，“你那些HPL打野粉丝团……”

童谣:“你得意什么？”

陆思诚一愣，摸了下脸:“特别明显？”

童谣:“找个镜子照照。”

男人勾起嘴角，大手一使劲，将原本只是被他拖着走的人拽到自己身边，松开她的手，干脆将自己的爪子搭上她的肩膀:“走那么慢。”

“我走路就这么慢，”童谣说，“你也不照顾照顾我走慢点，迈着你的大长腿往前冲，我跟得多辛苦，你还抱怨我……”

陆思诚低头看了眼，发现怀中人果然双颊微微泛红，发丝凌乱，一副刚刚从竞走比赛上下来的模样。他停顿了下，赶紧收敛了点步伐：“你不早说？”

“说什么？”

“我走快了。”

“怎么说？”童谣挑起眉，一脸不开心，“‘诚哥我腿短，你迈一步我得往前蹦跶两步，你行行好，慢点走吧’？”

话音还未落，就被男人摁进怀里结结实实地亲了一口，她一下子没反应过来，嘴边的抱怨硬生生全部吞回了肚子里，瞪大眼微窘地无声瞪着她的队长。

模样太可爱，陆思诚掐了把她的脸，留下一个浅浅的红印子，然后放开，琢磨着快要到他们之前想吃的那家餐厅了，他抬头看周围开始寻找店铺招牌——

他并没有忘记自己是来吃饭的这件正事。

只是此时童谣心思完全不在吃饭，想了想，踮起脚捏着男人的下巴将他的脑袋转回来：“你就用这种办法平息女人的怒火？”

陆思诚任由她柔软的手捏着自己的下巴，顺从地低下头应了声：“嗯，有用不？”

童谣瞪了他三秒，然后放开他，郁闷地说：“有用，算你狠。”

到了餐厅，陆思诚微笑着看童谣扑到菜单前点菜，自己坐到一边，掏出手机——

fhdjwhdb2333：“胖子，你刚才对我家姑娘做什么了？”

那边很快就有了反应。

圆滚滚的胖:“什么做什么了？讲得那么淫邪。”

fhdjwhdb2333:“她跟一个小时前不太一样，说不上来哪里不对……我去给二队做个复盘的工夫一会儿没看着她，再回来时她就像吃了可爱丸一样。”

fhdjwhdb2333:“和以前不一样了，以前走大马路上她都不让我碰她。”

圆滚滚的胖:“胖爷钻一晋级赛生死局，抽空划水出来看你微信，就是来看你像个老变态似的秀恩爱的？”

“诚哥，烤三文鱼头来一份吗？”从菜单后面冒出一双眼睛加半个脑袋。

“你想吃就点，每个都点，各尝一口都行，吃不完打包回去给他们。”

fhdjwhdb2333:“无论你跟她说了什么还是做了什么，今天的你是当之无愧的第一辅助。”

圆滚滚的胖:“滚。”

第三十六章

第二天是冰封王座杯开赛第一日，ZGDX二队用的是一队HPL名额参赛，于是从观众到解说，一律将这个由一队替补中单陆岳带领二队成员出征的混杂队伍取名为ZGDX.BLUE。

这里有个大家都在玩的古董梗。

曾经在韩国赛区的三星产业旗下同时拥有SAMSUNG.WHITE和SAMSUNG.BLUE两支《英雄王座》职业战队，两支战队十人以绝对实力统治韩国赛区，SAMSUNG.WHITE更是顺利拿下当年世界总决赛冠军。

三星蓝白两队史无前例的盛况至今被人津津乐道，其年被人戏称为“三星王朝”。蓝脑公司甚至因为“三星”现象，隔年怒改战队规定，限定一家俱乐部在职业联赛不得同时拥有两支同等级队伍。

“实力强悍”可能只是一个笼统的概念，然而实力强到让游戏公司像是改bug似的因为参赛队伍而强行改变规定，那就可见其名声之响亮、影响之深远了。

此时，二队队员好像对ZGDX.BLUE这个叫法感到蛮有趣的，并不反感，至少在前往比赛场地的时候，低头玩手机的破军大吼一声："他们叫我们ZGDX.BLUE啊！"

车内顿时一片"哈哈哈""嘿嘿嘿"的乐观声音响起。

小胖："可以，这很可以。"

老K："暗示今年一队要夺冠？"

破军："当年虽然是'三星白'夺冠，但是在国内，'三星蓝'可是把白队摁在地板上摩擦的——是不是啊诚哥？我记得国内联赛白队就赢过蓝队一次。"

"是啊，"坐在最后一排的男人懒洋洋地应了声，似笑非笑地瞅着一脸兴奋的二队辅助道，"怎么了小鬼？你也想把一队摁在地板上摩擦？野心很大啊……"

话是这么说，嗓音之中却有显而易见的淡淡笑意。

在小胖抓着破军捶打，嚷嚷着"胖爷宝刀未老，你这小鬼就想谋朝篡位"时，童谣趴在自己的位置上回过头看着陆思诚傻笑，男人抬起头扫了她一眼："笑什么？"

"看不出来你还蛮有爱心的。"

陆思诚"哦"了声："一直有啊。"

童谣白了他一眼，坐回自己的位置上，想了想伸手将身边坐着的少年的一边耳机轻轻拽下来，然后用肩膀撞了撞他："哎，小狼，你听见刚才他们说的了吗？"

贪狼原本正靠着窗户听歌闭目养神，这会儿被童谣撞醒，他倒是也没发啥脾气，只是显得有些迷糊地睁开眼，坐起来问："说什么？"

"外面都把二队称作ZGDX.BLUE，大家都期待着有一天你们像是'三星蓝'当年在国内联赛暴揍'三星白'一样，暴揍一队的'老年人'。"

贪狼的眼眸亮了亮，但是很快又黯淡下去："可惜'三星蓝'最后也没拿到冠军，在人们眼中，蓝队永远都是白队的手下败将，蓝队的AD还被白队的AD打到在比赛场上当场泪崩。"

贪狼翻了个白眼，扔下一句"还是拉倒吧"，重新戴上耳机倒回去。童谣尴尬地对着他瞪了一会儿，直到感觉手机振动，然后收到了来自她男朋友的嘲笑——

fhdjwhdb2333："热脸贴冷屁股，愉悦吗？"

这个人。

ZGDX smiling："你走！我愉悦得很！"

fhdjwhdb2333："'中二病'小孩油盐不进，你想拿爱感化他，还不如用爱来感化我。"

ZGDX smiling："感化你什么？"

fhdjwhdb2333："训练赛故意输给他，增强信心，消除心魔。"

ZGDX smiling："怎么输？"

fhdjwhdb2333："只用左手玩怎么样？这样都输给我的话，只能回家养猪了。"

ZGDX smiling："人家只是个小孩，你对他敌意那么大干吗？"

fhdjwhdb2333："听见他管你叫'童谣姐'就烦。"

ZGDX smiling:“哦，那么羡慕，你也可以叫。”

童谣发完这句放下手机爬起来，趴在座椅靠背上眼巴巴地看着陆思诚，有点期待的样子。后者掀起眼皮扫了她一眼，用嘴型无声地说:“没大没小，滚。”

童谣的脑袋“嗖”地缩了回去。

半个小时后，大巴车带领队伍到达比赛场地，二队的人被工作人员带到后台去了，童谣他们这些只负责围观的人则在另外的工作人员带领下来到特别座席。

陆思诚不愧是人气很高的选手，这种黑灯瞎火只看得清个大概轮廓的情况下，在他步入观众席的第一时间，还是有人立刻认出来并尖叫“天啊，是Chessman”“诚哥？我男神？哪里哪里”，因此引发一阵骚动。

童谣:“陆巨星，你不打职业可以考虑去混娱乐圈。”

陆思诚:“闭嘴。”

童谣拍拍屁股在官方安排的席位稳稳入座，抬起头就可以看见比赛实况转播的大屏幕，童谣觉得官方给他们安排了最好的观赛位置，于是就仰着脑袋认真开始看比赛。

开幕式后，揭幕赛就是ZGDX二队对战岚战队，这场揭幕赛的看点大概就在于红蓝双方两队十人皆全华班，无韩援。

比赛开始时，二队的小孩看上去都有些紧张。毕竟次级联赛的比赛并不像HPL一样常规开放，供粉丝购票观赛，他们大概还不太习惯有人在下面欢呼，呐喊加油。

“我第一次在现场看职业比赛就是今年的春季赛总决赛，”童谣坐在下面很感慨地说道，“当时周围也很热闹，我和ZGDX战队的粉丝坐在一起，当时心想，ZGDX战队的队长真人和定妆照一样帅啊！”

陆思诚：“你这样想的才有鬼了。”

一不小心被揭穿。

没错，当时觉得陆思诚这样的神仙根本不喜欢人类，这种人长成啥样也就压根不关她的事了，现在想拍拍马屁总觉得有点难，童谣歪了歪身子，用只有两个人才能听见的声音说：“你这么了解我，让我害怕得想分手。”

陆思诚抬起手警告似的拍了拍她的脑袋，然后比赛开始了。

贪狼今天拿了小丑女——童谣非常欣赏他这种在哪里跌倒就在哪里爬起来的精神，换作是她，被阿太折磨之后，很长一段时间她都抛弃了妖姬。

BAN&PICK环节进行得很顺利，ZGDX二队最终阵容为大树、螳螂、妖姬、小丑女、盾人，岚战队阵容为巨怪、马人、蚂蚱、轮子妈、亡灵之灯。

阵容选择上没有哪边太占到便宜。

游戏开始四分钟，前期双方正常对线，今天的贪狼状态不错，一级的时候借着盾人的优势消耗了对方一波，补刀上略微领先岚战队AD。

二级半时，ZGDX二队打野来到下路草丛，小丑女并不急躁，演技一流，丝毫没有露出“我背后有人”的破绽，在小丑女率先到三级时，打野螳螂跳出草丛，与自家下路以三打二的优势，成功击杀岚战队下路二人组！

现场响起欢呼！

童谣跟着鼓掌：“Nice！Nice！”

此时两个人血量所剩不多，辅助率先回城，小丑女不急不缓地清理兵线，推过对方，挂在塔外稍微远一点的地方回城。

而这时，观众席骚动，因为开了上帝视角的观众们看见岚战队打野马人已经赶到，马人速度快，移动敏捷，此时在小丑女残血的情况下很有可能做到越塔强杀！

当观众们屏住呼吸，瞪大了眼，认为小丑女已经是马人的囊中之物时，却发现小丑女在马人出现在视野内的第一瞬间就给出反应，丢匣子定住，让马人活生生吃了两下塔伤，绕塔走位——在众目睽睽之下，人们眼睁睁看着满血的马人因为走位略笨重，强吃了几下防御塔攻击伤害，其间只有一下平砍刮到小丑女。在第四秒左右，意识到这波GANK无法成功，马人已经萌生撤退的想法，然而就在这时，一直算是“抱头鼠窜”的小丑女却乘胜追击，用最后一点蓝放出W减速马人，紧接着两下平A，丝血反秀！

一切细节操作大约只发生在七秒的时间内！

现场观众再次发出欢呼，就连解说也坐不住了——

“这波操作，全是细节和心理战！”

“这个小丑女真的可以，哎，我看运营商队AD位真的后继有人啊，哈哈哈！”

“讲道理，刚才贪狼那波操作距离Chessman中间差几个计量单位？”

在解说兴奋的吹捧中，童谣转头去看陆思诚，后者跷着二郎腿，扬着下巴看比赛，一脸平静。

童谣：“不紧张吗？刚才小狼那波操作真的和你五五开。”

陆思诚：“这样的操作，比赛里有人敢这么搞我，来十个我能秀十一个，等这小鬼做出这样的操作都让人懒得夸时，才真的能让我紧张。”

人家都说年少轻狂，他们“老年人”AD也是当仁不让地疯话一大堆。

因为有了开场的两个人头、一个助攻，贪狼这局很顺，大约在第九分钟的时候，第一个核心装备无尽已经快做出来了。

童谣：“还差几十块无尽，这时候要是你的话……”

陆思诚：“一个F4的钱。”

童谣：“可是如果我也差F4那几十块呢？”

陆思诚：“让给你，我等一波兵线。”

童谣：“不，中路兵线长，应该我让给你的。”

老K在旁边听AD和中单两个人和谐友爱地相互谦让半天，想了想，突然幽幽开口道：“你们知道吗？我是打野。”

老K：“知道什么叫打野吗？打野区怪物的人——靠打野区怪物作为自己的精神食粮和尊严活下去的人。”

老K：“野区是我的，F4是野区的怪，所以F4也是我的，你俩在这儿对它的归属问题讨论来讨论去，有问过我的意见吗？”

童谣：“对不起啊。”

陆思诚:“吃你个F4怎么了?万一就差这一点经济出大件打赢团战拟定胜局呢?”

老K:“这一点经济那么重要,必须要有,没有就要死了?”

陆思诚:“对。”

老K:“那你还让给中单?”

陆思诚沉默了一秒,然后抬起手揽过童谣的肩:“爸爸对女儿好不是应该的吗?你连F4都舍不得给,不让她发育,你是后爸?”

童谣将搭在自己肩膀上的爪子拍下去:“你俩好好看比赛啊。”

陆思诚换了个坐姿,继续懒洋洋地倚靠在椅子上看比赛——今天的贪狼非常给力,开场的惊艳丝血反秀满血马人之后,他像是开了挂一样,操作细腻,满是细节,将岚战队的老牌HPL的AD吊起来暴揍,甚至在游戏中后期,成功拿到五杀,拟定胜局!

“五杀啊!”

在游戏屏幕上方亮起“Penta Kill”的标示时,童谣从位置上跳了起来拼命鼓掌。

一直到ZGDX二队一路推上高地,迅速拆塔,拆基地,红方水晶炸裂,现场的人们再次欢呼!

首战告捷!

ZGDX二队的队员们同时也摘下耳机,满脸笑容地站起来拥抱队友,看上去对于赢下揭幕赛这件事也是非常满意!

“去后台会合,晚上吃好的啊!让二队教练请客!”小瑞兴高采烈地跑过来招呼一队的人。

童谣他们应了一声,就往后台走去,然而走了一半,童谣突然停下来，一阵腹胀，又想嘘嘘，于是抓着走在最后的陆思诚扔下一句“我嘘嘘”，转身往后面的选手专用洗手间跑。

十分钟后，童谣身心放松地从洗手间隔间走出来，外面还有观众以及解说吵吵嚷嚷讨论“ZGDX.BLUE”的兴奋声，童谣洗了手甩甩水，正琢磨着一会儿二队教练会带他们去吃啥好吃的，走出洗手间，却发现对面男士洗手间，一个次级联赛战队的经理急匆匆地从厕所里走出来。

手是干的。

没听见烘干机的声音。

要么就是上厕所不洗手，要么他就压根不是来上厕所的。

童谣脚下一顿，挑起眉，正困惑着，结果余光一闪就看见贪狼心事重重似的也从洗手间里走出来，一样手上干干净净的。

童谣当时心里就觉得哪里不对，在她反应过来该怎么做之前，她先脱口而出了一句：“小狼啊？”

贪狼听见她的声音被吓了一跳，抬起头时，黑色瞳眸之中目光闪烁，简直就是大写的做贼心虚。

童谣之前的怀疑仿佛被证实，她心里咯噔一下，脸上却强装淡定，上前拉住贪狼强颜欢笑道：“恭喜你啊，首战告捷，今天这局比赛打得真漂亮，和你诚哥完全五五开了，他自己都承认……呃，一会儿咱们去吃好吃的，刚才那是HF战队的经理吗？好巧啊，他也来上厕所。”

转折非常生硬，童谣觉得自己都快要掰扯不下去了。

这时候，贪狼掀起眼皮扫了她一眼，语气平静，不咸不淡道：

“好像是吧。”

童谣的笑容差点没绷住，抓着贪狼的手腕稍稍收紧：“你没跟他多说什么吧？非转会期的非挂牌选手私下接触其他战队经理是严重违纪的……”

“我能和他说什么啊？又不是转会期，”贪狼抽了抽自己的手腕，掀起嘴角轻飘飘地瞥了童谣一眼，“瞎操心。”

“那就好那就好，”童谣点点头，“今天你表现那么好，俱乐部的高层都看见了，冰封王座杯本来就是来年选拔一队正式队员的主要途径，所以只要你好好表现……”

“表现得再好，只要Chessman在，其他人也只有打替补的命。”

童谣话语一顿。

“他是厉害，这么没落的版本AD位也能Carry比赛，人缘好，形象好，简直是HPL赛区的活招牌，你们就算夸我，也是用‘和Chessman几乎一样了’这样的语气……”

对方的语气有些阴沉的变化，童谣有些错愕——她发誓刚才的夸奖真的并没有那样的意思。

“咦？不，我不是——”

“所以不到他打不动自己退役的那天，别的AD是永远不会有出头之日的！”贪狼说着突然情绪爆发，狠狠地从童谣手中抽回自己的手，语气变得激烈，“可是他什么时候才退役啊？”

贪狼用的力气很大，童谣一个措手不及，顺着他的力道被摇晃着甩出去两步。

贪狼余光看见她要摔倒也跟着愣了下，正想伸手去扶住她，这时候，从拐角里走出一个高大的身影一把将童谣稳稳扶住。

“等我Carry不动队伍的时候，自己就会退役，并不会死皮赖脸地赖在队伍里挡新人的路。”

男人低沉的声音响起，那声音不怒自威，语气平静，却活生生叫人生出一背冷汗。

童谣抬起头，看着身后靠着的男人，此时后者一只手扶在她的腰上，下巴紧绷，一双深褐色的瞳眸死死地锁定不远处的小孩。

“我很欣赏你不服输的精神，但是作为后辈，也请你多少注意一下自己的说话语气，是需要上一堂素质教育课吗？”

“你说得没错，‘三星蓝’的AD确实曾经在大赛上被‘三星白’的同门师兄AD打到哭鼻子，如果你也想试试那是什么滋味，那我就让你试试。”

一只大手落在童谣的脑袋上，男人近乎一字一顿道：“如果你再敢这么对你的哥哥姐姐说话，我保证说到做到。”

现场的气氛冷得快结成冰块掉落在地。

童谣并不知道此时此刻贪狼是怎么想的，她只知道她一个刚上过厕所的人，现在被身后的人吓得再次尿意汹涌。

第三十七章

比较难得的是陆思诚和贪狼在进行过那种对话以后回到休息室，双方都表现出了过硬的心理素质，假装什么都没发生一样，特别是当陆思诚问贪狼“今天小丑女打得不错，这两天好好练了下吗”的时候，童谣觉得奥斯卡欠她家队长一座小金人。

贪狼点点头，一点也不惊讶的样子，抬起头看着陆思诚面无表情道：“开单机模式练了下补刀，主要是练手感，英雄成长伤害这种东西，用一次就懂了，不用特意去记。今天比赛觉得可以拿，就跟教练申请拿下试试看。”

两座奥斯卡小金人。

想当年，她练个破皇帝，光练补兵都练了一晚上，又在陆岳钻石段位的号上掏出来死亡轰炸了一波，最后才稍微用得像样，贪狼这话说得未免太气人。

此时，周围的队员跟童谣一样觉得贪狼这话装帅装大发了，然而长了眼的都看出今天贪狼确实打得很好，所以他装得也是没毛病。

小胖笑嘻嘻地拍着他的肩膀说:“可以，可以，天才AD少年。”

陆思诚点点头，扔下一句“不错”后，将耳机塞进耳朵里，不再继续纠结这事。

爬上车，他拿出手机，看见微信上有人在挑事——

兔子抱紧胡萝卜:“我还以为你会回答‘我不用练补兵也不会漏刀’……至少也应该是‘哦，和我一样’。”

fhdjwhdb2333:“贪狼刚才在厕所门口至少说对了一件事。”

坐在前面的童谣看了看手机屏幕，从扶手那边探了个脑袋出来，无声地回头望着坐在最后一排的男人，他停顿了下，低下头继续打字——

fhdjwhdb2333:“老年人都比较仁慈，我这样的老年人也要和你们这些小孩事事计较的话，那未免浪费了多吃的那几年米。”

童谣盯着“仁慈”那两个字半天没反应过来，满脑子都是队里平常训练赛有个什么失误，打完训练赛，众人提起“陆思诚”三个字都是一副谈虎色变的样子，她顺手在微信回了他一串“哦，哈哈哈”，以表达自己内心感到的荒谬之情。

只是这个时候，童谣不小心忘记了，陆思诚这个人除了是他们的队友，同时也是他们的半个老板。这就意味着，当他发现贪狼有意在转会期外的时间私下和别的俱乐部谈跳槽转会事项时，他是完全有权力以及站得住脚的理由处理他的——按照HPL各家俱乐部的惯例，这种“通敌叛国”的事，处罚一向很重，轻则罚薪，禁赛一个赛季，重则扣押合同，冷藏禁赛至过气。

然而他没有。

哪怕知道贪狼这小孩对自己其实不那么友善，也确实有实力威胁到自己的地位，他还是什么都没做，假装自己什么都不知道。

回酒店以后，他坐在童谣的房间里看次级联赛的RMB战队和CK战队的比赛，并将声音开得很大，哪怕是在房间中洗脸洗手收拾自己的童谣也能听见解说在讨论。

解说A："这是一场宿命战，CK战队的蝴蝶对上RMB战队的速星，初期双方上线就是火药味十足啊，明明不合适一级团，也要硬上……"

解说B："说实话，我不解说次级联赛都好久没有听见速星的消息了——这么一个老选手。"

解说A："听说今年CK战队是想把速星买回来的，说的是哪怕要退役，也要让他在CK俱乐部退役。当时很多CK战队老粉都很感动，但是速星拒绝了这份邀约合同。"

解说B："是我，我也不回去，这都多少年了，当时为什么走？现在没打出成绩就回去的话未免有些遗憾。虽然速星现在在的队伍……唉。"

两名解说说得特别委婉，童谣洗完脸出来凑到陆思诚身后看了看，那个叫速星的选手补刀依然像是昨天训练赛见到的那样流畅，用的大嘴，尾巴轻摇。

童谣："哎，这大嘴……尾巴在摇啊。"

大嘴尾巴摇晃是因为游戏动画帧数和选手极快的手速有效操作共同产生的特殊动画效果，哪怕是现在的HPL，能让这个英雄尾巴摇起来的AD也不超过四个。

现在版本的AD前期并不强势，全靠队友撑过前期，后期再站出来接管比赛，而RMB这个队伍，全靠AD强撑，S5世界总决赛之前还勉强可以玩一下，S5总决赛版本大改以后，遇上强队，RMB战队恐怕还没等速星出山，其他队友就已经全线崩盘。

就像现在，明明比赛还在对线期，除了下路勉强五五开，其他两条线都是摇摇欲坠，马上要崩盘的样子。

像速星这种AD放在次级联赛的中流队伍，被根本不在一个水平线上的队友拖累，真的是暴殄天物。

童谣："这个速星真的厉害，蝴蝶从他身上讨不到什么便宜。"

陆思诚："以前更厉害些，蝴蝶肯定不是他的对手，现在有点钝化了——次级联赛职业战队管理和运营方面还是差一些……虽然国内俱乐部管理都比较烂。"

童谣伸手关了陆思诚在看的比赛，房间一下安静下来："不行，小狼如果现在去了别的次级联赛队伍，只会是一个下场……"

"连速星都不如吧，他现在也就是个半成品，以后也许会很强，但是要看在什么环境下成长。"男人垂下眼，掩去眼中的淡淡笑意，"不过他要走谁都留不住啊，我们是不可能打保级赛的，他们升HPL又升不上来，所以他恐怕以后要每年高喊着要打败我的口号，然后在冰封王座杯和我碰碰面，被我吊起来打。"

"你这人怎么这么邪恶？"

陆思诚笑了下："还有更邪恶的。"

说这话的时候，他坐在童谣房间的沙发上，门外还有小瑞走来走去吆喝小胖问他晚上想吃啥的声音，小瑞嚷嚷着:“要不问问队长吧，队长人呢？”

“哦，”第一辅助淡定地回答道，“在洗澡。”

与此同时，房间里，陆思诚将手机扔在床上，刚才被按暂停的比赛又开始继续播放——房间内外的声音一起响起来的时候，男人伸手将站在自己身后的人拽得绕了个圈坐进自己怀里。

童谣还没来得及问他又发什么疯，已经被男人微微抬起头一口咬住下唇。

“现在双方在下路展开团战，CK战队阳神——阳神终于准备动下路了！好运来也TP了！这支援速度！哎呀，速星这次跑不了了！完全不顾及老队友情面呀！”

在解说的咆哮声中，战队经理还在外面找他家队长，催促他快点洗澡。

殊不知他要找的人正坐在一门之隔的地方，怀中抱着他家中单，将她生吞活剥一般亲了个手软脚软。她心跳加速，面红耳赤，男人便放开她的唇，亲吻她红通通的耳垂。

童谣被他弄得有些痒，伸着脖子躲了躲，低着嗓音害臊道:“等下等下，他们都在外面，哎……”

“速星知道自己跑不了了，凌波向前想要换蝴蝶——多大仇多大怨，我死了也要带走你——蝴蝶估计一脸茫然，哈哈哈，蝴蝶要死了！阳神开大，拯救了残血的蝴蝶！双生玉不能用？那也要看是谁用——阳神收割了！”

“阳神追着残血的辅助巨怪，说实话，巨怪还是挺肉的，但是别跑了孩子，你面对的是一个九级、八个人头在手、刚刚拿到四杀的双生玉啊……”

少女气息不稳，脸涨得通红，眼角都成了兔子眼睛的颜色，盯着男人那张英俊的脸，小声问：“你到底要干吗？外面都是人，满世界都在找你，发什么疯？”

她一边说着，一边挪着屁股想站起来。

“别乱动，”陆思诚嗓音沙哑，放在童谣腿上的大手顺势拍了拍她，“一会儿你要去找贪狼那个小鬼做素质教育，他今天才怼完我，我还要把我的人送去给他做心理辅导。”

“五杀！阳神！简阳！为我们在冰封王座杯开赛第一日贡献了第二个极其精彩的五杀！这一波团战，阳神立功。”

“我不满。”

他目光暗沉，薄唇轻启，扔出这言简意赅、下结论般的三个字。

第三十八章

童谣被陆思诚抱了起来，不轻不重地往床上一扔，本来放在床边缘的手机弹起来掉在地上，发出好大一声响，手机里的解说还在嚷嚷："这一局的MVP肯定是阳神没跑了，这要是不给阳神说不过去。"

童谣手忙脚乱地想从床上爬起来，而此时陆思诚大手一摁，将她摁着脑袋压回床上，与此同时，外面传来小瑞的敲门声："闺女？你怎么啦？什么东西摔地上了？你没事吧？"

童谣"啊"了声，浑身鸡皮疙瘩都冒出来了，哑着嗓子喊了句："没事没事，手机掉地上了……我换、换衣服呢！"

门外的人丝毫不怀疑地"哦"了声，男人发出低沉的笑，好像就喜欢看她一脸紧张、生怕外面的人一言不合闯进来的模样。

"阳神真的是，一波五杀之后彻底起飞——其实我觉得这样很好，就像当初smiling的暗黑球女一样，可以告诉别的选手，不要迷信版本英雄，只要体系合适，哪怕被削成狗，那个英雄也还是能用的。”

童谣看着陆思诚，顺手抓过脑袋边的枕头砸在他头上！

陆思诚拿开枕头，扔到一边，笑着重新俯下身吻住她的唇。

“唔……”

始终没有说话的少女这一次抓过另一个枕头捂在自己脸上。

陆思诚用另一只手拿开它：“枕头脏。”

童谣发丝凌乱，眼角发红地瞪着他：“不脏。”

陆思诚低下头亲了下她的眼角：“别捂着，我看你。”

童谣本来就已经很红的脸这一下大概快要能滴出血来了。

“说起来，暗黑球女也确实是smiling用了之后陆续有人开始使用的……我记得当时应该是韩服版本更新，韩服RANK里陆续有人在用这个英雄，只是比赛服还没更新到那个版本——我们smiling，是超越版本的存在，哈哈哈！”

“别，陆思诚，我肚子疼，不是那种一般的肚子疼，好像哪里不太对劲……”

童谣的声音足够可怜了，但是这时候，可怜也不管用。

“天要塌下来了吗？”

“没有啊。”

“那你今天跑不掉了。”

“蝴蝶在草丛里埋伏到了RMB战队的打野！哎呀，这里不应该去的啊兄弟，你们没视野的！完了完了，跑不掉了——好的，RMB战队打野被抓，现在CK战队所有人都往大龙移动……速星必须背水一战了！阳神！阳神！阳神能站出来顺利拿到大龙吗？让你的双生玉和smiling的暗黑球女一样重回职业联赛战场！”

童谣将脸死死地捂在枕头里，不说话了。

“那个解说吹阳神就算了，”陆思诚修长的指尖有意无意地碰着她的脸，“为什么还要顺便带上你啊？”

“我、我不知道。”

童谣伸手想要捉住他的手腕不让他继续，但是她那点力气，哪里会是男人的对手？

“听着让人觉得不太高兴。”

房间内，手机里传来阵阵声响，音量调得很大，比赛还在继续，解说还在咆哮，现场观众的欢呼声没有停下，CK战队打野的精彩表演风靡全场……

陆思诚正想说什么，这时候，童谣突然轻轻咬了他一口，用莫名其妙的、充满歉意和庆幸的声音“嘿嘿”地笑了一声。

然后童谣将被子往她家队长脸上一捂，将他往后一推。陆思诚猝不及防地被罩在被子里倒向后面，紧接着他大概听见了什么东西“咚”的一下轻巧地跳到地上，然后便是“噔噔噔”一阵小跑。

“你去哪儿？跑什么？穿鞋，地上凉……”

将被子从脑袋上拽下来，陆思诚满脸无奈地转身，只来得及看见一个急匆匆的背影，以及下一秒被狠狠拍上的厕所门。

这家伙倒是动作很快，陆思诚深褐色的瞳眸闪烁了下，最后归于沉默，目光转移到床边地上的手机，手机里正好播放到CK战队推上了RMB战队的高地，阳神的双生玉正蹦跶着一下下摧毁RMB战队基地的大水晶。

“现在RMB战队已经无力还手，让我们恭喜CK战队，恭喜阳神和蝴蝶证明自己，顺利拿下本场比赛的胜利！”

陆思诚退出转播界面，房间里一下子安静下来。

三分钟后，童谣扒拉着自己的头发走出来。

陆思诚盘着腿面无表情地坐在床上看着她。

“你知道这样搞个三四次，非常影响你以后的生活质量吧？”陆思诚淡淡道，“而这是第二次。”

“我……不是……咦？”童谣抬起头，“不是，上一次是小胖啊，怎么能怪我？这一次也是特殊啊，你就这么会赶时间，我都说我肚子痛了好像哪里不对劲，你非得说我在找借口，其实刚才在看二队比赛时我就觉得小腹胀得很……”

“不是想上厕所吗？”

“不是。”童谣嘿嘿笑着说，“一月一次亲戚到访时间。”

陆思诚觉得自己大概真的要被气死了，最可恨的是这气还不知道要往谁的脑袋上撒。他站起来，爬下床来到那扭开脑袋不敢看他的家伙旁边，拍拍她的头：“去我房间给我拿换洗衣服。”

童谣抬起头一脸茫然地看着他。

“我洗澡。”男人没好气道。

童谣一边应着，一边将男人推进浴室，然后“砰”的一声关上浴室门，靠在门边，少女笑着咧开嘴：“我家队长今天想穿啥颜色的内裤啊？”

浴室里沉默了五秒，然后传来她家队长低沉的声音——

“滚蛋。”

第三十九章

童谣整理了下头发，深呼吸一口气拉开房门，敲响了隔壁房间的门——是小胖来开的门，小瑞等其他人都在屋子里坐着聊天，讨论明天的对手和可以拿的阵容。

看到童谣的第一眼，小胖直接身体一摆，横在门前堵得严严实实的，问："队长呢？"

一边说着，一边猛用眼睛瞟童谣的脖子，童谣感觉到了，一脸慌张地抬起手捂住脖子，声音还要努力维持淡定："洗澡呢，让我给他来拿内裤。"

小胖想了想，用只有两个人能听见的声音说："红色的内裤，以表庆祝？"

"庆祝啥？"

"把电竞圈国民闺女生吞活剥，吃干抹净……从电竞圈国民爸爸升级为电竞圈国民女婿？"小胖叹了口气，"禽兽啊！"

童谣羞得满脸通红，看着小胖转身去陆思诚的箱子里掏出一条牛仔裤、一条黑色T袖外加一条黑色内裤，塞进她手里。童谣捧着陆思诚的衣服，小声道："我们什么也没做。"

"你照过镜子了吗？去照照。"小胖一脸慈祥，"我要是队长，现在都不愿意让你走出房门叫任何一个雄性生物看见。"

童谣顿时一个屁都不敢放了，抱着陆思诚的衣服拔腿就往自己房间跑，临走时，听见小瑞在房间里问："你俩嘀嘀咕咕什么呢？队长呢？洗个澡能洗一辈子啊？"

小胖回了句什么她没听清，因为她已经把房门甩上了，"砰"的一声，很响。

此时，房间里。

浴室传来淋浴的声音，童谣拖来一个小板凳把陆思诚的衣服放在浴室门口，然后背对着浴室门盘腿坐下玩手机。

ZGDX smiling："差点上本垒。"

午夜垂钓者-疯狂渔夫："在哪儿？"

ZGDX smiling："酒店，亲戚及时到访，紧急刹车。"

午夜垂钓者-疯狂渔夫："心疼我们诚哥……"

ZGDX smiling："别说了别说了！"

午夜垂钓者-疯狂渔夫："你自己提的，又在这儿害羞个啥？"

ZGDX smiling："关你屁事！"

午夜垂钓者-疯狂渔夫："哈哈哈哈哈！"

在今阳一连串的大笑中，浴室的门打开了。

男人围着浴巾，用脚推开挡在浴室门前的那张小椅子，径直走到坐在床上背对着她的少女身后——从头发上滴落的水掉在她低着的脖子上，她猛地哆嗦了一下，一脸茫然地回过头，他顺势弯腰在她唇上亲了下。

“在和谁说话？”

陆思诚一边说着，一边去看她手里抓着的手机，当童谣反应过来手忙脚乱地去挡时，已经为时已晚——男人露出似笑非笑的表情：“你感想挺多的啊？”

童谣满脸通红，“噌”地从床上站起来，又因为动作猛烈牵扯肚子痛，脸色一变“啪”地坐了回去：“你去穿衣服，在这儿耍什么流氓？”

“肚子痛？”陆思诚弯腰看她。

童谣伸手推开他的脸：“头更痛，你转过去，别看我。”

陆思诚见她皱着眉好像真的不太舒服，也不舍得逗她了，抬起手拍拍她的脑袋，准备让小瑞他们一会儿把日料改成韩餐算了，日料都是些生冷的东西，现在她这样都吃不了几口。

陆思诚一边琢磨着，一边换衣服，等他换好衣服转身，看见童谣正趴在化妆镜前给脖子涂遮瑕膏。

五分钟后，小瑞在一众快饿傻了的队员的怂恿下过来拍门，童谣和陆思诚前后走出房间。

小瑞：“在里面造小人呢？搞那么久！”

陆思诚抬手看了看表：“一个小时。”

小瑞：“不久吗？”

陆思诚瞥了他一眼。

童谣在后面踢了陆思诚一脚。

一队人浩浩荡荡地下楼，爬上大巴车时太阳已经快要落山，有点起风的意思，陆思诚转头看见童谣还穿着队服的短袖短裤，怕她着凉，就把手上拿着的外套顺手递给她了。

童谣也没多想就往身上套，然后转头一看，发现不远处有几个小姑娘正举着手机朝他们这边拍照，大概是早就看见了ZGDX战队的车子，在这儿蹲点的。

童谣愣了愣，刚套上一只袖子的动作停顿了下。

这时候，已经上车的陆思诚见她半天不上来，抓着车门探出半边身子面无表情地问："干什么磨磨蹭蹭的？"

童谣将他的外套脱下来抱在怀里，仰起头似乎有些紧张道："有粉丝看见了。"

陆思诚闻言，往旁边看了看，一眼就看见了那几个举着手机的小姑娘，停顿了下，他没说话，将目光收回后，垂着眼看着童谣淡淡道："看见就看见了，衣服穿上，小心着凉。"

童谣抱紧怀中男人的外套，犹豫了下，最终在陆思诚平静的目光注视下，仿佛鼓起勇气似的，将衣服穿好。

陆思诚伸出手，童谣咬咬下唇捉住那只大手，跳上车。

踏上车的那一刻，她听见身后有小小的骚动。

她没有理会，甚至没有回头去看。

晚上吃饭的时候，童谣就觉得这事应该不会就这么完了。果不其然，吃饭吃到一半，今阳便扔了一个贴吧链接过来，强调道："不是我发的。"

童谣点进链接看了眼，光标题就让她把嘴巴里叼着的一块肉咕噜一下全吞进肚子里了，她被烫得扔了筷子站起来，抓过一杯水一口气喝光，长喘一口气，眼泪汪汪的，定下神才发现整张桌子的人都在看自己。

童谣坐回位置上。

贴吧的标题是这样的——

“ZGDX战队的双C是不是已经好上了？之前就觉得不太对，身为妹子，我觉得眼神骗不了人。”

主楼一个字没有，放的全是一张张高清无水印照片——

第一次在MVP采访提到童谣，陆思诚称赞“她很强”，垂着眼，眼角柔和，嘴边带着难得的淡淡笑意。

童谣的鞋被小胖踩坏了，陆思诚一把将她抱起来的那张经典动图。

两个人第一次在电影院看电影被粉丝GANK时，童谣微微蹙眉仰着头看陆思诚。

打DQWL战队，童谣被许泰伦无脑抓中，满脸焦虑，陆思诚转过头去看她的无意间的动作。

比赛中，童谣在台下陪今阳观看YQCB战队比赛，童谣仰着头看大屏幕上的比赛实况，而隔着远远的人群，陆思诚抱臂靠在选手通道出口处，英俊的面容平静柔和，远远地看着她。

今天，冰封王座杯上，坐在周围关注着比赛的人群里，两个人低着头开小灶，大概是说到了什么有趣的事，童谣眯着眼笑，陆思诚嘴角微微轻勾，旁边是一脸不满的老K。

最后几张是今天在酒店门口。

第一张：男人站在车上，手撑着车门，半边身子探出来，低着头，垂着眼，单反高清照中，他侧颜完美，目光温柔。车下，少女抱着一件深蓝色的外套，仰着脸与男人对视。

第二张：少女低头穿上那件之前被她抱在怀里，大小却明显属于身材高大的男人的外套。

第三张：男人冲着她伸出一只手。

第四张：少女握住了他的手。

二楼是楼主的总结："蛛丝马迹可以掩藏，但是看人的眼神骗不了人。我看了Chessman三年半比赛，从HCK追到HPL，比赛我可能看得不太懂，但是这个男人，我有信心我比谁都清楚。这样的眼神，能拧出水来，三年半从来没有出现过，现在出现了，只对他队中单。要么这两个人绝对在一起了，要么就是诚哥单恋smiling，总之两个答案二选一，没有第三种说法。你们自己选一个吧。不对我直播吃键盘。"

第四十章

三楼："什么？一脸问号……"

四楼："楼主，泰拳警告，注意你的发言。你可以说我女神谣妹和队友恋爱了，我没意见，但你说诚哥喜欢人类，这我是不服的——他要喜欢也只能喜欢禹尽乐（小胖本名）吧？这么多年辅助，被这胖子卖了一次又一次还没有打死他，只能用'爱情'来解释了。"

五楼："就服你们这些女粉，关注一个选手的角度永远那么清奇——'看了Chessman三年半比赛，从HCK追到HPL，比赛我可能看得不太懂，但是这个男人，我有信心我比谁都清楚'，你们把电竞圈混出了不一样的风采。"

六楼："五楼有病吧？就许你们盯着女主持人看然后议论纷纷？女粉招你惹你了，楼主也没说什么吧？还是在你们看来，哪怕是Carry了比赛，暴打联赛一切对线，还是没有谈恋爱的资格？"

七楼："看了一下图片，又看了一下我和男朋友的合照，他的眼神和诚哥那种眼神，确实——一模一样。”

八楼：“一脚踹翻楼上的狗粮。”

九楼：“这种时候还是别瞎说。”

十楼：“坐等楼主吃键盘，先截图mark一下，请勿抵赖。”

帖子发出大概半个小时，童谣用“倒叙查看”看了一眼，已经被顶了一共二百多楼，回复四百多——从这个数据来看，这栋楼成为和当年“许泰伦事件”肩并肩的摩天大厦指日可待。

童谣坐立不安地吃完一顿饭，希望这栋楼赶紧沉下去，她的队友们不要看见。

但是希望是一回事，现实是ZGDX俱乐部全体人员除了陆思诚基本不太看贴吧，除非有节奏必须要看才看一下，其余包括负责叫外卖的战队经理小瑞在内，所有人都喜欢刷贴吧看八卦。男的八卦起来也是很拼命的，贴吧里那些乱七八糟的帖子，不知道有多少被这些人披着马甲在里面搅过浑水。

所以，当大家吃饱喝足坐上车，由第一个打开贴吧的小瑞牵头，大家第一时间发现了这个帖子，并针对此帖引发了一番热烈的讨论——

小瑞：“哇！‘ZGDX战队的双C是不是已经好上了？’——Excuse me？战队经理表示没人通知我这件事啊！”

老猫：“哈哈哈哈！眼神能拧出水，看着真的是啊……”

陆岳看了看贴吧，迅速保存图片并切换到微信：“这眼神P过吧？看得我都要吐了，发给我妈观赏下，配字——夏天到了，又到了你大儿子一年一度的开花生长时间，往年他隐藏得很好，今年大概是没捂住。”

老K笑嘻嘻地问：“诚哥你用这种眼神看过小胖吗？”

小胖面无表情地回答：“没有。”

二队的小鬼忌惮于陆思诚的威严，不敢乱说话，只是趴在自己的座椅靠背上眼巴巴地看着最后一排。

坐在最后一排的ZGDX战队队长睁开眼，长腿懒洋洋地伸直坐起来：“什么东西啊？”

童谣晃了下亮着屏幕的手机：“贴吧上有人说你暗恋我。”

陆思诚看了她一眼，拿出手机，刷了下贴吧，然后纠正道：“明明是说我们苟合了。”

童谣：“不啊，楼主妹子说了，从你的眼神看出你在暗恋我，我在看比赛，你在偷看我什么的——今天还找借口来我房间洗澡秀腹肌，你就是暗恋我。”

陆思诚笑了，放下手机：“小胖把我赶去你那儿的啊，他也要洗……哎，行，我暗恋你，那你要成全我不？”

在众人的哄笑和口哨声中，童谣也放下手机佯装认真地想了想：“那我考虑下，我这么年轻、可爱的小姑娘人人都爱的，比赛我又可以自己Carry，跟了你有什么好处啊？那你红Buff愿意让给我吗？”

陆思诚一本正经道：“哪怕你现在怀胎三个月，肚子里的孩子姓陆，我也不会让的。”

众人听他们互怼觉得有趣，嘻嘻哈哈地开玩笑，互相打趣，说到最后谁也没有发现一个问题——陆思诚压根没有否认贴吧这帖子说的事的真实性，童谣也没有。

第二天比赛日。

一队照常还是陪同二队到赛场比赛，今天打的是CK战队。出门前，童谣抓着二队的人，尤其是二队的打野小朋友，放了一波狠话："只能赢，不能输，哪怕输也不能输在野区节奏。"

CK战队好歹是职业联赛T1队伍，二队的小孩听了童谣的话纷纷表示强人所难，拒绝理会，最多就是争取不要输得太难看。

到了比赛场地下车，众人发现停车场已经蹲了不少电竞媒体。最先下车的小瑞愣了一下，没反应过来是什么情况，然后下一秒便发现，原本来冰封王座杯打酱油顺便旅游的一队众人再次成为主角。

媒体A："请问诚哥，诚哥看这里，请问你和smiling真的和外面说的一样吗？"

媒体B:"请问smiling对于这件事有何看法？"

童谣："没看法。"

媒体C："如果没有在一起，为什么会出现女方穿男方外套这样暧昧的行为？"

童谣："因为生理期，肚子痛，队长怕他们的中单痛死就没中单了！"

媒体D："请问队友知道这件事吗？"

小胖："不知道不知道！让让让——"

最后是小胖和安保人员凭着血肉之躯在停车场杀出一条血

路，护送所有队员顺利进入比赛场馆，将那些闹哄哄的记者甩在身后。

小瑞长吁一口大气："这是电竞圈还是娱乐圈啊？我一个战队经理为啥搞得像明星经纪人一样，还要给你们挡狗仔队……"

而进入比赛场馆后，他们这才发现一切并没有就此结束。进入比赛场馆后，已经就座的所有观众也纷纷回头对他们行注目礼，原本热闹嘈杂的赛前候场变得意外安静，就连刚才还在侃侃而谈分析赛前阵容的解说也跟着闭上了嘴，场面一时十分诡异。

解说A："这……哈哈哈哈，最怕空气突然安静。"

解说B："我都忘记我刚才想要说什么了，你们这些人真的很搞事。"

解说A："我感到了一点小小的尴尬。"

解说B："你不是说你不刷贴吧的吗？"

解说A："自己解说完一场比赛当天肯定不会去看的，就跟选手当天输了比赛也会卸载贴吧APP一个道理——但是讲道理，有不得了的大八卦我还是会看一下的，作为一名解说，信息不能太落后……"

解说B："哈哈哈！"

现场的观众哄笑起来，紧绷的气氛稍稍缓解。

在两名解说的调侃之中，ZGDX一队众人顶着巨大的压力在昨天的位置坐下。此时不少人还在回头往他们这边看，童谣坐稳后抽了抽嘴角："感觉自己像是天王巨星一样。"

"忍忍，"陆思诚淡淡道，"比赛开始以后谁还看你？"

陆思诚说得没错，那些扭着脖子回头看他们的人在没看出什么可疑互动之后，纷纷照顾自己的颈椎回过了头，去看比赛台上已经入场各就各位的选手。两名解说也重新回归到今天的比赛双方阵容的话题之中。

这时候，前方大屏幕上，摄影师大哥的机器开始乱扫，先扫坐在前排的CK战队的粉丝，然后再扫坐在另外一边的ZGDX战队的粉丝——ZGDX战队的前排基本被陆岳的粉丝占领了，就好像一夜之间这孩子的粉丝汹涌而至，应援灯牌、手幅做得那叫一个相当到位。还有几个贪狼和破军下路组合的粉丝也已经到位。

童谣仰着头看大屏幕，笑眯眯地挺享受当观众的感觉，直到那个大屏幕上出现自己的大脸——

这一幕似曾相识。

今年春季赛总决赛上，童谣也是这样出现过的，当时把简阳吓得水洒了一桌子，也是非常有趣。回忆至此，童谣脸上的笑意更浓，就像上次一样抬起手，大方地冲着大屏幕挥了挥，心里想的是幸好今天出门前机智地化了妆。

这时候摄像头一晃，又晃到她旁边面无表情的陆思诚。

陆思诚原本低头在看手上的小本子，似乎有所察觉，便抬起头来。

现场再次骚动。

解说A："今天的摄影师大哥要来搞事啊！"

解说B："大哥你也刷贴吧吗？"

解说A："好的，按照我们一贯的屏幕捕捉礼仪，被照到的情侣是要来一个Hot Kissing的，哈哈哈哈！”

屏幕晃动了下，似乎表示赞同，现场观众再次哄笑，有人开始尖叫。

解说B:“但是讲道理，如果不是情侣，这样搞就有点尴尬了，我建议摄影师大哥放过我们电竞圈国民闺女和国民男——”

话还未说完，现场观众也还没有从起哄调侃的情绪中回过神来，下一秒，人们只听见“轰”的一声，CK战队那边，简阳从自己的位置上跳了起来，而大屏幕上，ZGDX战队的队长一把捉住自家中单还在傻乎乎举着打招呼的手，俯身吻住了她的唇。

现场死寂三秒。

第四秒，尖叫声、鼓掌声、欢呼声响起，如雷轰动，几乎要掀翻比赛场馆的屋顶。

《你微笑时很美3》完